KARIN HERZOG
# Causa Karlsen

Karin Herzog

# Causa Karlsen

## Impressum

Bibliografische Information der Deutschen National-bibliothek: Die Deutsche Nationalbibliothek verzeichnet diese Publikation in der Deutschen Nationalbibliografie; detaillierte bibliografische Daten sind im Internet über dnb.dnb.de abrufbar.

Die automatisierte Analyse des Werkes, um daraus Informationen insbesondere über Muster, Trends und Korrelationen gemäß §44b UrhG („Text und Data Mining") zu gewinnen, ist untersagt.

© 2025 Karin Herzog

Umschlaggestaltung: Liv Arnoldt
Verwendetes Bildmaterial lizenziert von iStock.com.

Korrektorat: Axel Zimmermann

Verlag: BoD · Books on Demand GmbH,
Überseering 33, 22297 Hamburg, bod@bod.de
Druck: Libri Plureos GmbH, Friedensallee 273,
22763 Hamburg
ISBN: 978-3-8192-2790-5

# Kapitel 1

Peer Karlsen saß auf der Bank und schaute über das spiegelglatte Wasser. Die Holzlatten der Bank bogen sich unter seinem Gewicht, doch er nahm es kaum wahr. Mit seinen 1,90 Metern und fast 150 Kilo war er ein Mann, der Raum einnahm, ob er es wollte oder nicht. Diese Statur gepaart mit einem dichten, dunklen Bart hatte ihm den Spitznamen »Der Bär« eingebracht, einst freundschaftlich gemeint, später eher abwertend. Es hatte ihn nie gestört.

Nebel schwebte über dem Nord-Ostsee-Kanal, dämpfte das Sonnenlicht und verlieh dem Panorama die Atmosphäre eines Gemäldes von William Turner. Kein Windhauch regte sich, selbst das beständige Rascheln des Schilfs, das die Böschung des Kanals bedeckte, war verstummt. Und auch kein Boot und kein Schiff störte den Frieden. Die Segelsaison war beendet, die Boote in ihren Winterlagern. Selbst die Anzahl der Frachtschiffe, die die Abkürzung durch den Kanal für ihre Fahrt zwischen Nord- und Ostsee wählten, schien mit dem Herbst geringer geworden zu sein.

So gehörte der Ort ganz ihm. Schöner konnte sein Abgang nicht sein. Zum ersten Mal nach so langen

Jahren verspürte er Frieden. Er war mit sich und seinem Entschluss im Reinen und im Übrigen sicher, dass niemand ihn vermissen würde. Nicht seine Tochter, die jeden näheren Kontakt zu ihm verweigerte, und seine Exfrau schon gar nicht.

Er vergewisserte sich ein letztes Mal, dass er sich allein auf dem Uferweg befand. Niemand war zu sehen, nicht einmal eine der zahlreichen Enten, die den Kanal und sein Ufer zu ihrem Revier erklärt hatten. Bedächtig hob er die Hand, die seine Waffe hielt. Ohne sie anzuschauen, führte er sie an seine Schläfe. Obwohl sein Entschluss feststand, klopfte sein Herz. Ob es wohl wehtun würde? Wenn er richtig traf, dann höchstens für den Bruchteil einer Sekunde. Er korrigierte den Winkel, mit dem er die Waffe angesetzt hatte. Er wollte maximale Wirkung und nicht als gefühlskalter Idiot enden, der lediglich seinen Präfrontalcortex zerstört hatte. Er ließ die Augen offen, holte tief Luft und krümmte langsam seinen Zeigefinger.

Plötzlich klingelte sein Handy. Er zuckte zusammen. »Verdammte Scheiße«, knurrte er und ließ die Waffe sinken. Das durfte doch nicht wahr sein. Alles war vorbereitet und geregelt, der perfekte Tag, die perfekte Tageszeit gewählt, er hatte seine Lieblingsklamotten angezogen – und dann vergaß er, sein Handy abzustellen?

Was hielt ihn davon ab, trotz des Klingelns abzudrücken? Weshalb zögerte er? Es sollte ihn doch einen Scheißdreck interessieren, wer ihn anrief. Dennoch siegte die Neugier, diese Gier nach Wissen, die ihn sein ganzes Berufsleben begleitet und zu einem guten Polizisten und Ermittler hatte werden lassen.

Fluchend fummelte er sein Telefon aus der Jackentasche und betrachtete die angezeigte Nummer. Obwohl er sie seit zehn Jahren nicht mehr gesehen hatte, erkannte er sofort, wer ihn anrief. Nein, das Gespräch würde er nicht annehmen. Auch ohne den Sturm der Emotionen, den diese Nummer in ihm auslöste, stand sein Entschluss längst fest. Es bedurfte keiner weiteren Entscheidungshilfe. Er drückte den Anruf weg und hob die Pistole erneut an. Doch der perfekte Moment war verstrichen. Er schloss die Augen und atmete tief durch.

Seine Entschlossenheit hatte nahezu wieder das nötige Maß erlangt, als ihn ein einzelner Ton über den Eingang einer Nachricht informierte. Resigniert ließ er den Arm erneut sinken und nahm sein Handy zur Hand. Er öffnete die Nachricht mit dem festen Vorsatz, anschließend das Telefon sofort auszuschalten. Sie lautete: »Sie haben Lina gefunden!«

Er starrte auf die Buchstaben, verstand ihren Sinn nicht. Nur allmählich sickerte ihre Bedeutung in sein Hirn, das sich im Grunde schon in einer anderen Welt befunden hatte. »Sie haben Lina gefunden!«

Wie lange hatte er auf diese Nachricht gewartet? Auch noch nachdem sie für seinen Sohn keine Bedeutung mehr gehabt hatte? Zehn Jahre waren seit dem Verschwinden der Freundin von Julius vergangen und und nur wenig kürzer, seit sein Sohn aufgegeben hatte. Zehn Jahre, in denen Karlsen nie mehr glücklich gewesen und Freude zu einem Fremdwort geworden war. Dennoch hatte er nicht aufgegeben, hatte sich gezwungen, gegen die Finsternis zu kämpfen und darum, das Ansehen seines Sohnes wiederherzustellen. Vergebens.

Erst die Diagnose hatte ihn erlöst. Sein anfänglicher Schock war Erleichterung gewichen. Endlich fand er eine Rechtfertigung, sein Ringen zu beenden. Nicht für andere, sondern vor sich selbst. Alle anderen in seinem Umfeld konnten längst nicht mehr nachvollziehen, was ihn umtrieb. Für sie war der Fall abgeschlossen, und je nach Verhältnis zu ihm rieten, drängten oder befahlen ihm die Leute, sich damit abzufinden, dass sein Sohn zum Mörder geworden war. Aber das war unmöglich. Nicht Julius, der Sanfte, der keiner Fliege etwas zu Leide tun konnte.

Als ihm jedoch der Arzt mitteilte, dass er Krebs habe, und zusätzliche Untersuchungen empfahl, um seine Optionen zu prüfen, hatte er abgelehnt. Einen weiteren Kampf würde er nicht durchstehen. Wofür und für wen? Nein, er hatte beschlossen, es gut sein zu lassen, und mit dieser Entscheidung seinen Frieden gefunden. Er hatte alles geregelt, seine Hausschlüssel und seinen Ausweis eingesteckt, damit es keine Probleme beim Feststellen seiner Identität gab, und war an den Kanal gefahren. Dem Ort, der ihm der liebste war.

Und dann klingelte das Telefon. Er lachte bitter auf. Ausgerechnet jetzt, buchstäblich in letzter Sekunde, kam diese Nachricht. Sie zu ignorieren, war undenkbar. Nicht nachdem er so lange versucht hatte herauszufinden, was mit Lina geschehen war. Aber was war eigentlich mit ihr geschehen? Bisher sagte ihm die Nachricht nur, dass sie gefunden worden war. Was bedeutete das? War sie lebendig wieder aufgetaucht, hatte vielleicht die letzten Jahre im Ausland verbracht, oder war sie irgendwo festgehalten worden? Oder – der Gedanke ließ ihn erschauern – war ihre Leiche gefunden worden?

Mit zittrigen Händen wählte er die Nummer, von der aus ihm die Nachricht geschickt worden war.

»Peer!«, meldete sich eine Stimme, die er selbst nach all den Jahren sofort wiedererkannte.

»Hallo Christian.« Er schluckte, rang um Worte.

»Ich dachte, du solltest es als einer der Ersten erfahren«, enthob ihn sein ehemaliger Freund der Verpflichtung zu sprechen. »Linas Leiche ist gefunden worden.«

Alle Hoffnung auf ein besseres Ende zerstob im Nichts. »Ich weiß nicht, was ich sagen soll«, sagte Karlsen wahrheitsgemäß.

»Ja. Sie haben meine Tochter bei Baggerarbeiten am Kanal gefunden.«

»An einem Sonntag?« Trotz des Schocks konnte er sein logisches Denken nicht unterdrücken.

»Nein, aber soeben kam die Bestätigung, dass es sich um ...« Ein erstickter Laut drang aus dem Telefon.

»Wo wurde sie gefunden?«

»Bei Großkönigsförde.«

»So weit weg?«

»Ich ...« Karlsen hörte ein Schluchzen im Hintergrund. »Ich mach jetzt Schluss«, sagte Christian. »Heike braucht mich.« Er legte auf.

Karlsen schloss die Augen und atmete zitternd aus. Er schüttelte den Kopf. So konnte er nicht gehen. Nicht mit diesem losen Faden, der sich nach einem Jahrzehnt aus dem Knäuel aus Schuld, Angst, Wut und Zweifel gelöst hatte. Er schob seine Pistole zurück ins Halfter und erhob sich von der Bank. Mit einem bedauernden Blick auf den Kanal trat er auf den Fahrweg, der sich auf der gesamten Länge des NOKs entlang des Ufers zog. Er musste ein ganzes Stück laufen, um zu seinem Auto zu gelangen.

»Ich hatte gedacht, dich nie mehr sehen zu müssen«, sagte er zu der Karre und schloss sie auf. Eine üble Geruchsmischung aus Diesel, feuchten Polstern und altem Rauch stieg ihm in die Nase. Dabei hatte er bereits vor über einem Jahr mit dem Rauchen aufgehört, doch der Geruch hielt sich hartnäckig. Hatte übrigens auch nichts mehr genützt, mit dem Rauchen aufzuhören, seinen Krebs hatte er trotzdem bekommen. Wahrscheinlich war es schon längst zu spät gewesen. Wie zur Bestätigung musste er husten. Vor Abscheu grummelnd wuchtete er seinen schweren Körper in das Auto.

Eine halbe Stunde später steckte er den Schlüssel in das Schloss der Tür zu seiner Wohnung. Von ihr hatte er ebenfalls geglaubt, sie nicht mehr wiederzusehen. Im Gegensatz zu seinem Auto mochte er seine Wohnung in Kiel jedoch. Sie lag in einem ehrwürdigen Altbau am Schrevenpark, mit hohen Räumen, Parkett und Stuck an der Decke des Wohnzimmers. Er stieß die Tür auf und bückte sich nach dem Brief, den er mitten im Flur abgelegt hatte. Er war an seine Tochter gerichtet und hatte ihr seinen Schritt erklären sollen. Kurz wog er ihn in seiner Hand, überlegte, ihn für das nächste Mal zu verwahren, entschied sich dagegen und zerriss ihn in kleine Fetzen.

Was nun? Verständlicherweise hatte er keine Pläne für den heutigen Sonntag gemacht. Er brannte zwar darauf, Näheres über das Auffinden von Linas Leiche zu erfahren, doch schon damals war er von den Ermittlungen ausgeschlossen worden. Natürlich. Er könnte eventuell ein paar Beziehungen spielen lassen, wollte aber nicht riskieren, Harms zu verärgern. Er war, um Einfluss auf den Fall zu nehmen, auf das Wohlwollen seines Chefs angewiesen.

So blieb ihm nichts anderes übrig, als auf den morgigen Tag zu warten. Mit kreisenden Gedanken, die ihn wie ein gefangenes Tier durch die Wohnung scheuchten. Wie gerne hätte er sich mit einer Flasche Wein betäubt, aber leider hatte er vor dem heutigen Tag seine Vorräte geleert.

Nein, hier hielt er es nicht länger aus. Er schnappte sich seine Jacke und den Wohnungsschlüssel und zog die Tür hinter sich zu. Durch den Park lief er bis zur Holtenauer Straße und weiter hinab in Richtung Förde. In einem offenen Kiosk kaufte er ein paar Dosen Flensburger. Derart ausgerüstet zog er zur Kiellinie. Dort auf dieser breiten Promenade, die sich entlang der Förde am Landtag vorbei bis zur Tirpitz-mole erstreckte, würde er einen schönen Ort finden, an dem er sich gepflegt besaufen konnte.

# Kapitel 2

»Warum in drei Teufels Namen sollten wir die Ermittlungen wieder aufnehmen?« Harms funkelte Karlsen mit zusammengezogenen Augenbrauen an.

Karlsen ballte unwillkürlich die Fäuste. Der Chef der Kieler Mordkommission und er waren nie die besten Freunde gewesen. Seit Harms allerdings die Ermittlungen gegen Julius geleitet hatte, war ihr Verhältnis auf einem Tiefpunkt angekommen und hatte sich nie wieder erholt.

»Weil, wie du sicher gehört hast, die Leiche von Lina gefunden wurde«, knurrte er.

»Du hast doch nicht ernsthaft in Erwägung gezogen, dass sie noch lebt.«

Karlsen zuckte mit den Schultern.

»Wie auch immer, ich sehe keine Veranlassung, die Ermittlungen wieder aufzunehmen. Dein Sohn war eindeutig schuldig, ob mit oder ohne Leiche.«

»Ihr konntet ihm nie etwas nachweisen!« Karlsen wurde laut.

»Das war ja auch nicht nötig.« Harms setzte eine scheinheilige Miene des Bedauerns auf.

Karlsen atmete tief durch und zwang sich zur Ruhe. Seinem Vorgesetzten eine zu ballern, wie er es am liebsten getan hätte, war mit Sicherheit nicht zielführend.

»Allein der Fundort sollte doch ausreichend Grund für neue Ermittlungen sein«, erwiderte er stattdessen. »Er liegt beinahe zwanzig Kilometer von dem Ort unter der Hochbrücke entfernt, an dem Julius mit Lina verabredet war und er nur ihren Rucksack vorgefunden hat.«

»Das beweist überhaupt nichts. Julius' Aussage ist durch nichts bewiesen worden, er konnte genauso gut mit Lina zu dem Ort gefahren sein, an dem sie jetzt gefunden wurde.«

»Julius war sechzehn und hatte nur ein Fahrrad. Glaubst du, er hat sie zwanzig Kilometer auf dem Gepäckträger transportiert?«

»Oder Lina ist mit ihrem eigenen Fahrrad gefahren.«

»Das ist Schwachsinn. Ihr Fahrrad war zu Hause, es hatte einen Platten«, brüllte Karlsen. Selbst nach all den Jahren erinnerte er sich an jede Kleinigkeit.

»Jetzt komm mal wieder runter. Ich kann ja verstehen, was in dir vorgeht. Du willst nicht wahrhaben, dass dein eigener Sohn zum Mörder geworden ist. Aber alles hat gegen ihn gesprochen.«

»Wie kannst du verstehen, was in mir vorgeht? Dein Sohn lebt ja noch.« Er sagte dies mit einem Unterton, als sei es nur eine Frage der Zeit, bis auch der Sohn von Harms starb. Und tatsächlich war das gar nicht so abwegig, da dieser an einer Depression erkrankt war. Karlsen hatte vor Jahren zufällig davon erfahren. Bisher hatte er nie das Thema aufgebracht, aber jetzt wollte er verletzen.

Entsprechend angepisst reagierte Harms. »Ich denke, wir beenden die Unterhaltung an dieser Stelle. Sollte sich Spurenmaterial an der Leiche finden, welches Julius entlastet, werden die Ermittlungen selbstverständlich wieder aufgenommen. Aber ich wage zu bezweifeln, dass nach der langen Zeit irgendetwas zu finden ist.« Er baute sich vor Karlsen auf, was ein bisschen lächerlich war, da der ihn mit seinen einsneunzig um einiges überragte. »Du wirst dich aus allem raushalten. Und glaub nicht, du könntest deine guten Beziehungen zur Kieler Rechtsmedizin ausnutzen. Ich habe veranlasst, dass die Leiche in die Rechtsmedizin in Hamburg gebracht wird.«

Karlsen schnaubte und drehte sich wortlos um.

»Halt dich da raus!«, rief ihm Harms hinterher. »Das ist ein Befehl.«

Karlsen hob die Hand zu einem Stinkefinger und stapfte in sein Büro. Dort fuhr er seinen PC hoch und öffnete die internen Formulare. Der Antrag auf Urlaub war schnell gefunden. Er füllte ihn aus und setzte als Anfangsdatum den heutigen Tag ein. Dann schickte er den Antrag los, fuhr den PC wieder herunter und verließ die Dienststelle.

Nichts und niemand würde ihn davon abhalten, die Wahrheit herauszufinden. Endlich gab es einen

Punkt, an dem er ansetzen konnte. Sein Suizid musste warten.

Doch wo sollte er ansetzen? Seit dem Verschwinden von Lina waren zehn Jahre vergangen. Selbst wenn es damals irgendwelche Spuren gegeben hätte, die Julius entlasten könnten, wären sie längst verschwunden. Doch diese Spuren hatte es nicht gegeben. Er hatte weiß Gott alles versucht, um Hinweise auf einen anderen Verantwortlichen für Linas Verschwinden zu finden, und war damals schon gescheitert.

Auch nach dem Suizid seines Sohnes hatte Karlsen wie blindwütig versucht, zu beweisen, dass Julius unschuldig war. Er hatte es sich mit allen verscherzt, sogar seine Ehe war an seiner Besessenheit zerbrochen. Seine Suche war in Verbitterung umgeschlagen, als niemand ihm glaubte und mit ihm sprechen wollte. Er war ehrlich genug zuzugeben, dass das Leben mit ihm nicht auszuhalten und er unfähig gewesen war, eine Ehe zu führen. Leider beschränkte sich im Weiteren der Kontakt zu seiner Tochter ebenfalls auf das Nötigste.

Letztendlich war er gescheitert und Lina nie gefunden worden. Bis jetzt. Mit dem Fund der Leiche taten sich womöglich neue Ermittlungsansätze auf. Doch Harms hatte ihm klar und deutlich zu verstehen gegeben, dass der Fall für ihn abgeschlossen sei. Und so musste er wieder im Alleingang tätig werden.

Fragte sich nur wie. Der offiziellen Wege und ihrer Ressourcen beraubt, würde er wie ein Privatermittler arbeiten müssen. Selbstverständlich hatte er bedingt durch seine lange Zeit in der Kieler Kriminalpolizei Quellen, auf die er zur Not zurückgreifen könnte. Sofern nicht Harms seinen Kollegen jedwede Unterstützung verboten hatte, was ihm absolut zuzutrauen war. Nicht auszudenken, wenn sich herausstellte, Harms hätte bei seinen damaligen Ermittlungen den Falschen beschuldigt und somit den Tod eines jungen Menschen zu verantworten. Die Rettung seines Renommees war ihm mit Sicherheit wichtiger als die Wahrheit. Gott, wie er dieses selbstverliebte Arschloch verachtete, und das nicht nur, weil er ihm die Schuld am Tod seines Sohnes gab.

Ein anderes Problem war seine begrenzte Zeit. Da er sich weiteren Untersuchungen verweigert hatte, konnte er nicht einschätzen, wie viel Zeit ihm blieb, in der er in Vollbesitz seiner Kräfte war. Es war ihm gleich, ob der Krebs ihn dahinraffte. Vorher jedoch verlangte es ihn nach Gerechtigkeit für Julius. Seiner Tochter würde es sicher ebenfalls besser gehen, wenn sie nicht mehr mit dem Makel leben musste, dass ihr Bruder ein Mörder war. Seiner Ex natürlich ebenso.

Besser, er beeilte sich. Ein erster Ansatzpunkt wäre der Vater von Lina. Es musste ihm gelingen, ihn von der Unschuld Julius' zu überzeugen und auf seine Seite zu ziehen. Mit der Unterstützung von Christian würde er leichter an Informationen kommen. Informationen, die Harms hätte damals sammeln müssen. Der war stattdessen dem ersten Anschein gefolgt und hatte alles, was abseits seines Verdachts lag, außer Acht gelassen.

Karlsen hatte sein Auto erreicht und schloss es auf. Er steckte den Schlüssel ins Zündschloss und drehte ihn. Ein leises Klicken aus dem Motorraum war die einzige Reaktion. Das durfte doch nicht wahr sein. Konnte diese Karre nicht die wenigen Monate durchhalten, die ihm noch blieben? Er riss an dem Hebel, der die Motorhaube entriegelte. Zum Glück war sein Auto so alt, dass es einen anständigen Blick auf den Motor erlaubte. Nicht wie diese modernen Karren, deren Motorraum versiegelt war und mit denen man selbst für ein kaputtes Birnchen in die Werkstatt fahren musste.

Er war nicht 52 Jahre alt geworden, ohne die ein oder andere Motorpanne erlebt zu haben. So ahnte er, wonach er zu suchen hatte. Der Anlasser war schnell gefunden, saß aber so tief unten, dass er eine Verlängerung benötigte, um ihn zu erreichen. Er holte den Radmutterschlüssel aus dem Kofferraum und schlug mit ihm kräftig auf den Anlasser. Und tatsächlich, beim nächsten Versuch drehte der Anlasser wieder und der Wagen sprang an. Man muss auch mal Glück haben, dachte Karlsen und schlug die Motorhaube zu.

Christian und Heike wohnten noch in demselben Haus in Altenholz wie zum Zeitpunkt des Verschwindens ihrer Tochter. Dieses Verhalten war nicht ungewöhnlich für Eltern vermisster Kinder. Sie ließen ihre Zimmer über Jahre unverändert und wagten nicht umzuziehen, aus Angst, ihr Kind käme zurück und würde sie nicht mehr finden. Es musste unglaublich belastend sein, in einem Haus zu wohnen, das voller Erinnerungen war, gezwungen, in der Vergangenheit zu verharren. Es war nur zu verständlich, dass viele Angehörige erleichtert waren, wenn sie wie Christian und Heike nach Jahren des Hoffens und Bangens wider besseren Wissens, Gewissheit erhielten. Bei aller Trauer war ihnen mit der Nachricht vom Tod ihres Kindes ein Abschluss möglich.

Wie der aussah, war eine andere Sache. Er musste an seine eigene Ehe denken und seufzte aus tiefstem Herzen. Schließlich gab er sich einen Ruck und hievte sich mit einem leisen Stöhnen aus dem Auto. Obwohl heute Montag war und somit ein normaler Werktag, war er sicher, dass Christian und Heike zu Hause waren. Niemand würde nach solch einer Nachricht zur Arbeit gehen.

Durch den Vorgarten schlängelte sich ein gepflasterter Weg aus Backstein bis zur Haustür. Er stieg die zwei Stufen hoch und klingelte. Christian öffnete die Tür. Er war alt geworden in den Jahren, in denen Karlsen ihn nicht gesehen hatte. Zu seinen grauen

Haaren und den tiefen Furchen in seinem Gesicht, hatte sich ein resignierter Zug um seinen Mund gesellt. »Peer«, sagte er. »Was willst du hier?«

»Mit dir reden. Kann ich reinkommen?«

»Ich habe keine Zeit, ich muss nach Hamburg ...« Er schluckte. »In die Rechtsmedizin – zu Lina.« Seine Stimme brach.

»Du sollst sie identifizieren?«, fragte Karlsen entsetzt. Was gab es nach all den Jahren zu identifizieren? Und hatte Christian nicht gesagt, sie sei identifiziert worden?

»Sie haben einige Gegenstände gefunden ...«

»Und jetzt sollst du bestätigen, dass sie Lina gehören?«

Christian senkte den Blick und nickte. Dann riss er sich zusammen, zog die Schultern angriffslustig hoch. »Was geht es dich an?«, fuhr er Karlsen an.

»Das weißt du sehr genau. Du warst mein Freund, bis Lina verschwand und Julius dafür verantwortlich gemacht wurde.«

»Was du nie akzeptieren konntest. Immer hast du von irgendwelchen nicht vorhandenen Spuren und anderen Tätern gesprochen und hast es uns damit noch schwerer gemacht.«

»Es sind nie Beweise gefunden worden, die die Schuld von Julius bestätigten. Hättest du dein Kind einfach so aufgegeben?«

»Mein Kind ist tot und alles hat dafür gesprochen, dass dein Sohn für das Verschwinden Linas verantwortlich war.«

»Weil nie in eine andere Richtung ermittelt wurde. Julius musste für die Faulheit und Voreingenommenheit der zuständigen Ermittler büßen, verdammt!« Karlsen war laut geworden. Christians Miene verschloss sich, er trat einen Schritt zurück.

Karlsen unterdrückte ein Husten. »Christian, mein Sohn ist ebenfalls tot«, fuhr er leiser fort. »Ganz gleich, was alle geglaubt haben, warum er sich umgebracht hat, so ist er doch tot. Verstehst du? Mein Sohn ist tot!«

Christians Schultern sackten herab. »Ja«, sagte er. »Ich weiß.«

»Ich begleite dich nach Hamburg. Lass uns das gemeinsam durchstehen«, bat Karlsen.

Christian sah ihn mit zusammengezogenen Augenbrauen an, dann nickte er.

»Ich warte im Auto«, erklärte Karlsen.

# Kapitel 3

Fünf Minuten später stieg Christian zu Karlsen ins Auto. Wortlos schnallte er sich an und verschränkte die Arme vor seiner Brust. Karlsen startete den Motor und fuhr auf die nahe Hochbrücke, die über den Nord-Ostsee-Kanal in Richtung Hamburg führte. Währenddessen überlegte er, wie er sein Gespräch mit Christian beginnen sollte.

»Du hast gesagt, Lina sei bei Baggerarbeiten am Kanal gefunden worden?«, fragte er schließlich.

»Ja«, antwortete Christian knapp.

»Dort wo der Kanal verbreitert wird?«

»Keine Ahnung. Ich habe nicht nachgefragt. Ist das wichtig?«

»Das würde erklären, warum Lina erst jetzt gefunden wurde. Sie muss dort vergraben worden sein. Der Mörder konnte ja nicht ahnen, dass der Kanal verbreitert werden muss.«

Christian wandte sich zu ihm hin. »Du willst immer noch nicht wahrhaben, dass Julius der Täter war«, sagte er tonlos.

Karlsen packte das Lenkrad so fest, dass seine Fingerknöchel weiß hervortraten. »Niemals«, knurrte er. »Damals nicht und jetzt noch weniger. Der Fundort beweist, dass es jemand mit einem Auto gewesen sein muss.«

»Wie meinst du das?« Christian runzelte die Stirn.

»Wie hätte Julius mit Lina so weit fahren können? Er war mit dem Fahrrad unterwegs, aber Lina nicht. Du weißt doch, dass sie zu Fuß unterwegs war, weil ihr Fahrrad einen Platten hatte.«

»Er hätte sie auf seinem Gepäckträger mitnehmen können«, beharrte Christian.

»Aus welchem Grund hätten sie diese weite Strecke auf sich nehmen sollen? Das ergibt doch keinen Sinn. Genauso wenig, dass Julius Linas Rucksack unter der Hochbrücke gefunden hat.«

»Das hat er behauptet«, erwiderte Christian skeptisch.

»Es wurden Blutspuren am Pfeiler der Brücke gefunden, also ist dort der Tatort.«

»Vielleicht hat er sie dort schon getötet und dann in den Wald bei Großkönigsförde gebracht.«

»Glaubst du im Ernst, dass Julius die Leiche auf seinem Gepäckträger zwanzig Kilometer am Kanal entlang transportiert hat?«, rief Karlsen aufgebracht. »Man kann keinen Körper auf dem Gepäckträger transportieren, abgesehen davon, dass er jederzeit auf dem Weg hätte gesehen werden können. Nein, dazu war ein Auto nötig.« Er warf einen Seitenblick auf seinen Freund.

Christian schwieg.

»Du kanntest Julius von Geburt an und weißt, dass er keiner Fliege etwas zu Leide tun konnte. Er war zwar ein wenig besonders, aber niemals aggressiv.« Eine Welle der Traurigkeit überkam ihn bei diesen Worten. Julius war ein solch netter Mensch gewesen. Schon früh war bei ihm ein leichter Aspergerautismus festgestellt worden, der ihn bisweilen etwas seltsam erscheinen ließ, was ihn jedoch noch liebenswürdiger machte.

Tränen brannten in seinen Augen. Nur mit Mühe gelang es ihm, sich weiter auf die Fahrbahn zu konzentrieren. Christian schwieg weiterhin. Er schien nicht überzeugt.

Karlsen riss sich zusammen. Heulen brachte in dieser Situation nichts. »Ich glaube, Lina wurde unter der Hochbrücke umgebracht. Das würde die Blutspuren dort erklären. Und dann wurde sie in einem Auto weggebracht und an dem Ort begraben, an dem sie nun gefunden wurde.«

»Wenn du recht hast, läuft der wahre Mörder nach wie vor frei herum«, sagte Christian leise. »Und er hat nicht nur Lina, sondern auch Julius auf dem Gewissen.«

Eine Welle der Wut und gleichzeitig Erleichterung überspülte Karlsen. Endlich, endlich glaubte ihm jemand und nicht nur irgendjemand, sondern Christian, der Vater von Lina. Zum Glück kündigte ein Schild einen nahen Parkplatz an. Karlsen bog ab und parkte das Auto. Dann drehte er sich zu Christian

20

und zog ihn in seine Arme. All die Jahre, die sie sich nicht gesehen hatten, schrumpften zu einem Nichts zusammen, die Freundschaft und das Vertrauensverhältnis, das sie bis zum Verschwinden Linas verbunden hatte, erwachte wieder zum Leben. Beide konnten ihre Tränen nicht zurückhalten.

Nach einer Weile löste sich Christian aus der Umarmung. »Wie geht es jetzt weiter?«, fragte er und wischte sich über die Augen.

»Ich glaube nicht, dass die Ermittlungen wieder aufgenommen werden.«

»Wieso das denn? Der Mörder muss doch gefunden werden!«

»Der damalige Ermittler ist inzwischen Chef der Kripo und hat kein Interesse daran, die Ermittlungen wieder aufzunehmen. Dadurch würde ja zum Vorschein kommen, dass er damals schlampig ermittelt hat.«

»Er glaubt also immer noch an die Schuld von Julius?«

»Das weiß ich nicht. Auf jeden Fall lässt er das Argument mit dem weit entfernten Fundort nicht gelten. Aber vielleicht finden sich an Lina neue Hinweise.«

»Und wenn nicht? Dann passiert nichts?«

»Das werde ich nicht zulassen. Ich habe mir Urlaub genommen und und ermittle auf eigene Faust.«

»Wolltest du deswegen mit nach Hamburg?«

»Ja. Aber auch um dich zu unterstützen.« Karlsen verschwieg, dass er Christian auf seiner Seite brauchte, da dieser Einzelheiten erfahren konnte, die ihm vorenthalten wurden.

Den Rest der Fahrt verbrachten die beiden versunken in ihren Gedanken.

Vor der Tür zum Institut für Rechtsmedizin der Universitätsklinik in Hamburg Eppendorf stockte Christian. Er hatte bereits die Hand an den Türgriff gelegt, ließ ihn jedoch wieder los und trat einige Schritte zurück.

Karlsen sah ihn fragend an. Ein Schauer durchfuhr seinen Freund. »Wenn ich da jetzt reingehe, wird es wirklich wahr, dass Lina tot ist«, sagte er.

»Du musst sie dir nicht ansehen«, beschwichtigte Karlsen. »Nach so einer langen Zeit wird nicht mehr viel von ihr übrig sein. Du sollst doch nur einige Gegenstände identifizieren.«

»Das ist es ja gerade. In meiner Vorstellung ist Lina immer noch 16 Jahre alt, ein hübsches Mädchen voller Leben. Wie kann sie jetzt nur noch aus einem Haufen Knochen bestehen? Ich muss das mit eigenen Augen sehen.«

Karlsen atmete schwer aus. Er hatte seinen Sohn nach dessen Suizid gesehen. Auch er hatte sich mit eigenen Augen davon überzeugen müssen, dass es sich um seinen Sohn handelte und er tatsächlich tot war. Julius hatte ausgesehen, als schliefe er. Karlsen schreckte vor der Vorstellung zurück, wie er jetzt nach zehn Jahren aussehen würde, was von ihm noch übrig war. Auch für ihn war sein Sohn 16 Jahre alt geblieben. »Tu dir das nicht an«, beschwor er Christian. »Behalte sie so in deiner Erinnerung, wie du sie zuletzt gesehen hast.«

»Versteh doch! Ich muss sie sehen, um zu realisieren, dass sie wirklich und wahrhaftig tot ist.«

Karlsen legte seine Hand auf Christians Schulter und drückte sie kurz. Dann öffnete er die Tür zum Institut. Drinnen folgten sie der Beschilderung zum Sekretariat. Sie meldeten sich an und wurden ins Wartezimmer geschickt. Nach einer Weile, die sie schweigend nebeneinandersitzend verbrachten, erschien eine große Frau von Mitte vierzig, die einen grünen, hinten geschlossenen Kittel über ihrer Kleidung trug. Ihr schulterlanges braunes Haar hatte sie zu einem Zopf zusammengebunden. Obwohl sie nicht den gängigen Schönheitsidealen entsprach – dafür waren ihre Gesichtszüge zu kantig – fand Karlsen sie auf eine Weise attraktiv, die er nicht erklären konnte. Vor allem, da er sich als Krebskranker mit Suizidabsicht wie eine Leiche auf Urlaub fühlte.

»Moin«, sagte sie. »Ich bin Dr. Janicek.« Sie sah die beiden Männer an. »Herr Mayfeldt?«

Christian stand auf. »Das bin ich«, sagte er.

Die Ärztin reichte ihm die Hand. »Mein Beileid«, sagte sie. Sie wandte sich an Karlsen. »Und Sie sind?«

»Karlsen«, stellte er sich vor. »Ich stehe Herrn Mayfeldt bei.«

Sie fixierte ihn, als wolle sie ihn etwas fragen, sagte jedoch lediglich: »Folgen Sie mir bitte.«

Sie führte die beiden Männer zu einem Sektionssaal und hielt ihnen die Tür auf. Der Raum enthielt zwei Edelstahltische, die in dem kalten Neonlicht blinkten. Frau Dr. Janicek steuerte auf eine Reihe von Schalen zu, die auf einem der an der Wand aufgereihten hüfthohen Edelstahlschränke lagen. Dort stellte sie sich mit dem Rücken zu ihnen auf. »Herr Mayfeldt«, sagte sie. »Ich habe hier einige Gegenstände, die wir bei den Überresten Ihrer Tochter gefunden haben. Ich möchte Sie bitten, mir zu sagen, ob sie ihr gehört haben.« Sie trat beiseite und gab den Blick auf die Edelstahlschalen frei. Christian zögerte einen Moment, bevor er näher trat. Karlsen schaute ebenfalls in die Schalen. Sie enthielten eine angelaufene Kette, einen Ring und zwei Haarspangen.

Christian streckte seine Hand nach der Kette aus. »Darf ich?«, fragte er die Gerichtsmedizinerin. Sie nickte. Behutsam bettete er die Kette in seine Handfläche. »Die haben wir Lina zur Konfirmation geschenkt«, flüsterte er und eine Träne tropfte auf seine Hand. Karlsen ertrug den Anblick des gramerfüllten Gesichts seines Freundes nicht. Er blickte zu der Ärztin und ertappte sie dabei, dass sie ihn mit zusammengezogenen Augenbrauen musterte. Schnell wandte sie ihren Blick ab.

Nach einer Weile legte Christian die Kette in die Schale und trat einen Schritt zurück.

»Können Sie bestätigen, dass es sich bei dem Ring und den Haarspangen ebenso um das Eigentum Ihrer Tochter handelt?«, fragte Frau Dr. Janicek.

»Ja, das alles gehört Lina.« Christian streckte den Rücken durch. »Und nun möchte ich meine Tochter sehen.«

Die Rechtsmedizinerin runzelte die Stirn. »Ich glaube, Sie unterschätzen, was zehn Jahre in der Erde mit einem menschlichen Körper machen.«

»Es ist mir sehr wohl bewusst, dass Lina nicht mehr so aussieht wie zu Lebzeiten. Dennoch möchte ich sie sehen.«

»Herr Mayfeldt, es sind nur Knochen übrig.«

Christian schob sein Kinn vor. »Ist es verboten, dass ich sie sehe?«

»Nein, natürlich nicht. Aber dennoch rate ich Ihnen, Ihre Tochter so in Erinnerung zu halten, wie Sie sie zuletzt gesehen haben.«

»Ich habe zehn Jahre lang wider alle Vernunft gehofft, dass Lina eines Tages wieder zurückkommt. Nur wenn ich sie sehe, kann ich ihren Tod wirklich glauben.«

Dr. Janicek seufzte schwer. »Nun gut,« sagte sie und ging zu einem der vielen Schubfächer, die eine Seite des Autopsiesaales begrenzten. Sie zog es auf ganzer Länge heraus. Ein weißes Tuch bedeckte die Bahre, unter dem sich die Knochen verbargen. Nach einem prüfenden Blick zu Christian, der entschlossen nickte, entfernte sie das Tuch. Ein Skelett kam zum Vorschein. Seine Knochen waren braun gefärbt und nahezu fleischlos. Christian trat an die Bahre heran und heftete seinen Blick auf die Überreste seiner Tochter. »Ich erkenne sie«, sagte er leise. Er zeigte auf die Zähne. »Sie ist, als sie zehn war, von einem Klettergerüst gefallen und hat sich eine Ecke ihres Schneidezahnes abgebrochen. Sie hat diesen vermeintlichen Makel gehasst und wollte sich den Zahn überkronen lassen. Wir waren dagegen, wir liebten diese kleine Unebenheit.« Er schniefte. »Kann ich einen Augenblick mit ihr allein sein?«

»Sicher«, antwortete die Rechtsmedizinerin. »Kommen Sie«, sagte sie zu Karlsen und schob ihn aus dem Raum. Draußen vor der Tür sah sie ihn finster an. »Sie sind Kommissar Karlsen, oder?«

»Ja«, bestätigte Karlsen erstaunt.

»Ich bin vorgewarnt worden.«

»Vor mir?«

»Jo. Dass Sie auftauchen und versuchen könnten, an die Obduktionsergebnisse zu kommen.«

»Lassen Sie mich raten. Ein Hauptkommissar Harms hat Sie angerufen.«

»Das scheint Sie ja nicht besonders zu überraschen.«

Karlsen schüttelte resigniert den Kopf. Sicher hatte er Christian beistehen wollen, doch seine Hauptintention war gewesen, an Informationen zu gelangen. Das hatte sich offensichtlich gerade zerschlagen, jetzt konnte er nur noch hoffen, dass Christian Genaueres wissen wollte und er dabei zuhören dürfte.

»Ihr Chef hat uns informiert, dass Sie persönlich involviert und überdies in Urlaub sind und somit keinerlei Befugnis haben, die Obduktionsergebnisse zu erhalten.«

»Das stimmt«, bestätigte Karlsen.

»Mehr haben Sie dazu nicht zu sagen?«

»Doch, aber ich denke nicht, dass Sie das interessiert.«

»Es interessiert mich, warum ich die Leiche einer jungen Frau auf den Tisch bekomme, die eigentlich in die Zuständigkeit der Kollegen in Kiel fällt. Und warum es der Chef der Kieler Kripo für nötig hält, mich vor einer möglichen unbefugten Einmischung Ihrerseits zu warnen.«

»Das ist eine lange Geschichte.«

»Ich liebe lange Geschichten und ich hasse es, wenn man mir sagt, was ich zu tun bzw. zu lassen habe.« Dr. Janicek warf einen Blick durch das Fenster auf Christian, der behutsam das Leichentuch über seine Tochter zog. »Aber jetzt ist keine Zeit für lange Geschichten«, fuhr sie fort. »Ich werde mir heute noch die Überreste der jungen Frau ansehen. Was halten Sie davon, wenn Sie sich morgen bei mir melden?«

Karlsen betrachtete die Frau überrascht. »Warum tun Sie das?«

»Wie gesagt, ich hasse es, Vorschriften gemacht zu bekommen.« Die Ärztin ließ ihn stehen und ging zurück in den Saal zu Christian. Karlsen beeilte sich, ihr zu folgen.

Christian trat von der Bahre zurück. »Danke«, sagte er. Frau Janicek schob die Bahre zurück in ihr Fach und schloss die Tür.

»Können Sie sagen, wie ...«, Christian schluckte, »... Lina gestorben ist?«

»Leider bin ich noch nicht dazu gekommen, die Leichenschau bei Ihrer Tochter durchzuführen. Das werde ich heute machen. Mein Bericht geht an die Kripo in Kiel. Am besten wenden Sie sich an die zuständigen Beamten dort.«

Die Rückfahrt nach Kiel verlief bis Neumünster schweigend. Karlsen wusste nichts zu sagen, was angesichts der Trauer, die Christian wie ein Mantel umhüllte, nicht belanglos geklungen hätte. Darüber hinaus musste er an die Gerichtsmedizinerin und ihr seltsames Verhalten denken. Ob sie tatsächlich in Erwägung zog, ihm die Ergebnisse der Obduktion mitzuteilen? Er war sehr gespannt auf das morgige Telefonat.

»Es war gut, dass Heike nicht mitgefahren ist«, sagte Christian und seine Stimme klang, als sei sie durch das lange Schweigen eingerostet. »Diese Knochen mit Lina in Verbindung zu bringen war verdammt schwer. Ohne den abgebrochenen Zahn wäre mir das nicht gelungen.«

Der starke Verkehr auf der Autobahn hielt Karlsen davon ab, seinen Blick von der Straße zu nehmen. »Wie fühlst du dich?«, fragte er daher, ohne Christian anzuschauen.

Christian überlegte eine Weile. »Ich weiß es nicht. Solange wir nicht wussten, was mit Lina passiert ist, blieb uns noch ein Funken Hoffnung. Aber jetzt ...«

»Jetzt bleibt nur noch die Trauer«, ergänzte Karlsen.

Christian atmete schwer aus und verbarg sein Gesicht in seinen Händen.

Den Rest der Fahrt sprach keiner der beiden. Erst vor dem Haus in Altenholz drehte sich Christian zu Karlsen hin. »Danke, dass du mich begleitet hast.«

»Nicht dafür. Wie du weißt, habe ich das auch aus eigennützigen Gründen getan.«

»Aber erfahren hast du nichts.«

»Nein, unter Umständen werde ich das aber noch.«

»Wie meinst du das?«

»Als ich mit Frau Janicek vor der Tür gewartet habe, haben wir geredet und möglicherweise verrät sie mir die Ergebnisse der Obduktion.«

»Und wie soll das bei deiner Suche nach dem Mörder von Lina helfen?«

Karlsen zuckte die Achseln. »Wir werden sehen. Auf jeden Fall möchte ich mit den Freunden von Lina reden. Damals wurde ich ja komplett von den Ermittlungen ferngehalten. Es wäre gut, wenn du ein gutes Wort bei ihnen für mich einlegen würdest.«

Christian schüttelte resigniert den Kopf. »Mein Gott, das ist zehn Jahre her. Ich weiß kaum noch ihre Namen, geschweige denn, wo sie mittlerweile wohnen.«

»Das kläre ich mich dann.«

»Okay, ich schau mal, wer mir einfällt. Doch zunächst kümmere ich mich um Heike.« Mit einem schweren Seufzer öffnete Christian die Tür und stieg aus. Mit hängenden Schultern schlurfte er wie ein alter gebrochener Mann zur Haustür. Er schloss die Tür auf und trat, ohne sich noch einmal umzusehen, ins Haus.

Karlsen startete den Wagen und fuhr zu seiner Wohnung. Während der schweigsamen Fahrt von Hamburg zurück nach Kiel hatte er sich seine weiteren Schritte überlegt. Als Erstes würde er seine alten Aufzeichnungen aus dem Keller holen und sie durchforsten. Ihm war zwar jedes Detail im Gedächtnis, es konnte aber nicht schaden, sich die Akten erneut mit der Gewissheit anzusehen, dass Lina ermordet worden war.

\*\*\*

Die Nachricht traf ihn wie ein Schlag in den Magen. Linas Leiche war gefunden worden. Dabei schien der Ort, an dem sie begraben worden war, so sicher. Und dann kamen die doch tatsächlich auf die Idee, dass der Nord-Ostsee-Kanal zu eng war für die immer größer werdenden Schiffe. Und ausgerechnet an der fraglichen Stelle wurde der Kanal verbreitert, was natürlich Baggerarbeiten bedeutete. Er hatte von den Arbeiten gewusst, sich jedoch in Sicherheit gewähnt. Er glaubte nicht an die Mär von dem aufmerksamen Baggerfahrer, der bemerkt, was er da ausbuddelt. Aber anscheinend gab es ihn doch, jedenfalls waren die Überreste Linas entdeckt worden.

Doch Sorgen musste er sich keine machen. Der Fund würde nichts an der Tatsache ändern, dass jeder Julius für den Schuldigen hielt. Mit einer Rückkehr des Mädchens hatte sowieso niemand mehr gerechnet. Und was sollte man bei der Untersuchung von Knochen schon finden? Mit Sicherheit keine DNA von ihm, eventuelle Spuren waren zusammen mit dem Fleisch längst verwest. Ihm drohte somit keine Gefahr. Die einzige Unsicherheit bestand in dem verrückten Vater von Julius. Der hatte damals schon keine Ruhe gegeben und alle mit seiner Behauptung, sein Sohn sei unschuldig, gegen sich aufgebracht. Möglicherweise würde er nun erneut jeden Stein umdrehen. Sollte er doch, er würde heute genauso wenig finden wie damals. Es konnte allerdings nicht schaden, ihn im Auge zu behalten. Ein GPS-Tracker an dem Auto des Kommissars würde da recht nützlich sein. Es war immer gut, auf alle Eventualitäten vorbereitet zu sein.

# Kapitel 4

Einige Jahre nach dem Tod seines Sohnes hatte Karlsen beschlossen, einen Schlussstrich zu ziehen. Er war mit seinen Ermittlungen keinen Schritt weiter gekommen, hatte alle seine Freunde und seine Familie vergrault und sein eigenes Leben eingefroren. Deshalb hatte er seine Akten und Aufzeichnungen, die sich im Laufe der Jahre angesammelt hatten, in Kartons gepackt und in den Keller gebracht.

Es hatte sich wie ein kalter Entzug angefühlt. Wie oft hatte er vor dem Regal im Keller gestanden und seine Hand an einen der Kartons gelegt, um ihn wieder herauszuziehen. Aber er hatte es geschafft, nicht rückfällig zu werden. Geholfen hatte es ihm trotzdem nicht. Obwohl er seine Suche nach der Wahrheit eingestellt hatte, hatte er nicht abschließen können. Permanent schwelte in ihm diese Wunde, die der Selbstmord seines Sohnes verursacht hatte, und verhinderte, dass er sein Leben wieder aufnahm. So war er zu einem mürrischen Misanthropen geworden, der keinen Sinn mehr in seinem Leben fand. Selbst sein geliebtes Segelboot hatte er verkauft, da es ihn nur an die glücklichen Stunden erinnerte, die er mit Julius auf dem Boot verbracht hatte.

Und sein einziger sozialer Kontakt bestand in seiner 80-jährigen Nachbarin, deren Hund, einen übergewichtigen Labrador, er hin und wieder ausführte und die ihn zum Dank im Anschluss mit Tee und Schnaps abfüllte.

Doch nun wurde es Zeit, die Kartons wieder aus dem Keller zu holen. Er sagte sich, dass dies kein Rückfall sei, sondern eine wohlüberlegte Entscheidung, da ihm das Auffinden Linas einen neuen Anstoß gegeben hatte, seine Ermittlungen wiederaufzunehmen. Er stieg in seinen Keller hinab und trug einen Karton nach dem anderen herauf in seine Wohnung. Beim dritten Karton erwischte ihn auf der Treppe ein heftiger Hustenanfall, der ihn in die Knie zwang. Prompt ging die Tür seiner Nachbarin auf, die besorgt zu ihm herabschaute. »Alles in Ordnung, Herr Karlsen?«, fragte sie.

Karlsen winkte mühsam nach Luft ringend ab. »Geht schon wieder, Frau Wagner«, presste er hervor.

Die Nachbarin runzelte die Stirn. »Damit sollten Sie wirklich zum Arzt gehen.«

»War ich schon«, murmelte Karlsen.

»Wie bitte? Ich habe Sie nicht verstanden.«

»Mach ich«, sagte er laut.

»Ja, tun Sie das. Einen schönen Tag noch.« Frau Wagner zog sich in ihre Wohnung zurück.

Endlich waren alle Kartons in seinem Wohnzimmer aufeinandergestapelt. Karlsen betrachtete den Stapel und wunderte sich über die Menge Papier, die er im Laufe der Jahre gesammelt hatte. Und dennoch hatte er nichts erreicht. Allein ein Karton war mit Zeitungsausschnitten gefüllt. Die musste er nicht noch einmal lesen, dort würde er nichts Neues entdecken. Er hatte damals jede Zeitung gekauft, die über den Fall Lina Mayfeldt berichtet hatte. Die Journalisten tappten wie die Polizei im Dunkeln und schossen sich nach kurzer Zeit auf den Freund der Vermissten ein, ohne seinen Namen zu nennen. Das war jedoch nicht nötig gewesen, jeder im weiteren Umfeld von Lina wusste, dass von Julius die Rede war. Diese Artikel waren ebenso zu Sargnägeln für seinen Sohn geworden, wie die ermittelnden Beamten, allen voran Harms, die glaubten, mit Julius den Verantwortlichen gefunden zu haben und ihre Ermittlungen ausschließlich auf ihn konzentrierten.

Ein weiterer Karton enthielt Kopien der offiziellen Akten, die sich Karlsen auf nicht ganz legalem Weg beschafft hatte. Der Rest der Boxen war mit seinen eigenen Notizen und Aufzeichnungen gefüllt.

Er würde mit den Akten beginnen. Dort würde er die Namen der Freunde und Schulkameraden von Lina finden. Mit ihnen wollte er als Erstes sprechen. Unter Umständen war ihnen im Laufe der Jahre irgendetwas eingefallen, was ihm einen Ansatzpunkt für seine Nachforschungen bieten würde.

Doch zunächst musste er einkaufen gehen. Da er nach seiner Krebsdiagnose beschlossen hatte, sich das Leben zu nehmen, hatte er nichts mehr eingekauft und alle seine Vorräte verbraucht. Er hatte denjenigen, die seine Wohnung leerräumen würden, nicht zumuten wollen, in vergammelten Lebensmitteln rumwühlen zu müssen. So fuhr er zu einem nahegelegenen Supermarkt und kaufte neben Wein, Bier und Wasser Brot, Käse und Aufschnitt sowie eine Auswahl an Fertiggerichten. Früher hatte er gerne und, wie er sich zugestand, gut gekocht, doch seitdem er alleine lebte, hatte er keinen Antrieb mehr gefunden, zu kochen. Nur für sich solch einen Aufwand zu betreiben, erschien ihm zu hoch. Deshalb ernährte er sich hauptsächlich von Brot und Fertiggerichten oder ging, wenn sein Job es zuließ, in die Kantine. Das war seiner Gesundheit und seinem ohnehin schon zu hohem Gewicht nicht gerade zuträglich gewesen. Ebenso wenig wie seine Raucherei. So kam es, wie es kommen musste ...

Nach einem späten Mittagessen oder je nach Blickrichtung frühen Abendessen, wühlte er sich den restlichen Nachmittag durch die Akten und erstellte eine Liste mit den Namen von Linas Freunden und Schulkameraden. Diese Liste würde er Christian vorlegen. Er wollte mit den Menschen sprechen, die Lina am nächsten gestanden hatten. Christian und Heike würden sicher wissen, wer die besten Freunde von Lina gewesen waren.

Er stellte die durchgearbeiteten Kartons auf die Seite und öffnete sich ein Bier. Bis spät in die Nacht durchforstete er seine Aufzeichnungen. Am Ende stand ihm zwar diese ganze furchtbare Geschichte wieder vor Augen, als sei sie gestern passiert, doch eine heiße Spur hatte er nicht entdeckt.

# Kapitel 5

Karlsen schlief schlecht in dieser Nacht. Wilde Träume, an deren Inhalt er sich nicht erinnern konnte, die aber ein ungutes Gefühl hinterließen, wechselten sich mit langen Wachphasen ab, die er grübelnd über sein weiteres Vorgehen verbrachte. Erst gegen Morgen fiel er in einen tieferen Schlaf und wachte am späten Vormittag gerädert auf. Nach einer kalten Dusche und einem starken Kaffee rief er in der Rechtsmedizin in Hamburg an und ließ sich mit Frau Dr. Janicek verbinden. Sie führte jedoch gerade eine Obduktion durch, so dass er bei einem Assistenten landete, dem er seine Nummer und die Bitte um Rückruf hinterließ.

Und nun? Er hätte gerne mit Christian über seine Liste der Freunde und Schulkameraden Linas gesprochen, wagte aber nicht, ihn anzurufen, aus Angst den Rückruf der Gerichtsmedizinerin zu verpassen. Wenn sie denn tatsächlich zurückrief. Gestern glaubte er, ihre Bereitschaft, ihm zu helfen, gespürt zu haben, aber womöglich hatte sie in der Zwischenzeit ihre Meinung geändert. Aus welchem Grund sollte sie ihm die Obduktionsergebnisse weitergeben, wo ihr doch von Harms klipp und klar gesagt worden war, dass er keinerlei Befugnisse hatte. Er hatte die Ärztin nur kurz kennengelernt, ihr aber abgenommen, dass sie es nicht mochte, Vorschriften gemacht zu bekommen. Sie hatte auf ihn gewirkt, als folge sie lieber ihrem eigenen Willen. Doch reichte das, um behördliche Grenzen zu überschreiten?

Er schüttelte den Kopf über seine sinnlosen Spekulationen. Entweder sie rief zurück oder er musste ohne ihre Hilfe auskommen. Sicher würde Christian die Ergebnisse der Obduktion erfahren, wenn er danach fragte.

Karlsen beschloss, die Wartezeit mit einem gesunden Frühstück zu überbrücken. Er musste bei Kräften bleiben, zumindest bis er den wahren Mörder von Lina gefunden hatte. Den Gedanken, dass ihm dies nach der langen Zeit, die seit der Tat vergangen war, nicht gelingen könnte, drängte er schnell beiseite. Er musste daran glauben, sonst konnte er sich die Pistole direkt wieder an den Kopf setzen.

Als das Telefon klingelte, hatte er gerade ein großes Stück seines Käsebrotes abgebissen. Hastig schluckte er den Bissen herunter und nahm das Gespräch an. »Moin, Herr Karlsen«, tönte die kräftige Stimme von Frau Dr. Janicek aus dem Telefon.

»Hallo, Frau Dr. Janicek«, sagte Karlsen. »Vielen Dank für Ihren Rückruf.«

»Lassen Sie den Doktor mal weg. Ist viel zu umständlich. Ich sage ja auch nicht Herr Kriminalhauptkommissar zu Ihnen.«

Karlsen wunderte sich, dass die Ärztin seinen Rang kannte. Hatte sie die Information von Harms oder hatte sie sich über ihn informiert? »Okay, also noch mal Danke für Ihren Rückruf. Sie sagten gestern, ich solle mich wegen der Obduktionsergebnisse bei Ihnen melden.«

»Ich weiß, was ich gestern gesagt habe, aber habe doch leise Zweifel, ob ich Ihnen die Ergebnisse weitergeben soll.«

»Wie kann ich Ihre Zweifel zerstreuen?«, fragte Karlsen forscher, als er sich fühlte.

»Sie könnten mich ja zum Mittagessen einladen.«

»Äh, ja, gerne«, stammelte Karlsen verwirrt. »Heute?«

»Warum nicht? Treffen Sie mich um 13 Uhr im *Elimar*. Bis dann.« Sie legte auf und ließ Karlsen einigermaßen perplex zurück. Das war ja mal ein seltsames Telefonat gewesen. Doch die Anweisung war eindeutig. Er musste es schaffen, bis 13 Uhr im *Elimar* zu sein, was immer das auch war. Höchstwahrscheinlich ein Restaurant. Er googelte das Wort und fand ein Restaurant dieses Namens in der Nähe des rechtsmedizinischen Instituts. Als er sich die Route anzeigen ließ, stellte er fest, dass er sich beeilen musste, um rechtzeitig da zu sein. Er steckte sein Notizbuch in die Jackentasche und verließ seine Wohnung.

Fünf Minuten vor der verabredeten Zeit stand er vor dem Restaurant. Fünf Minuten nach der verabredeten Zeit bog die Rechtsmedizinerin mit energischen Schritten und wehenden Haaren um die Ecke. »Schön, Sie haben es geschafft«, begrüßte sie ihn und betrat das Lokal. Mit seinen bodentiefen Fenstern und geschmackvoller Einrichtung schien es eine gute Wahl zu sein. Zielstrebig steuerte Frau Janicek einen Tisch in einer Ecke an. Sie rutschte auf die Bank vor dem Fenster, Karlsen nahm ihr gegenüber Platz. Ein junger Mann trat an den Tisch, reichte ihnen die Speisekarten und fragte nach ihren Getränkewünschen. Karlsen wählte ein alkoholfreies Bier, Frau Janicek eine Rhabarberschorle. Anschließend vertieften sie sich in die Speisekarte. Sie wählten beide einen Burger, die Ärztin allerdings einen vegetarischen. Karlsen wunderte sich ein wenig, er hätte diese herbe Frau nicht als Vegetarierin eingeschätzt.

»So«, sagte sie, nachdem die Bedienung mit ihren Bestellungen davongerauscht war, »dann legen Sie mal los.«

»Womit?«, fragte Karlsen.

»Mit Ihrer langen Geschichte. Sie sagten mir gestern, eine lange Geschichte stehe hinter der Tatsache, dass die Überreste der jungen Frau nach Hamburg geschickt wurden und Sie sich so sehr für sie interessieren.«

Karlsen seufzte. Er redete nicht gerne über seinen Sohn und was ihn in den Tod getrieben hatte. Im Grunde sprach er nie darüber, seit er seine Ermittlungen eingestellt hatte. Er sah jedoch ein, dass er genau dies tun musste, wollte er die Janicek, die ihn gespannt betrachtete, dazu überreden, ihm die Obduktionsergebnisse zu überlassen. »Es geht um meinen Sohn«, begann er daher. »Er wurde vor zehn Jahren, als Lina Mayfeldt verschwand, beschuldigt, dafür verantwortlich zu sein.«

»Das ist keine lange Geschichte«, monierte Frau Janicek.

Und so erzählte er, was vor zehn Jahren passiert war. Als Lina an diesem verhängnisvollen Tag nicht vom Klavierunterricht zurückkam und sich auch Stunden später nicht gemeldet hatte, hatte Christian bei Karlsen angerufen und ihn gebeten, Julius zu fragen, ob er wüsste, wo Lina sei. Sein Sohn hatte ihm geantwortet, er habe Lina zum letzten Mal in der Schule gesehen. Julius litt unter einem leichten Aspergersyndrom und beantwortete Fragen so, wie sie ihm gestellt wurden. Karlsen machte sich später große Vorwürfe, dass er sich damit zufriedengegeben und nicht nachgefragt hatte. Sonst hätte er erfahren, dass Julius an diesem Nachmittag eine SMS von Lina erhalten hatte, in der sie ihn zu einem Treffpunkt unter der Holtenauer Hochbrücke bestellt hatte. Julius hatte sich sofort auf den Weg gemacht, dort jedoch nur ihren Rucksack mit ihren Klaviernoten gefunden und ihn mit nach Hause genommen, um ihn Lina am nächsten Tag in die Schule mitzubringen. Besonders wie er war, hatte er sich keine Gedanken darüber gemacht, warum er lediglich Linas Rucksack, nicht aber sie selbst an dem Treffpunkt vorgefunden hatte. Am nächsten Morgen in aller Früh hatte die Polizei vor ihrer Tür gestanden und Julius zum Verschwinden von Lina befragt. Christian und Heike hatten eine Vermisstenanzeige aufgegeben und ausgesagt, dass Julius der Freund von Lina sei. Im Verlauf der Befragung hatte Julius von Linas SMS erzählt und den Rucksack aus seinem Zimmer geholt. Die Beamten hatten sein Handy und die Nachricht sehen wollen, doch Julius hatte die Angewohnheit, alle Nachrichten direkt nach Erhalt zu löschen.

Als dann Blutspuren, die Lina zugeordnet werden konnten, an ihrem Rucksack und unter der Hochbrücke gefunden wurden, wurde der Fall als mögliches Gewaltverbrechen eingestuft und der Abteilung für Gewaltdelikte und damit an Harms übergeben. Der hatte sich von Anfang an auf Julius eingeschossen. Eine Freundin von Lina hatte ausgesagt, dass diese vorhatte, mit ihm Schluss zu machen, da er ihr zu kompliziert war. Die Tatsache, dass Julius im Besitz des Rucksacks war, die SMS von Lina nicht nachweisen und ihr Handy nicht gefunden werden konnte, reichte diesem Vollpfosten als Beweis. Für ihn stand fest, dass Julius Lina aus Wut, weil sie die Beziehung beenden wollte, umgebracht hatte. Dieser Vorverurteilung schlossen sich die Eltern und Freunde Linas an. Sogar seine eigene Mutter begann zu zweifeln. Lediglich Karlsen glaubte keine Sekunde an die Schuld seines Sohnes. Doch er war von allen Ermittlungen ausgeschlossen worden, die Beteiligten waren überdies von Harms angewiesen worden, nicht mit ihm zu reden.

Julius hielt diese Situation letztes Endes nicht mehr aus. Er lief eines Tages auf die Hochbrücke und sprang in den Tod. Die Ermittlungen im Vermisstenfall Lina Mayfeldt wurden daraufhin eingestellt, da Harms den Suizid zum Schuldeingeständnis erklärte. Lina jedoch wurde nie gefunden, bis jetzt.

Frau Janiceks gespannter Gesichtsausdruck war tiefem Mitleid gewichen. »Das tut mir sehr leid für Sie. Und ich kann Sie gut verstehen. Damals scheint einiges schief gelaufen zu sein. Gab es denn nie einen anderen Verdächtigen?«

»Nein, es wurde aber auch nicht danach gesucht. Und mit meinen mageren Ressourcen habe ich wenig herausfinden können. Alle im näheren Umfeld von Lina waren angewiesen worden, nicht mit mir zu sprechen. Lediglich entferntere Bekannte des Mädchens haben mit mir gesprochen, aber die konnten mir nichts sagen, was zur Aufklärung beigetragen hätte.«

»Und jetzt ist das anders?« Frau Janicek verzog skeptisch das Gesicht.

»Ja. Nun da Linas Leiche endlich gefunden wurde, steht fest, dass sie wirklich einem Gewaltverbrechen zum Opfer gefallen ist.«

»Mal langsam, Sie kennen die Todesursache doch gar nicht.«

»Nein, aber die Tatsache, dass sie über zwanzig Kilometer vom vermuteten Tatort begraben wurde, lässt keinen anderen Schluss zu. Und entlastet meinen Sohn, da er das Mädchen niemals so weit hätte fortbringen können. Er war erst sechzehn und hatte nur ein Fahrrad.«

»Das spricht in der Tat eher für einen Täter mit einem Auto. Die Ermittlungen werden daher sicher wieder aufgenommen werden. Und dass Sie da nicht mitmischen dürfen, ist eine normale Vorgehensweise.«

»Aber das ist es ja gerade«, rief Karlsen aufgebracht. »Die Ermittlungen werden nicht wieder aufgenommen. Harms, der inzwischen Chef der Kripo ist, sieht keine Veranlassung dazu. Mit Sicherheit hat er Angst, dass seine damalige schlampige Arbeit ans Tageslicht kommt.« Karlsen ballte wütend die Fäuste.

»Hm«, machte Frau Janicek und lehnte sich zurück. Da die Bank, auf der sie saß, keine Rücklehne hatte, landete sie um ein Haar im Fenster. Mit rudernden Armen richtete sie sich wieder auf. In dem

Moment wurde ihr Essen gebracht und rettete sie aus der peinlichen Situation. »Lassen Sie uns essen und dann kommen Sie mit ins Institut«, brummte sie und biss in ihren Veggie-Burger.

# Kapitel 6

Frau Dr. Janicek führte Karlsen in einen der Sezier-
säle, nachdem sie sich vergewissert hatte, dass sie
von niemanden gesehen wurden. Dort zog sie die
Schublade mit den Gebeinen Linas auf. »Viel gab es
ja nicht mehr zu obduzieren«, sagte sie. »Aber auch
die Knochen sprechen eine eindeutige Sprache.« Sie
griff nach einem winzigen gebogenen Knochen und
hielt ihn Karlsen hin. »Das ist das Os hyoideum,
besser bekannt als Zungenbein. Ursprünglich ist es
hufeisenförmig, aber einer der Schenkel fehlt. Das
bedeutet, dass das Zungenbein gebrochen ist, was
wiederum darauf hindeutet, dass die junge Frau
erwürgt wurde.«

»Also haben wir den Beweis, dass Lina ermordet
wurde.«

»Mit ziemlich hoher Wahrscheinlichkeit. Damit
das Zungenbein bricht, ist eine große Kraftaufwen-
dung notwendig. Das passiert nicht, weil man sich
aus Versehen irgendwo gestoßen hat. Aber das ist
noch nicht alles.« Sie legte das Knöchelchen wieder
an seinen Platz und nahm das Becken in die Hand.
Mit dem Finger wies sie auf eine Stelle an der rech-

ten Seite. »Das ist das Ischium oder Sitzbein. Sehen Sie diese feine Linie?«

Karlsen kniff die Augen zusammen. Ehrlich gesagt sah er nichts. »Sie sollten es mal mit einer Brille versuchen«, schlug die Gerichtsmedizinerin vor. »Auf jeden Fall ist da eine feine Linie. Im Röntgenbild ist sie besser zu sehen. Diese Linie deutet auf traumatischen Druck gegen das Schambein hin. So etwas wird als Stressfraktur bezeichnet.«

Karlsen zog die Augenbrauen hoch. »Stressfraktur? Wie kann es dazu kommen?«

»Durch stumpfe Gewalt. Ich vermute durch eine Vergewaltigung.«

»Sie wurde vergewaltigt?«, fragte Karlsen entsetzt.

»Höchstwahrscheinlich. Und das mit brutaler Gewalt. Bei normalem Geschlechtsverkehr kommt solch eine Verletzung nicht vor.«

»Kann dieser Bruch nicht schon früher entstanden sein? Zum Beispiel durch einen Unfall?«

»Denkbar ist das, wäre aber auf jeden Fall sehr schmerzhaft gewesen. Da fällt ein Kind nicht mal eben so von der Schaukel und bricht sich das Becken, ohne das irgendwer das bemerkt. Aber in diesem Fall ist die Verletzung zum Zeitpunkt ihres Todes entstanden. Der Riss zeigt keinerlei Anzeichen von Heilung.« Sie legte das Becken zurück und schloss die Schublade. »Wir haben es also mit einer brutalen Vergewaltigung und Tod durch Erwürgen zu tun.«

»Julius wäre zu solch einer Tat nie in der Lage gewesen«, flüsterte Karlsen. »Er war so sanftmütig.«

Frau Janicek legte ihre Hand auf seinen Arm und drückte ihn. Karlsen riss sich zusammen. »Danke, dass Sie mir das gezeigt haben. Ich weiß nun, nach was für einer Sorte Mensch ich zu suchen habe.«

»Ich wünsche Ihnen viel Glück bei Ihrer Suche. Nach zehn Jahren und ohne offizielle Befugnisse werden Sie reichlich davon benötigen.« Sie nahm einen Zettel und notierte ihre Handynummer darauf. »Rufen Sie mich an, wenn Sie noch etwas brauchen. Oder einfach nur mal reden möchten ...«

Draußen vor der Tür fiel Karlsen ein, dass er der Rechtsmedizinerin besser auch seine Nummer gegeben hätte, falls sie noch mehr entdeckte. Schnell schrieb er ihr eine WhatsApp mit den Worten: »Jetzt haben Sie auch meine Nummer. Danke nochmal.«

***

Frauke Janicek starrte auf die Tür, die sich soeben hinter dem Kieler Kommissar geschlossen hatte. Was war nur in sie gefahren? Seit wann lehnte sie sich für einen Fremden so weit aus dem Fenster? Das war ja nun wirklich nicht ihre Art. Normalerweise war sie stets darauf bedacht, so wenig wie möglich mit anderen Menschen in Berührung zu kommen. Sie hatte keine Freunde und hielt sich selbst bei ihren Kollegen zurück. Die einzigen Menschen, mit denen sie freiwillig mehr als ein »Moin« wechselte, waren die jungen Leute aus der Wohngemeinschaft, die im obersten Stock des Hauses wohnten, in dem sie die Erdgeschosswohnung gemietet hatte.

Unwohl fühlte sie sich dabei nicht. Sie mochte einfach die wenigsten Menschen, zumindest die lebenden. Bei den toten war es anders. Mit ihnen konnte sie umgehen und sie zum Sprechen bringen. Eine Obduktion war für sie wie Rätselraten, die Leichen hatten ein Geheimnis, das sie nur durch ihre Arbeit preisgaben.

Demzufolge beschränkte sich ihr Leben zum größten Teil auf ihre Arbeit. Wenn sie einmal im Jahr notgedrungen Urlaub nahm, packte sie ihre Katze in ihren Campingbulli und fuhr drauflos. Bisher hatten sich daraus immer sehr schöne Touren ergeben. Auch der Kater liebte diese Fahrten, da hatte sie mit ihm wirklich Glück gehabt. Es hatte ein Weilchen gedauert, ihn an den Bulli zu gewöhnen, damit er diesen als sein Zuhause ansah und von seinen Erkundungstouren dorthin zurückkam. Ihre erste Katze hatte sie ebenfalls immer mitgenommen. Sie seufzte schwer. Auch nach so langer Zeit wurde ihr noch schwer ums Herz, wenn sie an sie dachte und an ihren sinnlosen Tod. Sie war kaltblütig ermordet worden, nur um sie, Frauke Janicek zu treffen.

Wieso also ging ihr dieser Karlsen nicht mehr aus dem Kopf? Er hatte mit seinem Freund, dem Vater dieses armen Mädchens, die Rechtsmedizin betreten und sie sofort in ihren Bann gezogen. Dabei sah er nicht einmal gut aus. Groß und mit etlichen Kilos zu viel auf den Rippen, dazu ein dunkler, dichter Bart, hatte er wie ein Bär im Raum gestanden und diesen dominiert. Und doch hatte etwas an ihm eine Seite in ihr zum Klingen gebracht, die noch nie geklungen hatte. Eine derartige Emotion kannte sie nicht und verunsicherte sie. Und unsicher zu sein, hasste sie, das war sie lange genug gewesen. Gefühlschaos war ihr zuwider und überhaupt ...

Dennoch hatte sie sich gegen alle Regeln entschieden, Karlsen die Obduktionsergebnisse zu zeigen, und das eben nicht nur aus Mitleid für das Drama um dessen Sohn.

Und das Schlimmste war, dass sie hoffte, er werde sich noch einmal melden.

# Kapitel 7

Auf der Rückfahrt grübelte er über das, was der armen Lina zugestoßen war. Vergewaltigt und erwürgt, wie furchtbar. Im Laufe seiner Arbeit bei der Polizei hatte er es mit vielen grausamen Verbrechen zu tun bekommen, aber noch nie hatte es eine ihm bekannte Person getroffen. Er hoffte, dass die Ergebnisse der Obduktion den Eltern von Lina schonend beigebracht wurden. Zehn Jahre lang nicht zu wissen, was ihrer Tochter zugestoßen war und dann zu erfahren, dass sie qualvoll gestorben war, musste für Heike und Christian die Hölle sein.

Doch dieses erschreckende Obduktionsergebnis gab ihm ein weiteres Argument für die Unschuld seines Sohnes an die Hand. Niemand, der Julius gekannt hatte, würde glauben, dass er zu solch einer bestialischen Tat fähig gewesen war.

Er musste unbedingt mit seiner Exfrau sprechen. Sie hatte es zwar nie offen zugegeben, zum Schluss aber auch nicht mehr an die Unschuld ihres Sohnes geglaubt. Mit Sicherheit würde das, was er bisher erfahren hatte, ihre Zweifel zerstreuen. Kurzentschlossen lenkte er seinen Wagen in Richtung Holtenau, wo Dörte nach wie vor in ihrem ehemals gemeinsamen Haus wohnte. Auf der Hochbrücke überkam ihn tiefe Trauer, wie immer, wenn er die Stelle passierte, an der Julius über das Geländer geklettert und in den Tod gesprungen war. Schnell drängte er die Erinnerung zurück. Er wollte nicht an die bangen Stunden denken, in denen Polizeitaucher den Kanal nach seinem Sohn abgesucht hatten. Als seine Leiche dann schließlich gefunden wurde, war mit der Hoffnung auf ein gutes Ende jede Lebensfreude in ihm gestorben.

Er parkte vor dem Haus und stellte den Motor ab. Es war ein seltsames Gefühl, wieder an diesem Ort zu sein. Seit ihrer Trennung und seinem Auszug vor acht Jahren war er nicht mehr hier gewesen. Er hatte Dörte das Haus überlassen, da ihre Tochter noch dort gewohnt hatte. Mittlerweile war Mette längst ausgezogen. Sie hatte in Hamburg studiert und war nach Abschluss ihres Studiums dortgeblieben. Leider sah Karlsen sie nicht mehr. Mette gab ihm die Schuld am Zerbrechen der Familie – womit sie sicher recht hatte – und beschränkte den Kontakt zu ihm auf Anrufe zu seinem Geburtstag. Sie selbst nahm seine Anrufe ebenso nur an ihrem Geburtstag an, sonst lehnte sie seine Bemühungen ab, sie zu erreichen. Inzwischen versuchte er es gar nicht mehr.

Mit seiner Exfrau hingegen telefonierte er hin und wieder. Daher wusste er, dass sie ihre Stelle gewechselt hatte und gegenwärtig im Jugendamt der Stadt Kiel arbeitete. Er kannte die Arbeitszeiten der Ämter und hoffte, dass sie bereits zu Hause war. Ihr Auto stand zwar nicht in der Einfahrt, konnte aber auch in der Garage stehen. Er stieg aus und klingelte. Nichts rührte sich. Zur Sicherheit drückte er noch einmal auf die Klingel, wieder ohne Erfolg. Ein Blick auf die Uhr zeigte ihm, dass es recht früh am Nachmittag war. Er würde auf sie warten, er hatte ja sonst nichts zu tun. Er stieg in seinen Wagen, lehnte den Kopf gegen die Kopfstütze und schloss die Augen.

Doch er fand keine Ruhe. Ständig schweiften seine Gedanken zu Frau Dr. Janicek und ihrer Erklärung, was der Riss im Becken Linas zu bedeuten hatte. Er hatte das Mädchen gemocht, als Tochter seines Freundes kannte er sie von Geburt an. Nachdem sie die Freundin seines Sohnes geworden war, hatte sich das zunächst seltsam angefühlt. Fast so, als wären Geschwister zusammengekommen. Doch ihr gegenüber hatte sich Julius öffnen können, sicher auch deswegen, weil er sie schon immer gekannt hatte und sie ihm vertraut war. Durch sein Asperger-Syndrom hatte er Schwierigkeiten in der sozialen Kommunikation und Interaktion mit anderen Menschen gehabt. Für Lina war die Beziehung wohl nicht unkompliziert gewesen. Nach ihrem Verschwinden hatte eine Freundin ausgesagt, Lina hätte vorgehabt, sich von Julius zu trennen. Diese Aussage hatte das Augenmerk der Kriminalbeamten auf Julius gelenkt. Die altvertraute Wut auf Harms ergriff Karlsen wie jedes Mal, wenn er an die zurückliegenden Ermittlungen dachte.

Ein Klopfen an die Scheibe seines Wagens riss ihn aus seinen trüben Gedanken. Dörte stand vor seinem Auto und sah ihn fragend an. Karlsen öffnete die Tür.

»Was willst du hier?«, fragte Dörte in erstauntem Tonfall.

»Ich muss mit dir reden.«

»Weswegen?«

»Können wir das bitte drinnen besprechen?«

»Wenn es sein muss«, stimmte Dörte widerwillig zu. »Ich habe aber nicht viel Zeit, ich gehe nachher noch zum Sport.«

»Es dauert nicht lange.« Karlsen schloss sein Auto ab und folgte Dörte ins Haus. Neugierig schaute er um sich. Seine Exfrau hatte nach seinem Auszug einiges an der Einrichtung verändert. Es schien, als habe sie alle Möbel entfernt, auf denen er sich gerne aufgehalten hatte, und durch neue ersetzt. Sie bot ihm keinen Platz an, sondern blieb vor ihm stehen und betrachtete ihn mit zusammengezogenen Augenbrauen.

»Hast du von dem Leichenfund am Kanal gehört?«, begann Karlsen daher ohne Umschweife.

»Ja, in der Zeitung stand, dass ein Bagger ein Skelett ausgegraben hat.«

»Das war Lina.«

Dörte wurde blass. »Mein Gott«, keuchte sie. Sie schwankte zum Sofa und ließ sich darauf fallen. Karlsen nahm ihr gegenüber Platz.

»Also ist sie wirklich tot?«, fragte Dörte bestürzt.

»Daran konnte doch kaum ein Zweifel bestehen.«

»Vielleicht nicht, aber ein Rest Hoffnung bleibt immer, wenn jemand spurlos verschwindet.«

Karlsen zuckte mit den Schultern. »Das ist leider nicht alles«, sagte er. »Ich kenne die Ergebnisse der Obduktion.«

»Woher das denn? Bist du etwa an den Ermittlungen beteiligt?«

»Selbstverständlich nicht. Aber ich habe meine Quellen.« Mehr gab er nicht preis, auf keinen Fall würde er die Hamburger Rechtsmedizinerin verraten. Er nahm zwar nicht an, dass Dörte mit ihrem Wissen zu Harms oder jemand anderem rennen würde, sah aber auch keine Veranlassung, sie einzuweihen.

»Und was ist dabei rausgekommen?«

Ihm fielen keine Worte ein, die die Grausamkeit abgemildert hätten, darum sagte er geradeheraus: »Lina wurde brutal vergewaltigt und anschließend erwürgt.«

»Oh mein Gott.« Dörte riss entsetzt die Augen auf.

»Ja, es ist schrecklich, beweist aber die Unschuld von Julius.«

»Fängst du schon wieder damit an?« Dörte erhob ihre Stimme.

»Ja, natürlich.« Auch Karlsen wurde laut. »Du kannst doch nicht im Ernst glauben, dass Julius Lina so brutal vergewaltigt hat, dass ihr Becken gebrochen ist, und sie anschließend mit roher Kraft erwürgt hat.«

Dörte sackte in sich zusammen. »Nein, du hast recht. Dazu wäre Julius nie im Leben fähig gewesen«, flüsterte sie und verbarg ihr Gesicht in den Händen. Ihre Schultern zitterten, sie versuchte, ihr Weinen zu unterdrücken. Doch es gelang ihr nicht, sie schluchzte laut auf und ließ ihren Gefühlen freien Lauf. Hilflos sah Karlsen zu ihr hinüber. Gerne hätte er sie in die Arme genommen, doch diese Zeiten waren ein für alle Mal vorbei.

»Ich fühle mich so schuldig«, presste Dörte durch ihre Hände hervor. Sie hob den Kopf. »Ich habe zum Schluss wie allen anderen an die Schuld von Julius geglaubt.«

»Ich weiß.«

»Alles deutete auf ihn.« Sie schniefte und suchte in ihrer Hosentasche nach einem Taschentuch.

»Weil Harms ausschließlich in seine Richtung ermittelt hat. Eventuell vorhandenen Spuren, die auf einen anderen gewiesen hätten, ist er nie nachgegangen.«

»Aber du hast doch alles versucht, Julius' Unschuld zu beweisen.«

»Was mir nicht gelungen ist. Harms hatte allen Beteiligten verboten, mit mir zu sprechen. Es ist mir all die Jahre nicht gelungen, etwas zu entdecken, das auf einen anderen Täter hingewiesen hätte. Allein mein fester Glaube, dass Julius niemals eine Gewalttat begangen hätte, sprach für ihn.«

»Das ist jetzt aber doch anders. Mit dem Auffinden von Lina wird der Fall sicher wieder aufgenommen.«

»Eben nicht. Harms, dieses Arschloch, weigert sich, die Ermittlungen wieder aufzunehmen. Für ihn ist Julius nach wie vor der Täter.«

»Soweit ich weiß, hat das nicht er, sondern die Staatsanwaltschaft zu entscheiden.«

»Die wird erst tätig, wenn ein Fall vorliegt. Und wenn Harms glaubhaft macht, dass sich mit Auffinden der Leiche nichts an der Täterschaft geändert hat, unternimmt die gar nichts.«

»Das kann ich nicht verstehen«, empörte sich Dörte. »Mit dem Obduktionsergebnis gibt es doch etwas Neues.«

Karlsen nickte grimmig. »Glaub nicht, dass ich nicht versucht hätte, Harms zur Wiederaufnahme der Ermittlungen zu bewegen. Er hat mir jegliche Unternehmung verboten und mich aus seinem Büro geworfen.« Das stimmte zwar nicht so ganz, aber er war einem Rausschmiss nur durch seinen dramatischen Abgang entgangen.

»Und das hast du auf dir sitzen lassen?« Dörte sah ihn mit großen Augen an. Anscheinend kannte sie ihn immer noch recht gut.

»Natürlich nicht. Ich habe mir Urlaub genommen und ermittle jetzt auf eigene Faust. Übrigens hat Christian versprochen, mir zu helfen.«

»Christian?«

»Ja, ich habe ihn in die Rechtsmedizin gefahren, wo er einige Gegenstände von Lina identifizieren sollte, und konnte ihn von Julius' Unschuld überzeugen oder zumindest begründete Zweifel wecken. Es gibt nämlich noch einen Umstand, der gegen Julius als Täter spricht.«

»Und zwar?«, fragte Dörte ungeduldig.

»Der Fundort der Leiche liegt zwanzig Kilometer von dem vermuteten Tatort entfernt. Wie hätte Julius die Leiche über solch eine Entfernung transportieren können?«

»Ich fass es nicht, dass Harms nichts unternimmt. Das schreit doch nach einem anderen Täter? Einem mit einem Auto.«

Karlsen bewunderte seine Exfrau für ihre schnelle Kombinationsgabe. Gut, sie war lange genug mit ihm verheiratet gewesen, um die Denkweise eines Polizisten zu kennen, aber er war überzeugt, dass aus ihr auch eine gute Ermittlerin hätte werden können. »Ganz genau«, bestätigte er. »Ich vermute, Harms möchte verhindern, dass sein schlampige Arbeit von damals ans Licht kommt. Aber ich schwöre, diesmal kommt er nicht damit durch.« Er ballte die Hände.

Dörte legte eine Hand auf seine Faust. »Sag mir, wenn ich dir helfen kann.«

»Das kannst du tatsächlich. Ich möchte mir noch einmal die Sachen von Julius ansehen. Besonders an seinem Handy bin ich interessiert.«

Dörte sah ihn schuldbewusst an. »Ich habe alles auf den Dachboden geräumt«, hauchte sie.

Karlsen schwieg. Als er vor acht Jahren ausgezogen war, war das Zimmer von Julius noch unverändert gewesen. Dörte hatte sich geweigert, es leerzuräumen.

Sie hob ihren Blick. »Willst du, dass ich es hole?«

»Kannst du das?«

Sie schüttelte den Kopf. »Ich glaube nicht.«

»Sag mir, wo ich suchen soll.«

»Ganz hinten an der Wand stehen die Kartons mit Julius' Sachen.«

Karlsen stand auf und stieg die Treppe in das Obergeschoss hoch. Dort im Flur zog er die Ausziehtreppe heraus und kletterte auf den Dachboden. Jede Menge Staub sowie ein Sammelsurium von Kartons und altem Spielgeräten empfing ihn. Anscheinend hatte Dörte nichts von den Spielsachen ihrer Kinder weggeworfen. Ganz hinten an der Giebelwand standen mehrere Kartons neueren Datums übereinander. Er öffnete den ersten. Selbst nach all den Jahren schlug ihm der Geruch seines Sohnes entgegen. Ganz obenauf lag der Hoodie, den er so geliebt hatte, dass Dörte ihn ihm fast vom Leib reißen musste, um ihn waschen zu können. Karlsen schloss die Augen, konnte jedoch nicht verhindern, dass ihm die Tränen zwischen den Lidern hervorquollen. Er holte tief Luft, zog weitere Kleidungsstücke heraus und vergrub seine Nase in ihnen. Erinnerungen stürmten auf ihn ein und ließen ihn aufschluchzen. Gewaltsam schob er sie beiseite und stopfte die Sachen zurück in den Karton. Der nächste enthielt Bücher, der dritte den Inhalt des Schreibtisches von Julius. Ihn durchsuchte er gründlich. Schulsachen, Stifte, Hefte und Zeichenblöcke. Er schlug einen auf. Das Gesicht von Lina blickte ihm entgegen. Sein Sohn hatte hervorragend zeichnen können, nur leider hatte er immer nur das gezeichnet, was er wollte. Wie oft hatten sie versucht, ihn zu einem Bild der Landschaft ihres Urlaubsortes zu bewegen. Oder zu einem Porträt seiner Schwester. Doch Julius hatte stundenlang Bäume malen können oder eine um eine Klampe gelegte Leine. Oder eben Lina. Karlsen schlug die Seite um. Ein weiteres Porträt von Lina erschien und noch eins und noch eins. Der gesamte Block enthielt ausschließlich Bilder des Mädchens. Mit einem Seufzen ließ ihn Karlsen sinken. Wieso hatte er diesen Zeichenblock nicht schon früher gesehen? Ihm war nicht bewusst gewesen, wie besessen sein Sohn von Lina gewesen war. Ob Dörte von diesen Zeichnungen gewusst und aufgrund dessen an der Unschuld ihres Sohnes gezweifelt hatte? Wenn man der Aussage der Freundin Linas glauben durfte, hatte diese vorgehabt, die Beziehung zu ihm zu beenden.

Dennoch, niemals wäre Julius zu solch einer Grausamkeit wie dem Mord an Lina fähig gewesen.

Karlsen verschloss den Karton wieder und setzte seine Suche nach dem Handy fort. Zu guter Letzt fand er es in einer kleinen Schachtel, zusammen mit dem Ladegerät und der PIN der Simkarte. Hoffentlich ließ es sich noch aufladen und starten. Was versprach er sich eigentlich davon? Er hatte bei seinen damaligen Nachforschungen stundenlang in dem Gerät nach einem Hinweis gesucht, ohne Erfolg. Julius hatte zwanghaft alle eingehenden Nachrichten sofort nach dem Lesen gelöscht. Aus diesem Grund hatte er damals auch nicht nachweisen können, dass er mit einer SMS an den Tatort gelockt worden war, was zumindest ein Indiz darauf hätte sein können, dass er zum Sündenbock gemacht worden war. Inzwischen war die Technik viel weiter als noch vor zehn Jahren, vielleicht ließ sich die Nachricht wiederherstellen. Ohne auf die Ressourcen der Polizei zurückgreifen zu können, würde das allerdings schwierig werden. Er selbst war in Bezug auf die technischen Feinheiten der digitalen Welt eher den Dinosauriern zuzurechnen. Er besaß zwar ein Smartphone und konnte einen Computer bedienen, doch wehe, wenn etwas schiefging. Dann war er verloren und musste sich an jüngere Kollegen wenden. Das war ja nun leider ausgeschlossen. In Gedanken ging er seinen Bekanntenkreis durch, leider fand sich unter ihnen niemand mit besonderen IT-Kenntnissen.

Er nahm die Schachtel und stieg vom Dachboden. Dörte hatte sich in der Zwischenzeit offensichtlich erholt und Kaffee gekocht. So viel Aufmerksamkeit hatte sie ihm schon lange nicht mehr zukommen lassen. »Hast du etwas gefunden, was dir helfen kann?«, fragte sie.

»Ich habe das Handy gefunden.«

»Und was versprichst du dir davon?«

»Du erinnerst dich sicher, dass Julius angegeben hat, er habe eine SMS von Lina erhalten, die ihn bat, zu einem Treffpunkt unter der Hochbrücke zu kommen, wo er nur ihren Rucksack vorgefunden hat.«

Dörte nickte.

»Unter Umständen ist es mit den heutigen Methoden möglich, die SMS wiederherzustellen.«

»Wie willst du das anstellen? Kennst du dich mit Computern so gut aus?«

»Leider nein. Ich werde jemanden suchen müssen, der mir hilft. Du hast nicht zufällig einen Hacker in deinem Bekanntenkreis?«

Dörte runzelte die Stirn. »Ganz bestimmt nicht. Das ist doch illegal.«

»Nicht unbedingt, ist mir aber auch egal.«

»Selbst wenn dir das gelingt, was soll die SMS beweisen? Harms kann weiterhin behaupten, Julius sei wie von Lina gewünscht zu dem Treffpunkt gegangen, wo er sie getötet habe, da sie mit ihm Schluss machen wollte.«

»Wenn aber die SMS von dem Täter stammt, der den Verdacht auf Julius lenken wollte, muss sie nach der Vergewaltigung und Ermordung Linas abgeschickt worden sein. Es muss also eine zeitliche Lücke geben.«

»Ich hoffe, du hast recht. Alles, was den Verdacht gegen Julius enthärtet, kann Harms womöglich umstimmen.«

»Das bezweifle ich, dieser Bastard wird nichts gelten lassen, was auf ihn zurückfallen könnte. Wenn ich die nötigen Beweise zusammen habe, wende ich mich direkt an den Staatsanwalt.«

Er stellte seine Tasse ab und stand auf. Nach einem kurzen Zögern nahm er Dörte zum Abschied in den Arm. Sie erwiderte seine Umarmung. Dann sah sie ihm in die Augen. »Danke, dass du mir das alles erzählt hast. Ich bin so froh zu wissen, dass unser Sohn kein Mörder war. Bitte halte mich auf dem Laufenden.«

# Kapitel 8

Zu Hause angekommen schloss Karlsen Julius' Handy an das Ladegerät an. Es dauerte eine Weile, bis es sich starten ließ. In der Zwischenzeit öffnete er eine Flasche Bier, die er in einem Zug austrank. Danach fiel ein Teil der Schwere, die ihn auf Dörtes Dachboden überkommen hatte, von ihm ab. Mit einer zweiten Flasche in der Hand trat er hinaus auf seinen Balkon. Das Wetter war für Kieler Verhältnisse und diese Jahreszeit recht angenehm und lockte ihn ins Freie. Als er noch rauchte, war er ständig, auch bei Wind und Wetter, auf dem Balkon gewesen, da er seine Bude nicht hatte vollräuchern wollen. Das war ja nun vorbei und erstaunlicherweise vermisste er die Qualmerei nicht. Schon bevor bei ihm Krebs diagnostiziert wurde, nicht. Der war bei seinem letzten Gesundheitscheck zufällig entdeckt worden. Sein häufiges Husten hatte er mit Raucherhusten erklärt. Wahrscheinlich hätte er misstrauisch werden müssen, als dieser auch nach Monaten des Nichtrauchens nicht besser geworden war.

Der Arzt hatte ihm das Röntgenbild und die deutlich zu erkennende Veränderung des Gewebes gezeigt. Wie weit der Krebs fortgeschritten war, wusste er allerdings nicht, er hatte auf weitere Unter-suchungen verzichtet. Ein Entschluss, den er inzwi-schen bereute, da sich die Umstände geändert hatten. Denn dadurch konnte er nicht abschätzen, wie lange er noch im Vollbesitz seiner Kräfte sein würde. Die benötigte er, um seine Aufgabe, Julius' Unschuld zu beweisen, zu beenden. Besser ging er kein Risiko ein und beeilte sich.

Als sich das Handy nach einer halben Stunde am Ladegerät anstellen ließ, gab er die PIN ein und musste er feststellen, dass sein Sohn es zusätzlich mit einem Passwort gesichert hatte. Verdammt, dachte er, damit war die geringe Chance zunichtege-macht, die SMS mit Hilfe eines aus dem Internet runtergeladenen Tools wiederherzustellen. Er benö-tigte definitiv fachmännische Hilfe und überlegte, wen er nach einem IT-Spezialisten fragen könnte. Außer Christian fiel ihm niemand ein. Doch ihn wollte er nicht stören, sicher hatte er inzwischen das Obduktionsergebnis erfahren. Er mochte sich nicht vorstellen, was das bei den Eltern von Lina anrich-tete. Eventuell würde er an Harms vorbei einen Kollegen um Hilfe bitten, selbst auf die Gefahr hin, dass dieser davon erfuhr. Heute war es allerdings zu spät dafür.

Das musste bis morgen warten. Er nahm sich vor, zuvor Christian anzurufen, um ihn nach einem IT-Spezialisten zu fragen. Bei der Gelegenheit wollte er außerdem mit ihm die Liste der Freunde Linas durchgehen. Christian oder auch Heike würde ihm sagen können, wer Lina am nächsten gestanden hatte. Bei ihnen würde er seine Befragungen starten. Er konnte nur hoffen, dass er dabei etwas Nützliches erfuhr. Neben der SMS auf Julius' Handy hatte er keine Idee, wo er ansetzen konnte. Er hatte schon vor Jahren alles ihm Mögliche unternommen und nichts erreicht.

Im Gegensatz zu seinen damaligen Ermittlungen hatte er heute allerdings Hilfe. Christian und Dörte waren auf seiner Seite und diese Gerichtsmedizinerin hatte ihm ebenfalls ihre Unterstützung angeboten. Nicht zum ersten Mal musste er an diese große herbe Frau denken, die einen nachhaltigen Eindruck bei ihm hinterlassen hatte. Obwohl er sie erst heute Mittag gesehen hatte, verspürte er das Bedürfnis, mit ihr zu reden. Karlsen schüttelte den Kopf. Was war nur los mit ihm? Als ob er keine anderen Sorgen hätte.

Gewaltsam drängte er den Gedanken beiseite und beschloss, seinen Abend mit einer Serie bei Netflix zu verbringen.

Am nächsten Morgen klingelte sein Handy. Christian war am Apparat. »Hast du Zeit, dich mit mir zu treffen?«, fragte er.

»Sicher«, antwortete Karlsen. »Ich wollte dich ebenfalls anrufen. Wann und wo?«

»Kann ich zu dir kommen?«

»Klar.« Karlsen gab ihm seine Adresse durch. »Ich setz schon mal einen Kaffee auf.«

»Danke. Bis gleich.«

Eine halbe Stunde später klingelte es an Karlsens Tür. Er betätigte den Türöffner. Christian kam schweren Schrittes die Treppe herauf. Er wirkte um Jahre gealtert. Sein für gewöhnlich sorgsam gekämmtes Haar hing ihm wirr in die Augen, seine Gesichtshaut hatte die Farbe von schmutzigem Eis angenommen. Unsicher schleppte er sich ins Wohnzimmer und ließ sich auf die Couch fallen. Karlsen eilte in die Küche. Hier wurde der Kaffee dringend benötigt, wenn nicht sogar Stärkeres. Mit zwei dampfenden Bechern in der Hand kehrte er zurück, stellte einen davon vor seinem Freund ab und setzte sich ihm gegenüber in seinen Sessel. Christian nahm die Tasse in die Hand, als wolle er seine Hände daran wärmen. Ohne den Blick zu heben, sagte er mit leiser Stimme: »Ich habe gestern bei der Polizei angerufen und nach dem Ergebnis der Obduktion gefragt.«

Karlsen nickte. »Du brauchst mir nichts zu sagen, ich kenne die Ergebnisse.«

Christian war zu sehr mit seinem Schmerz beschäftigt, um sich zu fragen, woher Karlsen sein Wissen hatte. Eine Träne tropfte in seinen Becher. »Meine arme Kleine. Dass sie derart leiden musste ...«

»Hast du mit Heike darüber gesprochen?«

»Nein. Das kann ich ihr nicht zumuten.« Er schluckte. »Ich würde mich ja selbst am liebsten der Illusion hingeben, dass Lina schnell und schmerzlos gestorben ist.«

Karlsen schwieg. Nichts, was er sagte, hätte den Schmerz seines Freundes lindern können.

»Ich weiß nicht, wie ich mit diesem Wissen leben soll«, fuhr Christian leise fort. »Wenn ihr wenigstens Gerechtigkeit widerfahren würde. Aber ich habe erfahren, dass die Ermittlungen nicht wieder aufgenommen werden. Sie behaupten weiterhin, dass der Fall geklärt ist.« Er hob den Blick. »Ich kannte Julius sein ganzes Leben lang. Er war etwas seltsam, ja, aber das hätte er niemals getan. Und nun soll der wahre Täter davonkommen?«

»Das wird er nicht«, versprach Karlsen. Er wusste, ein Ermittler sollte keine Versprechungen machen, aber er konnte und wollte sich nicht vorstellen, dass er keinen Erfolg haben könnte. »Ich werde alles tun, um die Wahrheit herauszufinden.«

Mit einem Knall stellte Christian seinen Kaffeebecher ab. »Ich will, dass dieses Schwein gefasst wird. Sag mir, wie ich dir helfen kann.«

»Möglicherweise kannst du mir wirklich helfen. Ich habe Julius' Handy gefunden, es ist jedoch passwortgeschützt. Kennst du jemanden, der es knacken und auch gelöschte Nachrichten wiederherstellen kann?«

»Hm«, machte Christian. »Lass mich nachdenken.« Er zog die Stirn kraus und überlegte. Dann schüttelte er den Kopf. »Leider fällt mir da niemand ein.«

Karlsen versuchte, sich seine Enttäuschung nicht anmerken zu lassen. »Aber bei einer Sache kannst du mir bestimmt weiterhelfen. Ich habe meine alten Unterlagen durchgesehen und eine Liste der Freunde und Schulkameraden Linas angefertigt. Sag mir, wer von ihnen Lina am nächsten stand und wo ich sie heute finden kann.«

»Zeig mir die Liste.«

Karlsen stand auf, holte die Liste und reichte sie Christian, der sie eingehend studierte. »Hier«, er zeigte auf einen Namen, »Maren war die beste Freundin von Lina.«

»Ist das nicht diejenige, die ausgesagt hat, dass Lina vorhatte, mit Julius Schuss zu machen.«

»Ja, das war Maren. Dann gab es noch Klara und Ronja. Sie gehörten ebenfalls zu der Clique um Lina.« Er studierte die Liste weiter und tippte auf einen Namen. »Mit Markus war Lina ebenfalls befreundet. Allerdings rein platonisch, ich glaube, er war schwul.«

»Weißt du, wo ich diese Leute finden kann?«

»Nein. Eine Zeitlang nach Linas Verschwinden kam Maren noch bei uns vorbei, um zu fragen, ob es etwas Neues gibt, aber mit der Zeit wurden ihre Besuche immer seltener, bis sie schließlich ganz aufhörten. Aber ich weiß, wo sie gewohnt hat, ihre Eltern wohnen nach wie vor dort. Ich könnte sie nach ihr fragen.«

»Tu das bitte, mit mir werden sie sicher nicht reden wollen. Ich war in der Elternschaft nach Julius' Tod geächtet, sehr zum Leidwesen unserer Tochter, die ja in dieselbe Schule ging.«

»Ich kümmere mich noch heute darum. Wenn ich ihre Adresse oder Telefonnummer habe, kann ich sie anrufen und deinen Besuch ankündigen.«

»Das wäre sicher sinnvoll, wer weiß, ob sie sonst mit mir reden würde.«

»Von den anderen weiß ich leider nicht, wo sie gewohnt haben, vielleicht kann uns Maren helfen, sie zu finden.«

»Hoffentlich. Leider bin ich ja offiziell in Urlaub, kann also nicht auf die Ressourcen der Kripo zurückgreifen.«

»Ich fahre sofort bei den Eltern von Maren vorbei.« Christian stand auf, seinen Kaffee hatte er nicht angerührt. »Danke, dass ich kommen durfte. Es geht mir schon etwas besser, jetzt da ich etwas zu tun habe.« Er ging zur Tür. »Ich melde mich, sobald ich eine Adresse oder Nummer habe.« Damit verabschiedete er sich und verließ die Wohnung.

# Kapitel 9

Nach Christians Aufbruch setzte sich Karlsen an seinen PC und durchforstete das Internet nach einer Methode, ein zehn Jahre altes Handy zu entschlüsseln. Leider stellte sich schnell heraus, dass er keine Chance hatte. Vielleicht mit illegalen Methoden, aber die waren im Internet natürlich nicht so einfach zu finden.

Er kratzte sich am Bart. Dann kam ihm eine Idee. In gewisser Weise war Julius sehr einfach gestrickt gewesen, er sollte es mit dem Naheliegendsten probieren. Er gab »Lina« in das blinkende Feld ein. Leider falsch. Er gab den Namen erneut ein, diesmal klein geschrieben. Aber auch das funktionierte nicht. Das wäre ja auch zu einfach gewesen. Ihm kam eine Idee und er tippte »anil«. Und das Handy war entsperrt, was ihn zwar kurz freute, aber nicht weiterhalf. Die gelöschte SMS war immer noch gelöscht. Ein weiterer Versuch, Rat im Internet zu finden, scheiterte prompt an Fachbegriffen, die er nicht verstand. Er war eben kein *Digital native* wie die jungen Leute heutzutage. Wie Julius und Mette. Er stutzte. Sollte er seine Tochter einbeziehen? Sicher, es würde schwierig werden, sie davon zu überzeugen, überhaupt mit ihm zu sprechen, aber es ging um ihren Bruder. Sie litt mit Sicherheit immer noch unter der Tatsache, dass er des Mordes bezichtigt worden war, sowie unter seinem Suizid. Durfte er alte Wunden aufreißen oder würde es sie erleichtern, wenn seine Unschuld im Nachhinein bekannt würde?

Bevor er es sich anders überlegte, griff er zu seinem Telefon und wählte die Nummer seiner Tochter. Erwartungsgemäß nahm sie das Gespräch nicht an, sein Anruf wurde auf die Mailbox umgeleitet. »Mette«, sagte er, »bitte ruf mich zurück. Ich muss mit dir reden. Es geht um Julius. Es gibt Neuigkeiten.«

Jetzt konnte er nur noch warten und hoffen. Hoffen, dass sich Mette meldete, was sicher dauern würde, sie war gewiss arbeiten. Und warten auf eine Nachricht von Christian bezüglich Marens. Er stand auf und lief unruhig in der Wohnung herum. Wie gerne würde er jetzt eine Zigarette rauchen. Aber das kam nicht mehr infrage. Seinen Krebs hatte er zwar schon, darauf kam es also wirklich nicht mehr an, doch wieder mit dem Rauchen anzufangen, kam ihm wie eine Niederlage vor. Es würde beweisen, dass sein Wille nicht stark genug war. Und seinen Willen brauchte er, um sein Vorhaben durchzuziehen. Gegen alle Widerstände. Er würde nicht von dieser Welt gehen, ohne die Schuld von Julius genommen zu haben. Wenn ihm das gelänge, würde er seinen Seelenfrieden finden, dann brauchte er sich nicht mehr umzubringen, sondern konnte in Ruhe abwarten, dass der Krebs ihn erledigte. Natürlich nur bis zu einem bestimmten Punkt. Er würde auf keinen Fall als Pflegefall enden, das würde er sich und anderen ersparen. Aber bis dahin war noch Zeit, jetzt galt es, seine Ermittlungen fortzuführen.

Der Benachrichtigungston seines Handys unterbrach sein Grübeln. Christian hatte ihm die Nummer Marens und ihre Adresse geschickt. Sie lebte wie seine Tochter in Hamburg. Was zog die Leute nur dorthin? Zugegeben, Hamburg war eine tolle Stadt mit seinem Hafen, der Elbe und seinem großen kulturellen Angebot. Aber es war auch voll, laut und dreckig. Und der Verkehr war eine Katastrophe. Da lobte er sich Kiel. Er liebte diese Stadt. Durch die vielen Studenten war es eine junge Stadt mit ausgefallenen Kneipen und Restaurants und auch das Kulturangebot war nicht zu verachten. Das Beste jedoch war seiner Meinung nach die Lage an der Förde, die sich bis in die Innenstadt erstreckte.

Er stutzte. So viele positive Gedanken hatte er schon ewig nicht mehr gehabt. Anscheinend tat ihm die Möglichkeit gut, Julius zu entlasten, selbst wenn ihm dies seinen Sohn nicht zurückbrachte. Erneut machte sich wieder Traurigkeit breit. Um nicht vollständig in ihr zu versinken, wählte er die Nummer, die Christian ihm geschickt hatte.

»Lewinsky«, meldete sich die Stimme einer jungen Frau.

»Guten Tag«, antwortete Karlsen förmlich. »Mein Name ist Peer Karlsen. Ich habe Ihre Nummer von Christian Mayfeldt bekommen, dem Vater von ...«

»Ich weiß, wer das ist«, unterbrach ihn Frau Lewinsky. »Und ich weiß, wer Sie sind. Herr Mayfeldt hat mich gebeten, Sie anzuhören.«

»Hat er auch gesagt, um was es geht?«

»Nein, nur dass Sie mit mir sprechen wollen. Um was geht es denn?«

»Das würde ich gerne persönlich mit Ihnen besprechen. Können wir uns treffen?«

»Ich wohne in Hamburg.«

»Das ist kein Problem, ich kann zu Ihnen kommen.«

Die junge Frau zögerte. »Ich hätte heute nach der Arbeit kurz Zeit«, sagte sie schließlich.

»Das passt gut. Sagen Sie mir, wohin ich kommen soll.«

»Ich schicke Ihnen den Standort. Ich bin um 17 Uhr dort.«

»Vielen Dank, ich werde da sein. Bis später.«

Ein kurzes Ping zeigte ihm kurz darauf den Eingang einer Nachricht an. Es handelte sich um einen Standort, der sich als Café im Schanzenviertel entpuppte. Karlsen ließ sich die Route anzeigen und schätzte ab, wann er losfahren musste. Da es sicherlich nicht leicht werden würde, einen Parkplatz zu finden, gab er noch eine Viertelstunde obendrauf. Momentan war es Mittag, er hatte somit noch einige

Stunden, die er irgendwie überbrücken musste. Er stellte sich ans Fenster und blickte auf den Schrevenpark. Bei dem schönen Wetter hielten sich zahlreiche Menschen in dem Park auf. Mütter und Väter mit ihren Kindern, Rentner auf Bänken und Studenten auf den Rasenflächen. Und natürlich die Wildgänse, die nicht mehr in den Süden zogen, sondern hier heimisch geworden waren und alles zuschissen. Danke, Klimawandel.

Vielleicht sollte er auch eine Runde spazieren gehen. Die frische Luft würde seiner armen Lunge sicher guttun. Kaum hatte er diesen Gedanken zu Ende gedacht, überfiel ihn ein Gefühl der Resignation. Als ob das jetzt noch etwas ändern würde. Besser er widmete sich zum wiederholten Mal seinen Unterlagen, um sich auf das Gespräch mit Maren vorzubereiten.

# Kapitel 10

Zur verabredeten Zeit betrat Karlsen das Café, in dem er sich mit Maren treffen wollte. Da er nicht wusste, wie sie aussah, suchte er nach einer jungen Frau, die ohne Begleitung war. An einem Tisch in einer Ecke saß eine junge Frau, die etwa in dem Alter war, in dem Julius jetzt gewesen wäre, und sah ihn erwartungsvoll an. Er schlängelte sich durch das vollbesetzte Café. »Frau Lewinsky?«, fragte er.

»Ja, aber bitte sagen Sie Maren zu mir«, antwortete sie. »Und Sie sind Herr Karlsen?«

»Genau.« Karlsen nahm ihr gegenüber Platz. »Vielen Dank, dass Sie bereit sind, mit mir zu sprechen.«

Eine Bedienung trat an ihren Tisch und fragte nach ihren Wünschen. Maren wählte einen Latte macchiato und Karlsen einen Becher Kaffee ohne Schnickschnack.

»Sie haben mich neugierig gemacht«, meinte Maren, als sie wieder allein waren. »Es geht sicher um Lina?«

»Ja genau. Haben Sie von dem Leichenfund am Nord-Ostsee-Kanal gehört?«

Maren schnappte erschrocken nach Luft. »Das war Lina?«, fragte sie entsetzt.

»Leider.«

»Oh mein Gott. Irgendwie hatte ich gehofft, sie sei nur durchgebrannt und ließ es sich irgendwo gut gehen. Ich weiß, das war albern, aber ich wollte einfach nicht wahrhaben, dass sie tot sein könnte.«

»Sie war Ihre beste Freundin?«

»Lina hatte viele Freundinnen. Sie war sehr beliebt. Aber ich glaube, zu mir hatte sie ein besonderes Vertrauensverhältnis. Ich hatte das auf jeden Fall zu ihr. Als sie verschwand, war es, als sei ein Teil von mir mit ihr verschwunden.« Die Augen der jungen Frau glänzten vor Tränen. Schnell holte sie ein Taschentuch hervor und tupfte vorsichtig die Tränen unter ihren Augen ab, um ihr Make-up nicht zu ruinieren.

»Das tut mir sehr leid.«

»Sie hatten es ja ebenfalls nicht leicht.«

»Das kann man wohl sagen. Hilfreich war auch nicht, dass mir niemand glauben wollte, dass Julius unschuldig war.«

Maren runzelte skeptisch die Stirn.

Karlsen lehnte sich zu der jungen Frau hin. »Was ich Ihnen jetzt sage, haben Sie nicht von mir«, sagte er leise. »Ich weiß aus verlässlicher Quelle, dass Lina vergewaltigt und anschließend erwürgt worden ist. Jeder, der Julius kannte, weiß, dass er zu solch einer Tat nicht fähig gewesen wäre.«

Ehe die junge Frau antworten konnte, wurden ihre Getränke gebracht. Statt einer Erwiderung auf die Behauptung Karlsens nahm sie einen Schluck ihres Kaffees.

»Darüber hinaus spricht der Fundort der Leiche für einen Täter mit Auto«, fuhr Karlsen fort. »Mit diesen neuen Informationen versuche ich nun, den wahren Täter zu ermitteln.«

»Ist das nicht Aufgabe der Polizei?«

Karlsen hatte keine Lust, das ganze Ausmaß der verpfuschten Ermittlungen durch Harms vor der jungen Frau auszubreiten. »Es ist meine Aufgabe als Vater«, sagte er daher lediglich.

»Na gut. Wie kann ich Ihnen dabei helfen?«

»Bitte erzählen Sie mir alles, an was Sie sich aus der Zeit erinnern können.«

»Tja, wo soll ich anfangen? Lina war, wie ich schon sagte, außerordentlich beliebt und sie hatte jede Menge Verehrer. Sie hätte jeden haben können, doch sie hat Julius gewählt, was uns ehrlich gesagt ein wenig gewundert hat. Nichts für ungut, aber er war schon etwas seltsam.«

»Er hatte einen Asperger-Autismus«, erklärte Karlsen.

»Das war uns bekannt und er kam ja auch gut in der Schule zurecht. Er ließ uns immer abschreiben, wenn wir mal nicht weiter wussten. Trotzdem war er nicht gerade das, was man einen Traummann nennen würde.«

»Offensichtlich war er das für Lina doch.«

»Eine Zeitlang, ja. Aber mit der Zeit wurde ihr die Beziehung zu anstrengend. Sie hat sich öfter bei mir beklagt, dass er nichts mit ihr unternehmen wollte.«

Karlsen seufzte. »Viele Menschen auf einem Haufen waren ihm ein Gräuel.«

»Und Partys gingen überhaupt nicht, so dass Lina stets alleine zu den Partys und Feiern ging. Und sie fand es zunehmend nerviger, dass er alles so wörtlich nahm.« Maren nahm wieder einen Schluck ihres Latte, der eine Schaumspur auf ihrer Oberlippe hinterließ. Karlsen wusste schon, warum er mit seinem Bart immer nur schwarzen Kaffee trank. Er hob die Hand und zeigte auf seine eigene Oberlippe. Maren verstand und wischte sich den Mund ab.

»Kurz bevor sie verschwand, vertraute sie mir an, dass sie die Beziehung mit Julius beenden wollte. Sie wusste nur noch nicht, wie sie ihm das beibringen sollte. Sie wollte ihn nicht verletzen.«

»Das haben Sie damals auch bei der Polizei angegeben. Aufgrund dessen war mein Sohn auf einmal verdächtigt.« Er konnte seine Verbitterung nicht verbergen.

»Was hätte ich denn tun sollen?«, verteidigte sie sich. »Das durfte ich doch nicht verschweigen.«

»Nein, nein. Ist schon gut, Sie mussten das erzählen. Gibt es darüber hinaus irgendetwas, was Ihnen aufgefallen ist?«

»Wie meinen Sie das?«

»Gab es zum Beispiel jemanden, der Lina hasste, aus welchen Grund auch immer?«

Die junge Frau schüttelte vehement den Kopf. »Nein, auf keinen Fall. Jeder mochte Lina.«

»Kann es sein, dass sie jemand zu sehr mochte und sie ihn hat abblitzen lassen.«

»Sicher gab es immer wieder Versuche von Jungs, sie zu daten. Aber sie war ja noch mit Julius zusammen und wollte ihn nicht hintergehen.«

»Gab es unter den Abgewiesenen jemanden, der das nicht akzeptieren wollte?«

»Oh man, das ist so lange her. Kann schon sein, aber ich kann mich ja kaum noch an die Jungs erinnern, geschweige denn an ihre Namen.« Sie sah Karlsen bedauernd an.

»Was ist mit Linas anderen Freunden? Herr Mayfeldt hat mir die Namen Markus, Ronja und Klara genannt. Könnten die sich an die Namen erinnern?«

»Das weiß ich nicht. Ich habe nur noch zu Ronja Kontakt. Sie wohnt als einzige von unserer Clique noch in Kiel. Ab und zu sehen wir uns, dann reden wir aber nicht mehr über Lina. Klara hat in Leipzig einen Studienplatz bekommen und ist, soweit ich weiß, dortgeblieben. Und Markus ist nach Köln gezogen und in die Politik gegangen. Wir treffen uns dort jedes Jahr zu Karneval.«

»Könnten Sie mir bitte die Telefonnummern senden, die Sie von Linas Freunden haben? Ich möchte sie ebenfalls befragen.«

Maren zog ihr Handy aus der Tasche und leitete ihm die Kontakte von Ronja Martens und Markus Weber weiter. »Von Karla habe ich keine Nummer«, bedauerte sie.

Karlsen speicherte die Nummern ab. »Können Sie sich darüber hinaus irgendeinen Grund vorstellen, warum jemand Lina etwas derart Schreckliches antun sollte?«, fragte er.

»Nein, beim besten Willen nicht. Aber wenn Sie sagen, sie ist vergewaltigt worden, kann sie doch ein Zufallsopfer sein. Der Täter muss sie gar nicht gekannt haben.«

»Der Gedanke ist nicht falsch, führt jedoch leider dazu, dass ich den wahren Täter niemals finde.«

»Dann wünsche ich Ihnen viel Glück bei Ihrer Suche. Es tut mir leid, dass ich Ihnen nicht helfen konnte. Ich werde noch mal nachdenken, möglicherweise fällt mir ja noch etwas ein. In diesem Fall rufe ich Sie natürlich an.« Sie trank ihren Latte aus, verabschiedete sich und ließ Karlsen ratlos und mit der Rechnung zurück.

# Kapitel 11

Jetzt konnte er nur hoffen, dass die anderen Freunde, deren Nummern er nun besaß, ihm einen Hinweis liefern konnten. Das Problem mit dem Handy von Julius und der Wiederherstellung der SMS war auch noch nicht gelöst.

Mette hatte sich ebenfalls nicht gemeldet. Kurzentschlossen rief er sie noch einmal an. Wieder erreichte er lediglich die Mailbox. Nun gut, dann spreche ich eben mit der, dachte Karlsen. »Mette«, sagte er, »vielleicht hast du ja gehört, dass am NOK menschliche Überreste gefunden wurden. Dabei handelt es sich um Lina und verschiedene Umstände beweisen die Unschuld Julius'. Bitte ruf mich an, dann erzähle ich dir, was ich weiß.«

Er bestellte sich ein Bier und wählte die Nummer von Markus, erreichte jedoch nur dessen Mailbox. Er würde es später erneut versuchen. Als Nächstes rief er Ronja, die Freundin Linas, die in Kiel wohnte, an. »Hallo?«, meldete die sich.

»Frau Martens?«, fragte Karlsen nach.

»Ja?«, kam die vorsichtige Antwort.

»Mein Name ist Peer Karlsen. Ich habe Ihre Nummer von Maren Lewinsky erhalten. Ich bin der Vater von Julius.«

»Ich erinnere mich an Sie. Um was geht es?«

Karlsen informierte sie über den Fund Linas und erklärte ihr sein daraus resultierendes Anliegen. »Können wir uns treffen?«, fragte er zum Schluss.

»Ich weiß wirklich nicht, wie ich Ihnen helfen könnte«, sträubte sich die junge Frau.

»Ich würde gerne über die Zeit vor Linas Verschwinden mit Ihnen sprechen.«

»Ich habe damals alles, was ich wusste, der Polizei erzählt.«

»Damals gingen die Ermittlungen nur in eine Richtung, inzwischen jedoch weist alles darauf hin, dass der Täter noch nicht gefasst ist.«

Frau Martens seufzte. »Nun gut. Was schlagen Sie vor?«

»Ich wohne ebenfalls in Kiel, kann mich demnach nach Ihnen richten.«

»Moment, ich schau mal in meinen Terminkalender.« Nach einer kurzen Pause meldete sie sich wieder. »Am liebsten wäre mir der Samstagmorgen. Ich bin mit Freunden zum Frühstück verabredet, aber wir können uns vorher treffen.«

»Das würde mir passen. Wann und wo?«

»An der Förde schräg gegenüber des Sandhafens gibt es ein neues Café. Sagen wir um zehn Uhr?«

»Einverstanden. Dann also bis Samstag.«

Karlsen beendete das Gespräch und wählte die Nummer von Markus. Bei ihm hatte er wieder kein Glück, er wurde nach dem fünften Klingeln an die Mailbox weitergeleitet. In wenigen Worten versuchte er dem Apparat sein Anliegen zu schildern und bat um einen Rückruf. Und nun? Was fing er jetzt mit dem angefangenen Abend an? Er überlegte. Mette wohnte nicht weit von hier. Er könnte bei ihr vorbeifahren. Offensichtlich hatte sie nicht vor, auf seine Anrufe zu reagieren.

Kurzentschlossen bezahlte er die Rechnung und fuhr zu Mette. Nachdem er dort nach langem Suchen einen Parkplatz gefunden hatte, blieb er einen Moment im Auto sitzen. Er hatte ein wenig Angst vor einem Treffen mit seiner Tochter, die er schon so lange nicht mehr gesehen hatte. Wie würde sie reagieren, wenn er unangemeldet vor ihrer Tür stände? Was soll's, dachte er. Wahrscheinlich ist sie ohnehin nicht zu Hause. Er stieg aus und klingelte an ihrer Haustür. Wider Erwarten ertönte ein Summen und die Tür ließ sich aufdrücken. Da er seiner Tochter damals beim Umzug geholfen hatte, wusste er, in welcher Etage sie wohnte. Als er die letzten Stufen nahm, erblickte er in Mettes Wohnungstür einen jungen Mann. Verblüfft stutzte er. »Ist das nicht die Wohnung von Mette Karlsen?«, fragte er und schielte nach dem Türschild. Ein zweiter Namen war handschriftlich unter den Nachnamen seiner Tochter gekritzelt.

»Doch«, antwortete der Kerl. »Mette!«, brüllte er in die Wohnung. »Für dich.«

Kurz darauf erschien seine Tochter. Sie trug einen Bademantel und hatte ein Handtuch um ihren Kopf geschlungen. Er hatte sie so lange nicht mehr gesehen, dass er beinahe vergessen hatte, wie hübsch sie war. Zum Glück hatte sie das Aussehen nicht von ihm, sondern von ihrer Mutter geerbt. Bei seinem Anblick riss sie die Augen auf. »Du?«

»Ja, ich. Du gehst ja nicht ans Telefon.«

»Das ist auch nicht nötig. Ich habe schon alles von Mama erfahren.«

Das nahm ihm den Wind aus den Segeln. »Auch von den Umständen, die die Unschuld von Julius beweisen?«, fragte er lahm.

»Bewiesen ist noch gar nichts.«

»Nein, aber ich arbeite daran.«

»Und was willst du von mir?«

»Müssen wir das im Hausflur besprechen?«

Widerwillig machte Mette Platz und ließ Karlsen in ihre Wohnung. Ohne sich umzuschauen, marschierte sie mit dem jungen Mann im Schlepptau in Richtung Küche. Karlsen folgte ihr. Für eine Wohnung von jungen Leuten war die Küche erstaunlich aufgeräumt. Seine Tochter lehnte sich an die Arbeitsplatte, ihr Freund setzte sich an den Küchentisch.

»Also, was willst du?« Mette verschränkte die Arme vor ihrer Brust.

Tja, was wollte er? Ursprünglich hatte er sie über die neuesten Entwicklungen informieren wollen, doch das hatte Dörte schon erledigt. Aber vielleicht konnte Mette ihm bei dem Handy von Julius helfen.

»Meine erste Intention war, dir von den neuen Erkenntnissen zu berichten, damit du nicht länger mit dem Verdacht leben musst, dass dein Bruder Lina etwas angetan hat«, sagte er. »Aber du sagst, du hast schon alles von deiner Mutter erfahren. Dann weißt du ja auch sicher, dass ich wieder ermittle, um endlich die Unschuld Julius' zu beweisen. Leider kann ich das nur inoffiziell machen.«

»Ich verstehe immer noch nicht, wie ich dir helfen kann.«

»Ich habe Julius' Handy gefunden, auf dem er damals eine SMS von Lina erhalten hat, die ihn zum NOK bestellt hat.«

»Ich habe davon gehört.«

»Leider ist die SMS gelöscht und ich habe zu wenig Ahnung von Handys und Computern, um sie wiederherzustellen. Vielleicht kannst du das oder kennst jemanden?«

»Ich kann das«, mischte sich der junge Mann ein. »Ich bin übrigens Tom.« Er reichte Karlsen über den Tisch hinweg die Hand.

Karlsen erwiderte den Händedruck mit mehr Kraft als erforderlich. »Peer«, sagte er und und freute sich über das Zusammenzucken seines Gegenübers.

Mette warf ihrem Freund einen finsteren Blick zu. Der zuckte mit den Schultern, »Du weißt, dass ich so was kann. Haben Sie das Handy dabei?«

»Nein, aber ich kann es Ihnen morgen bringen.«

Der junge Mann warf Mette einen fragenden Blick zu, der eisig beantwortet wurde. Wieder zuckte er mit den Achseln. »Ja, das wäre gut. Am besten um die gleiche Zeit wie jetzt.«

Da niemand mehr etwas sagte und er nicht wusste, was er noch hätte erzählen können, verabschiedete sich Karlsen und verließ die Wohnung seiner Tochter, die eindeutig nicht mehr nur die ihre war. Nachdenklich stieg er die Treppe hinab und lief zu seinem Wagen. Seine Tochter hatte also eine feste Beziehung und er hatte nichts davon geahnt. Sein Herz zog sich schmerzhaft zusammen. Wie gerne hätte er am Leben seiner Tochter teilgenommen, doch dass sie das nicht wünschte, war eben erneut mehr als deutlich geworden. Ob sie ihm jemals verzeihen würde, dass er sich wegen seiner obsessiven Ermittlungen zu wenig um sie und um seine Frau gekümmert hatte? Er musste sie damals sehr verletzt haben, wenn sie ihm das heute noch nachtrug. Aber er war in einem Ausnahmezustand gewesen, der in tiefste Frustration übergegangen war, als er nichts erreicht hatte und einsehen musste, dass Julius auf immer und ewig für ein Monster gehalten werden würde.

Er seufzte schwer. Es blieb ihm nicht mehr viel Zeit, um sich mit ihr zu versöhnen. Aber dadurch, dass er morgen mit Tom verabredet war, hatte er zumindest einen Fuß in der Tür. Wie sich das entwickelte, blieb abzuwarten. Nachdem er durch seinen Besuch bei Mette feststellen musste, dass sie ihm noch immer unversöhnlich gegenüber stand, wollte er nicht den Löffel abgeben, ohne seine Tochter persönlich um Verzeihung zu bitten. Und nicht nur einen Abschiedsbrief an sie schreiben. Überhaupt empfand er eine Energie wie schon lange nicht mehr, ihm war nicht mehr alles egal. Sogar sein Krebs nicht. Diesen Gedanken schob er schnell beiseite. Darum könnte er sich später kümmern. Wenn es dann noch nicht zu spät war. Derzeit ging es nur darum, Linas Tod aufzuklären.

Doch zu allem Überfluss verspürte er eine Sehnsucht nach einem Menschen, mit dem er sich austauschen konnte. Die letzten Jahre jedoch hatte er mit seinem manischen Bemühen, das Verschwinden Linas aufzuklären, alle Freunde von sich gestoßen. Christian schien zwar auf seiner Seite, aber ihn mit seinen eigenen Befindlichkeiten zu belästigen, kam ihm total fehl am Platz vor. Und auch Dörte wollte er nicht erneut belästigen.

Frau Dr. Janicek kam ihm in den Sinn. Er hatte über den Tag verteilt immer wieder an sie gedacht. Doch sie anzurufen, um sich mit ihr zu treffen, kam ihm arg distanzlos vor. So blieb er wohl oder übel seiner Rolle als einsamer Wolf treu.

# Kapitel 12

Es war ein ruhiger Tag gewesen, der ihr endlich die nötige Zeit gelassen hatte, die längst fälligen Berichte zu schreiben. Einer davon war der Obduktionsbericht von Lina Mayfeldt gewesen. Obwohl es im Grunde keine Obduktion gewesen war, eher eine Knochenschau. Doch auch diese hatte, wie sie ja schon mündlich weitergegeben hatte, sowohl die Todesursache als auch die brutale Vergewaltigung offenbart.

Frau Dr. Janicek seufzte. Das arme Mädchen. Vergewaltigt, erwürgt und verscharrt. Sie war nur sechzehn Jahre alt geworden, hatte noch ihr ganzes Leben vor sich gehabt.

Normalerweise ließ sie ihre Arbeit nicht so dicht an sich heran, doch diesmal ging ihr das Schicksal des Mädchens nah. Möglicherweise weil sie um die Folgen dieses Verbrechens wusste, das nicht nur die Familie des Opfers zerstört hatte, sondern auch die Familie dieses Kommissars aus Kiel. Sie selbst hatte keine Kinder und konnte nur erahnen, was so etwas mit den Eltern machte. Obwohl, sie hatte ja einen Sohn. Allerdings hatte sie von seiner Existenz nichts geahnt und hatte erst von ihm erfahren, als er versucht hatte, sie umzubringen. Zurzeit saß er seine Strafe in Fuhlsbüttel ab und verweigerte jeglichen Kontakt. Er gab ihr die Schuld am Tod seiner Mutter und seiner schweren Kindheit, die ihn zu dem hatte werden lassen, der er jetzt war. Ein verbitterter Möchtegernmörder.

Dabei war es nur ein Sommerflirt in einer Zeit gewesen, in der sie verzweifelt mit ihrer Identität gerungen hatte. Diese Affäre war ein letzter Versuch gewesen, als derjenige zu leben, als der sie geboren worden war. Und sie hatte nicht gewusst, dass die hübsche junge Spanierin schwanger gewesen war, als sie oder derjenige, der sie zu der Zeit noch gewesen war, die Sache beendet hatte und nach Hause gefahren war. Sie hatte in diesem Urlaub viel über sich gelernt und eine Entscheidung getroffen. Heute hatte sie keine Zweifel, wer oder was sie war, auch wenn der Weg lang und schmerzvoll gewesen war. Eine Beziehung war sie allerdings nie wieder eingegangen. Sie versteckte sich hinter ihrer Arbeit und ihrer Barschheit und war damit bisher gut zurechtgekommen.

Wieso dann um alles in der Welt musste sie ständig an diesen Karlsen aus Kiel denken? Sie sollte ihm den Obduktionsbericht schicken, damit wäre der Fall für sie erledigt. Dafür benötigte sie seine Mailadresse. Da sie seine Handynummer hatte, schrieb sie ihm eine Nachricht und bat um seine Mailadresse. Karlsen antwortete prompt. Er bedankte sich und schickte ihr die Adresse. An diese sandte sie ihm den Bericht mit einem freundlichen »Alles Gute«. Vorsichtshalber löschte sie anschließend die gesendete Mail sowie die Mailadresse von Karlsen. Zum einen weil sie ihm den Bericht nicht hätte schicken dürfen, zum anderen, um dieses Kapitel für sich abzuschließen. Doch daraus wurde nichts. Keine fünf Minuten später klingelte ihr Telefon. Karlsen.

»Können Sie die Mail nicht öffnen?«, fragte sie statt einer Begrüßung.

Kurze Pause. Sicher hatte er mit einer freundlicheren Begrüßung gerechnet. »Doch«, sagte er schließlich vorsichtig. »Ich wollte mich eigentlich nur bedanken.«

»Gut, das haben Sie ja jetzt getan.« Das war selbst für ihre Verhältnisse recht barsch.

Dementsprechend reagierte der Kommissar. »Tja, äh ...«, stammelte er, legte jedoch nicht auf.

Ein wenig tat ihr ihre Reaktion leid. »Kann ich sonst noch etwas für Sie tun?«, fragte sie deshalb nicht ganz so unfreundlich.

»Ja. Ich ...«, Karlsen wirkte verunsichert, »ich habe morgen am späten Nachmittag einen Termin in Hamburg und wollte Sie gerne anschließend zum Essen einladen. Als Dank. Falls Sie noch nichts vorhaben.«

Sie schwieg verblüfft.

»Vergessen Sie's«, fuhr Karlsen fort. »Sie haben sicher keine Zeit.«

»Doch«, hörte sie sich zu ihrer Verwunderung sagen. »Ich habe Zeit.«

»Schön. Kennen Sie ein nettes Restaurant, wo wir uns treffen können? Ich kenne mich in Hamburg nicht gut aus. Ich kann Sie auch gerne abholen.«

»Dann kommen Sie am besten zu mir. Bei mir in der Gegend gibt es einige Restaurants. Dann können wir zusammen überlegen, wohin wir gehen.«

»Gute Idee. Sagen Sie mir eine Uhrzeit.«

»Schaffen Sie es um halb acht?«

»Bestimmt. Geben Sie mir Ihre Anschrift?«

»Ich schicke Sie Ihnen.«

»Prima. Dann bis morgen Abend.«

Sie beendete das Gespräch und starrte auf ihr Handy. Was war nur in sie gefahren? Erst ranzte sie ihn an und dann warf sie sich ihm förmlich an den Hals. Ihn zu sich kommen zu lassen, sie war wohl übergeschnappt. Noch nie war ein Fremder bei ihr zu Hause gewesen. Na gut, jetzt war es passiert und sie musste zugeben, dass sie sich auf ein Wiedersehen mit dem Kieler Kommissar freute.

# Kapitel 13

Und wieder hatte er einen Tag verplempert. Seine Ermittlungen stockten. Mit Ronja würde er sich erst am Samstag treffen, Markus ging immer noch nicht ans Telefon. Im Gegenteil, er drückte das Gespräch weg. Wieso? Er konnte doch gar nicht wissen, wer ihn zu erreichen versuchte. Die Einzige, die wusste, dass er mit ihm reden wollte, war Maren und die würde ihn kaum angerufen und vorgewarnt haben. Selbst wenn sie das getan hätte, gab es für Markus keinen Grund, nicht mit ihm zu sprechen. Es sei denn, er hatte etwas zu verbergen. Doch das war sehr weit hergeholt, zumal Christian den Verdacht geäußert hatte, dass Markus schwul sei. Somit würde er kaum ein Mädchen vergewaltigen. Oder?

Endlich war es Zeit, sich auf den Weg nach Hamburg zu machen. Kurz überlegte er, ob er sich für sein Treffen mit der Rechtsmedizinerin umziehen sollte, verwarf den Gedanken jedoch wieder. Immerhin handelte es sich bei dem Treffen nicht um ein Date, sondern nur um eine Einladung zum Essen als Dank für das Entgegenkommen der Ärztin. Redete er sich zumindest ein. Wo sollte das denn enden, wenn er sich auf irgendwelche Gefühlsdinge einließ? In seiner Situation. Und wieso wälzte er überhaupt solche Gedanken? Er hatte die Frau schließlich erst vor zwei Tagen kennengelernt. Kurzentschlossen knallte er die Tür seines Kleiderschranks zu und machte sich in seinen obligatorischen Jeans und einem weiten Hemd auf den Weg nach Hamburg. Seine erste Station waren Tom und Mette.

Tom öffnete ihm die Tür. »Komm rein«, sagte er und führte Karlsen in die Küche. »Mette ist leider nicht da.«

»Geht sie mir aus dem Weg?«, fragte Karlsen enttäuscht.

Tom zuckte mit den Schultern. »Vielleicht, obwohl sie nichts dergleichen erwähnt hat. Sie hat mir nur gesagt, dass sie mit einer Freundin verabredet sei.«

»Hat sie dir schon mal erzählt, warum sie nichts mit mir zu tun haben will?«

»Nichts Genaues. Sie hat lediglich behauptet, du hättest ihre Familie zerstört.«

Karlsen fühlte sich durch diese Sichtweise ungerecht behandelt »Ich habe sicher vieles falsch gemacht und mich bestimmt auch unmöglich verhalten. Aber wirklich zerstört hat unsere Familie der Mörder Linas.« Er ging davon aus, dass Tom die Geschichte kannte.

»Das war zweifellos sehr schlimm für euch alle«, bestätigte der junge Mann seine Vermutung.

Karlsen nickte stumm.

»Also, hast du das Handy dabei?«, lenkte Tom das Gespräch auf neutrales Gebiet.

Karlsen holte das Telefon aus seiner Jackentasche und reichte es ihm. »Ich habe es vor kurzem geladen, zur Not habe ich auch das Ladegerät dabei.«

Tom schaltete das Handy an. »Hast du das Passwort?«

»Lina, klein und rückwärtsgeschrieben.«

Tom entsperrte das Handy und tippte eine Weile darauf herum. »Um die SMS wieder herzustellen, brauche ich meinen PC. Das kann ein bisschen dauern. Hast du heute noch irgendetwas vor?«

»Erst am Abend.«

»Dann mach dir doch einen Tee oder Kaffee. Du findest alles im Schrank.« Er zeigte auf einen Hängeschrank. »Ich verzieh mich mal in mein Arbeitszimmer.« Er verließ den Raum.

Karlsen sah sich in der Küche um, entdeckte einen gläsernen Wasserkocher aber keine Kaffeemaschine. Die war, wie er wiederholt festgestellt hatte, bei jungen Leuten aus der Mode gekommen. Die schütteten ihren Kaffee entweder mit neumodischen Filtersystemen auf, die vor allem stylisch aussahen, oder gönnten sich einen Vollautomaten. Und tatsächlich, in dem besagten Hängeschrank stand eine gläserne Kaffeekanne mit passendem Filter. Hübsch anzusehen, aber zu aufwendig für ihn. Also dann doch lieber Tee. Hier fand er zu seinem Erstaunen den Tee in Beuteln vor. Echte Teetrinker würden sich mit Grausen abwenden, ihm war es gleich. Er suchte sich einen Earl Grey und machte sich Wasser mit dem Wasserkocher heiß. Mit einem Becher Tee in der Hand stellte er sich vor das Küchenfenster und schaute hinaus. Wo es nicht viel zu sehen gab. Um einen winzigen Garten, der allgemein zugänglich zu sein schien, ragten hohe Wohnhäuser in den Himmel. Eine Linde, deren Blätter jetzt im Herbst gelb gefärbt waren, minderte das ohnehin spärlich einfallende Licht. Da lobte er sich seine Wohnung, die ihm einen Ausblick auf den Schrevenpark bot.

Ein triumphierender Ausruf aus dem Nebenzimmer unterbrach seine Betrachtungen. »Peer?«, rief Tom. »Kommst du mal bitte?«

Karlsen folgte der Aufforderung. Tom saß an seinem Schreibtisch und zeigte auf den vor ihm stehenden Monitor. »Schau mal. Sind das die Nachrichten, die du sehen wolltest?«

Karlsen beugte sich vor und sah eine Liste von Nachrichten, die Julius erhalten hatte. Die meisten waren von Lina. Er zeigte auf die letzte von ihr. »Kannst du die bitte öffnen?«

»Klar.«

»Julius, komm bitte zu dem Pfeiler unter der Hochbrücke. Ich warte auf dich«, stand da. »Ich komme«, hatte Julius geantwortet. Die SMS hatte ihn an dem Tag von Linas Verschwinden um 17 Uhr 38 erreicht. »So spät?«, wunderte sich Karlsen, fand jedoch hier in Toms Gegenwart nicht die nötige Ruhe, sich in diesen Gedanken zu vertiefen. »Kannst du mir das bitte ausdrucken?«, fragte er. »Und kann man auf dem Ausdruck auch die Uhrzeit sehen?«

»Sicher.«

Der Drucker ratterte und Tom überreichte ihm das Blatt mit der Nachricht.

»Danke für deine Hilfe, ohne dich hätte ich nicht gewusst, wie ich an die SMS kommen sollte«, bedankte sich Karlsen bei Tom.

»Kein Ding. Ich hoffe, das hilft dir weiter.«

»Das hoffe ich auch.« Er verabschiedete sich. »Kannst du Mette bitte Grüße von mir ausrichten?«

»Mach ich, aber ob sie das milder stimmt ...«

Karlsen verließ die Wohnung und fuhr nach Winterhude, wo Frau Dr. Janicek wohnte. Er war erheblich zu früh für ihre Verabredung, daher spazierte er in den in der Nähe liegenden Stadtpark, um nachzudenken. Der zeitliche Ablauf des Tathergangs gab ihm zu denken, doch es gelang ihm nicht, seine Gedanken zu ordnen. Zu vieles ging ihm durch den Kopf und störte ihn in seiner Konzentration. Da war zum einen sein verzweifelter Wunsch, die Wahrheit zu ergründen, zum anderen sein gestörtes Verhältnis zu seiner Tochter. Lange hatte er diesen Zustand verdrängt, durch die Begegnung mit ihr war ihm diese unmögliche Situation jedoch wieder bewusst geworden. Er verstand, warum Mette sauer auf ihn war. Doch weshalb sie sich nach all den Jahren immer noch derart abweisend ihm gegenüber verhielt, wollte ihm nicht in den Kopf. Wenn das hier alles vorbei war, würde er das Gespräch mit ihr suchen und nicht eher ruhen, bis sie sich dazu bereit erklärte.

# Kapitel 14

Frau Janicek lebte in einem prächtigen Patrizierhaus in dem schönen Stadtteil Winterhude. Alte, imposante Bäume säumten die Straße, an der neben hohen Wohnhäusern aus dem neunzehnten und frühen zwanzigsten Jahrhundert exklusive Geschäfte und Restaurants lagen. Ein kurzer Weg, gesäumt von kunstvoll geschmiedeten Zaungittern, führte durch einen kleinen Vorgarten zur Eingangstür. Ein Blick auf das Klingelschild zeigte, dass die Ärztin im Erdgeschoss wohnte. Um sich Mut zu machen, holte Karlsen tief Luft und drückte die Klingel. Die Gerichtsmedizinerin öffnete ihm in Jeans und Bluse, über die sie einen beigen Pullover trug, und er war froh, sich nicht in Schale geschmissen zu haben. Um ihren Kopf hatte sie ein Handtuch gewickelt. »Oh«, sagte sie. »Sie sind pünktlich. Ich leider nicht, ich wurde im Institut aufgehalten. Aber kommen Sie doch rein.« Sie trat von der Tür weg und führte ihn in eine geräumige Wohnküche. Hier wies sie auf den Kühlschrank. »Bedienen Sie sich, ich bin gleich fertig.«

Zum zweiten Mal an diesem Tag blieb Karlsen allein in einer Küche zurück und sollte sich selbst mit Getränken versorgen. Da er nicht durstig war, verzichtete er auf eine Besichtigung des Angebots, setzte sich an den Tisch und schaute sich um. Auch diese Küche war aufgeräumt, aber im Gegensatz zu der von Mette und Tom verfügte sie über eine normale Kaffeemaschine. Frau Janicek wurde ihm immer sympathischer. Eine Glastür, die zu einer kleinen Terrasse mit anschließendem winzigen Garten führte, ließ Licht in den Raum, der Tisch, an dem er saß, war aus massivem Holz und bot gut und gerne sechs Leuten Platz. Bisher war er davon ausgegangen, dass sie alleine lebte – sie verbreitete die Aura einer alleinlebenden Frau –, aber möglicherweise hatte er sich getäuscht. Ihm konnte das gleich sein, er wollte sich mit der Einladung zum Essen lediglich für ihr Entgegenkommen bedanken.

Eine schwarze Katze erschien an der Terrassentür und maunzte auffordernd. Sie erweckte den Eindruck, hierher zu gehören, weshalb er sie hereinließ. Sie stolzierte zu einem Napf, der in einer Ecke stand, und inspizierte ihn. Da er leer war, wandte sie sich beleidigt ab und richtete ihre Aufmerksamkeit auf ihn. Sie strich um seine Beine und hinterließ einige Haare an seiner Jeans, dann machte sie Anstalten, auf seinen Schoß zu springen. Darauf hatte er nun wirklich keine Lust und wehrte sie ab. Die Katze rutschte von seinen Beinen, nicht ohne sie mit ihren scharfen Krallen zu punktieren. Er rieb sich über die Stelle und erwartete Blut zu sehen. Doch offenbar waren die Stiche nicht so tief, wie es sich anfühlte. Wenig später kam Frau Janicek zurück, diesmal mit trockenen Haaren, die ihr offen auf die Schultern fielen. »Ah, Sie haben Mephisto hereingelassen«, sagte sie. »Das war gut, ich hätte ihn ungern draußen gelassen, wenn ich weg bin.«

»Ich war mir nicht sicher, ob er zu Ihnen gehört oder nur ein Futterschnorrer ist.«

Sie lachte. »Futterschnorrer ist gut, aber er gehört tatsächlich zu mir, wobei er das sicher andersherum sieht.« Sie streichelte den Kater und füllte seinen Napf mit Trockenfutter. »Von mir aus können wir los. Hier gibt es fußläufig viele Restaurants, worauf haben Sie Lust?«

»Entscheiden Sie«, erwiderte Karlsen. »Ich bin zu allem bereit.«

»Okay. Da ich Vegetarierin bin, würde ich ungern in ein Steakhaus gehen. Was halten Sie von asiatisch?«

Karlsen, der selten für sich kochte und ab und zu etwas im Asia-Imbiss holte, stimmte zu. Diese Küche war somit kein gänzlich unbekanntes Terrain für ihn. Ganz im Gegensatz zu einem Essen zu zweit. Was hatte er sich dabei gedacht?

Es war tatsächlich nicht weit bis zu dem Restaurant. Während des kurzen Weges bewunderte Karlsen die Gegend. »Schön hier«, meinte er. »Nicht so schön wie Kiel natürlich«, fügte er grinsend hinzu.

»Meinen Sie den idyllischen Stadtteil Gaarden?«, neckte ihn die Ärztin.

»Den nicht gerade. Aber am Schrevenpark, wo ich wohne, ist es sehr schön.«

Das Restaurant lag in einem der für den Stadtteil typischen Patrizierhäusern. Ein dem Lokal vorgelagerter Außenbereich war zu dieser Jahreszeit ungenutzt. Lediglich zwei Raucher standen an einem Standaschenbecher und frönten ihrem Laster. Das Innere war in dunklen Holztönen gehalten und wirkte warm und gemütlich. Sie suchten sich einen Tisch und Karlsen half der Rechtsmedizinerin aus der Jacke. »Oh, ein Kavalier der alten Schule«, spottete sie.

»Ich bin eben gut erzogen«, erwiderte er pikiert.

Die Janicek versuchte sich an einem entschuldigenden Lächeln. »Sorry, ich wollte Sie nicht verärgern. Die ganze Situation ist nur so ungewohnt für mich.«

Karlsen versuchte sich ebenfalls an einem Lächeln und brachte die Jacken zur Garderobe. Auch für ihn war die Situation ungewohnt, seine eigene Unsicherheit erschwerte diesen Abend bisher erheblich. Er konnte nur hoffen, dass sich die Stimmung noch lockerte.

Die Speisekarte war voller exotischer Begriffe, die ihn überforderten. Seine Erfahrungen mit asiatischen

Essen beschränkte sich im Großen und Ganzen auf die Nudelbox To Go. Er schielte zu der Janicek hinüber, die die Karte konzentriert studierte. »Kennen Sie sich mit dem Essen hier aus?«, fragte er.

»Ein wenig. Möchten Sie eine Vorspeise? Ich würde Ihnen die Sommerrollen empfehlen.«

Mit ihrer Hilfe wählte er außerdem eine Hauptspeise, die Rechtsmedizinerin wählte die gleiche, allerdings in der vegetarischen Variante. Ein junger Kellner trat zu ihnen an den Tisch, nahm ihre Bestellung auf und verschwand wieder. Und dann – Stille.

»Sind Sie schon lange Vegetarierin?«, fragte Karlsen schließlich, um die Stille zu durchbrechen.

»Einige Jahre.«

»Mögen Sie einfach kein Fleisch oder sind Ihre Beweggründe ethischer Natur?«

»Sagen wir mal so, im Laufe der Jahre ist mir bedingt durch meinen Beruf der Appetit auf Fleisch abhandengekommen. Aber die Ethik spielt natürlich auch eine Rolle. Was ist mit Ihnen? Warum essen Sie Fleisch?«

»Darüber mache ich mir immer wieder Gedanken, mir schmeckt es jedoch zu gut. Ein schlechtes Gewissen habe ich dabei aber schon.«

»Das sollten Sie nicht. Wenn Sie Fleisch essen, sollten Sie es mit Genuss tun, allein schon aus Respekt für das Tier, das dafür gestorben ist.«

Darauf wusste Karlsen nichts zu sagen und das Gespräch geriet erneut ins Stocken.

Diesmal war es die Janicek, die das Gespräch wieder in Gang brachte. »Sind Sie in den vergangenen Tagen mit Ihren Ermittlungen weitergekommen?«

Das war sicheres Terrain für Karlsen. »Kaum«, meinte er. »Ich habe mit der besten Freundin von Lina gesprochen. Sie konnte sich leider an niemanden erinnern, der einen Grund gehabt hätte, dem Mädchen etwas anzutun.«

»Möglicherweise war sie nur ein Zufallsopfer.«

»Möglicherweise«, antworte Karlsen nachdenklich. »Aber wenn das wirklich so wäre, sehe ich kaum eine Chance, den wahren Täter zu ermitteln. Zumal mir ja die Ressourcen der Kripo verschlossen sind. «

»Und wie wollen Sie jetzt weiter vorgehen?«

»Ich werde mit anderen Freunden und Schulkameraden von Lina sprechen. Außerdem habe ich inzwischen die Nachricht, mit der mein Sohn zu dem Tatort gelockt wurde.«

»Wo er den belastenden Rucksack seiner Freundin fand?«

»Genau«, bestätigte Karlsen und staunte, dass sich die Gerichtsmedizinerin noch an die Einzelheiten seines Berichts erinnerte. »Ich stolpere dabei über den zeitlichen Ablauf.«

»Wie meinen Sie das?«

»Haben Sie zufällig einen Stift dabei?«

»Ich glaube, ich habe einen in meiner Jacke.« Sie ging zur Garderobe und kehrte mit einem Kuli zurück.

Karlsen holte das Blatt mit der Nachricht hervor und zeichnete eine Zeitachse auf seine Rückseite. Dort trug er den zeitlichen Ablauf der Geschehnisse ein, beginnend mit dem Klavierunterricht von Lina. Dank der Durchsicht seiner Unterlagen waren ihm die Zeiten frisch im Gedächtnis. »Am Tag ihres Verschwindens hatte Lina Klavierunterricht bei einem Lehrer, der auf der Kanalstraße in Kiel-Holtenau wohnte«, erklärte er. »Der Unterricht endete um 17 Uhr. Zu ihrem Wohnort in Altenholz benötigt man 20 Minuten zu Fuß, und Lina war zu Fuß unterwegs, da ihr Fahrrad einen Platten hatte. Dabei hätte sie nach 10 Minuten den Ort unter der Holtenauer Hochbrücke passiert, an dem später ihr Blut entdeckt wurde. Sie wäre also um 17 Uhr 10 an dem vermuteten Tatort gewesen. Die SMS, die Julius von ihrem Handy erhalten hatte und mit der er zu dem vermeintlichen Tatort bestellt worden war, ging knapp eine halbe Stunde später um 17 Uhr 38 ein. Er machte sich sofort auf den Weg und kam um 18 Uhr unter der Hochbrücke an, wo er nur noch den Rucksack von Lina vorfand.«

Frau Janicek nickte. »Ich verstehe, worauf Sie hinaus wollen. Es gibt eine Zeitlücke von knapp einer halben Stunde zwischen der Ankunft Linas an der Brücke und dem Versenden der SMS. Aber es könnte doch sein, dass der Klavierunterricht länger als üblich gedauert hat.«

»Nein, das wurde damals überprüft. Lina hat ihren Lehrer pünktlich verlassen.«

»Vielleicht hat sie noch etwas eingekauft und war deshalb später an der Brücke.«

»Es gibt kein Geschäft auf ihrem Weg nach Hause, auch nicht in näherer Umgebung.«

»Gut, dann gehen wir davon aus, dass Lina um circa 17 Uhr 10 am Tatort eintraf.«

»Und dort auf ihren Vergewaltiger und Mörder stieß.«

»Dann war es der Mörder, der die SMS an Ihren Sohn schickte. Doch warum sollte er das tun?«

»Um den Verdacht auf Julius zu lenken.«

»Das würde voraussetzen, dass er sowohl Lina als auch Julius kannte und von ihrer Beziehung wusste.«

Karlsen setzte sich ruckartig auf. »Sie haben recht! Er muss beide gekannt haben und hat den Rucksack absichtlich zurückgelassen, in der Hoffnung, dass Julius ihn findet und seine Fingerabdrücke auf ihm hinterlässt. Vielleicht hat er auch darauf gehofft, dass Julius am Tatort gesehen wird.«

»Wissen Sie, was das bedeutet?«

»Ja«, sagte Karlsen voller Genugtuung. »Es bedeutet, dass der Täter im Umfeld von Lina und Julius zu finden ist.«

»Und dass Lina kein Zufallsopfer war.«

Das Gespräch wurde durch die Ankunft ihres Essens unterbrochen. Die Sommerollen entpuppten sich als überaus köstlich und auch das Hauptgericht bestach durch die Harmonie seiner vielfältigen Aromen.

»Schmeckt es Ihnen?«, fragte Frau Janicek.

»Oh ja, sehr. Wenn ich in der Nähe wohnen würde, wäre ich öfter hier.«

Die Gerichtsmedizinerin zuckte mit den Schultern. »Allein essen zu gehen macht nicht allzu viel Spaß«, entgegnete sie.

»Haben Sie keine Familie?« Habe ich das wirklich gerade gefragt, dachte Karlsen entsetzt.

»Wie kommen Sie darauf, dass ich eine hätte?«

»Wegen Ihres großen Küchentisches«, wand er sich heraus.

Frau Janicek lachte auf. »Den habe ich nur, weil ein kleiner Tisch in meiner großen Küche untergehen würde. Aber nein, ich lebe allein, bis auf meine Katze. Wie steht es bei Ihnen?«

»Geschieden, schon einige Jahre.«

»Haben Sie neben Ihrem Sohn noch weitere Kinder?«

»Eine Tochter, aber die will nichts von mir wissen.«

»Was haben Sie getan, dass Sie derart gestraft werden?«

Karlsen richtete seinen Blick nach unten. »Nach dem Tod von Julius war ich weder ein guter Ehemann noch ein guter Vater.«

»Ihre Situation war sicher für Sie alle schwer.«

»Ja, aber ich habe mich in meinen Bemühungen verrannt, den wahren Schuldigen zu finden. Und weder nach rechts noch nach links geschaut.«

»Inzwischen ist doch viel Zeit verstrichen.«

»Mette, meine Tochter, nimmt nach wie vor keinen Anruf von mir an, außer an ihrem Geburtstag. Sie selbst ruft auch nur an meinem Geburtstag an. Und dann ist das Gespräch kurz.«

»Das zeigt doch, dass Sie ihr nicht vollkommen gleich sind.«

»Vielleicht. Aber meine Versuche, den Kontakt mit ihr zu halten, stießen auf Ablehnung. Irgendwann habe ich aufgegeben.«

»Das kann ich gut verstehen. Ich habe auch einen Sohn, der nichts von mir wissen will«, sagte Frau Janicek leise.

»Dann sind Sie ebenfalls geschieden?«

Sie schüttelte den Kopf. »Nein, es ist viel komplizierter.«

Karlsen wartete auf eine Erklärung, die nicht kam. Im Gegenteil, er hatte den Eindruck, als bedaure Frau Janicek ihre Aussage.

»Gestern habe ich meine Tochter zum ersten Mal seit langem wiedergesehen«, fuhr Karlsen daher fort. »Ich wollte ihr von der neuesten Entwicklungen berichten und ihr die Last von den Schultern nehmen, dass ihr Bruder ein Mörder sei.«

»Hat sie das etwa auch geglaubt?«

»Alle haben das geglaubt. Selbst wenn sie an seiner Schuld gezweifelt haben sollte, war es schwer für sie, mit dieser Vorverurteilung zu leben. Sie besuchte dieselbe Schule wie Julius und hatte es nach dem Verschwinden Linas nicht leicht dort. Sofort nach ihrem Abitur ist sie fortgezogen. Mittlerweile wohnt sie hier in Hamburg mit einem jungen Mann zusammen.« Er stockte. »Ich hatte keine Ahnung, dass sie in einer festen Beziehung lebt.«

»Und das kränkt Sie.«

»Natürlich. Meine Tochter lebt in einer ernsthaften Beziehung und sie sagt mir nichts.« Warum erzähle ich das alles? fragte sich Karlsen.

Die Rechtsmedizinerin langte über den Tisch und nahm seine Hand. »Geben Sie nicht auf«, sagte sie.

»Haben Sie denn aufgegeben?«

»Mir blieb nichts anderes übrig.« Sie seufzte und schloss kurz die Augen. »Möchten Sie noch ein Dessert?«, lenkte sie ab.

»Ich bin vollkommen satt, aber was ist mit Ihnen?«

»Ich möchte auch nichts mehr. Lassen Sie uns gehen, Sie müssen ja noch nach Kiel zurück.«

Karlsen brachte sie zurück zu ihrer Wohnung. Dort angekommen reichte Frau Janicek ihm die Hand. »Vielen Dank für die Einladung. Kommen Sie gut nach Hause.«

Karlsen verspürte einen Hauch von Enttäuschung. »Ja dann, Gute Nacht«, sagte er und ging zu seinem Auto.

# Kapitel 15

Am nächsten Morgen erwachte Karlsen mit einem Hauch von Euphorie. Endlich hatte er einen Punkt, an dem er seine Ermittlungen ansetzen konnte. Der Täter hatte Julius und Lina gekannt, und zwar nicht nur entfernt, sondern war ihnen so nah gewesen, dass er von ihrer Beziehung gewusst hatte. Das grenzte den Kreis der Personen, die für den Mord infrage kamen, erheblich ein. Er würde mit weiteren Leuten aus Linas Umfeld sprechen müssen, wenn möglich von Angesicht zu Angesicht. Er sah den Leuten bei Befragungen gerne ins Gesicht, um ihre Reaktionen beobachten zu können. Die wenigsten hatten ihren Gesichtsausdruck komplett unter Kontrolle. Er bildete sich ein, in den meisten Fällen zu sehen, wenn er belogen wurde. Bei Maren waren ihm keine Ungereimtheiten aufgefallen.

Allerdings würden die zwei Telefonnummern, die sie ihm gegeben hatte, nach den Jahren, die seit dem Verschwinden Linas verstrichen waren, für seine Nachforschungen wahrscheinlich nicht genügen. Zumal er Markus, einen der zwei Freunde, nicht erreichte. Kurzentschlossen rief er Maren an und bat um weitere Namen aus dem Bekanntenkreis der Mädchen. Sie versprach, nachzudenken und ihm eine Liste mit den Namen zu schicken, die ihr einfielen.

Es dauerte nicht lange und er erhielt von ihr eine Reihe von Namen, leider ohne Adressen oder Telefonnummern. Er setzte sich an seinen Schreibtisch und fuhr seinen Computer hoch. Dann gab er die Namen von Marens Liste einen nach dem anderen bei Google ein und erhielt einige Treffer sowie Links zu Facebook. Doch abgesehen davon, dass er nun wusste, wie die Leute heutzutage aussahen, half ihm das kaum weiter – Adressen fehlten, von Telefonnummern ganz zu schweigen. Somit wurde es Zeit, einen Gefallen einzufordern. Er wählte die Durchwahlnummer eines Kollegen in der Bezirkskriminalinspektion an.

»Moin Hein«, grüßte er, als das Gespräch angenommen wurde. »Peer Karlsen hier.«

»Moin Peer. Bist du nicht in Urlaub?«

»Na ja, nicht so richtig«, druckste Karlsen.

»Wie kam man nicht so richtig in Urlaub sein? So plötzlich, wie du dir freigenommen hast, dachten wir, du hättest einen Last-Minute-Flug bekommen und würdest irgendwo im Süden deinen Bauch in die Sonne halten.«

»Nein, ich bin nach wie vor in Kiel und ich brauche deine Hilfe.«

»Inwiefern?«

»Ich habe eine Liste von Namen, deren Adressen ich benötige.«

»Wieso kannst du sie dir nicht selbst raussuchen? Komm doch ins Büro.«

»Das ist etwas schwierig«, wand sich Karlsen. »Harms darf nichts davon wissen.«

»Jetzt machst du mich aber neugierig. Wovon darf Harms nichts erfahren?«

»Willst du das wirklich wissen?«

»Besser nicht, obwohl ich mir schon denken kann, um was es geht. Wir sind gerade dabei, die Akte Lina Mayfeldt zu schließen, nachdem sie endlich gefunden wurde.«

Karlsen schwieg.

»Also gut. Schick mir die Liste, ich kümmere mich darum. Du hast ja noch einen Gefallen bei mir gut, auch wenn du mich netterweise nicht daran erinnert hast.«

Karlsen beendete das Gespräch und sendete seinem Kollegen eine Mail mit der Namensliste. Es dauerte nicht lange, bis er die Antwort mit den gewünschten Adressen und Telefonnummern erhielt. Nicht wenige der Freunde und Bekannten Linas lebten nach wie vor in Kiel. Bei ihnen setzte er als Erstes an. Er schwang sich in sein Auto und fuhr zu der ersten Adresse. Obwohl er sich keine große Hoffnung gemacht hatte, tagsüber jemanden anzutreffen, war er enttäuscht, als niemand die Tür öffnete. Er vermerkte auf seiner Liste, dass er es abends noch einmal versuchen sollte, und fuhr zu der nächsten Anschrift. Hier öffnete ihm eine junge Frau mit einem brüllenden Säugling auf dem Arm die Tür. Um sich lange Erklärungen zu ersparen, zückte er seinen Dienstausweis. »Sind Sie Ann-Kathrin Andersen?«, bemühte er sich, das Schreien des Babys zu übertönen.

Die junge Frau musterte seinen Ausweis. »Ja«, bestätigte sie.

»Wie Sie vielleicht gehört haben, wurde vor einigen Tagen die Leiche Ihrer Klassenkameradin Lina Mayfeldt gefunden. Deswegen ermittle ich wieder.«

Frau Andersen seufzte und bat ihn herein. Dem Säugling stopfte sie einen Schnuller in den Mund. »Ich habe davon in der Zeitung gelesen. Wirklich furchtbar. Aber bitte machen Sie schnell, lang wirkt der Schnuller nicht.«

Karlsen stellte seine Fragen nach Auffälligkeiten vor Linas Verschwinden und eventuellen abgelehnten Verehrern. Leider konnte ihm Frau Andersen nicht helfen, ihr war nichts aufgefallen. »Aber soweit ich mich erinnere, ist doch ein Täter ermittelt worden?«, wunderte sie sich.

»Der war unschuldig«, erwiderte Karlsen und verabschiedete sich hastig, ehe der jungen Frau auffiel, dass er den gleichen Nachnamen trug, wie der damals Beschuldigte.

Karlsen verbrachte den gesamten Tag sowie den Abend mit dem Stellen der immer gleichen Fragen, doch keiner der Befragten konnte ihm einen Hinweis geben. Lina war allgemein beliebt gewesen, sie hatte mit niemanden Streit, mehr war ihren alten Schulkameraden nicht im Gedächtnis geblieben. Natürlich hatten alle Anteil an ihrem Verschwinden genommen und waren durch das Auffinden der Leiche erschüttert, obwohl niemand daran geglaubt hatte, dass Lina noch lebte. Dass sich der in den Augen aller Schuldige das Leben genommen hatte, hatte sie in ihrer Ansicht bestärkt, dass Julius für das Verschwinden Linas verantwortlich gewesen war.

Am Ende des Tages war Karlsen zutiefst frustriert und erwartete nicht mehr, von denjenigen, die aus Kiel fortgezogen waren, Relevantes zu erfahren. Daher verschob er deren Befragung auf später. Lediglich die Aussage von Markus, der zu den engen Freunden Linas gehört hatte, interessierte ihn. Ein letztes Mal wählte er seine Nummer, wieder ohne Erfolg. Deprimiert fuhr er nach Hause. Alles, worauf er noch hoffen konnte, war ein Hinweis im morgigen Gespräch mit Ronja.

# Kapitel 16

Nach Dienstschluss öffnete er die App, mit der er den GPS-Tracker an Karlsen Auto überwachte. Verflucht! Was machte dieser Kerl bloß? Erst war er zweimal nach Hamburg gefahren und nun sah es so aus, als fahre er kreuz und quer durch Kiel. Er musste sich extra Urlaub genommen haben. Immerhin legte er diese Wege mit seinem Privatwagen zurück. Dabei hielt er immer wieder längere Zeit an verschiedenen Adressen an. Es wäre interessant zu wissen, wer dort wohnte und was er dort tat. Ein beunruhigender Gedanke schlich sich in sein Hirn. Die heutigen Aktivitäten sahen nach einer Ermittlung mit Zeugenbefragungen aus. Sollte Karlsen etwa die ehemaligen Schulkameraden dieser Bitch aufsuchen? Das wäre höchst fatal. Irgendwann würde sich sicher jemand an ihn und sein Interesse an Lina erinnern. Und was machte dieser dicke Kerl heute Morgen zu dieser frühen Zeit an der Kiellinie? Am besten fuhr er ebenfalls an die Förde und sah sich an, mit wem er sich traf. Zum Glück hatte er nach der gestrigen Nachtschicht heute frei.

***

Für die frühe Uhrzeit war viel los auf der Kiellinie. Während Karlsen vor dem verabredeten Restaurant auf Ronja wartete, rannten unzählige Jogger an ihm vorbei, führten Leute ihre Hunde aus und schlenderten Touristen durch den schönen Samstagmorgen. Eine junge Frau steuerte auf ihn zu. »Herr Karlsen?«, fragte sie.

»Der bin ich. Sie sind sicher Frau Marten.«

»Sagen Sie Ronja zu mir. Wollen wir reingehen, meine Freunde kommen erst in einer halben Stunde.«

»Also, was wollen Sie von mir wissen?«, fragte Ronja, als sie beide mit einem Kaffee an einem Tisch am Fenster saßen.

Karlsen klärte sie über die Hintergründe auf und richtete die gleichen Fragen, die er tags zuvor schon so oft gestellt hatte, an sie. Ronja bestätigte, dass Lina allseits beliebt gewesen sei, und sie sich niemanden vorstellen könne, der außer Julius als Täter infrage käme.

»Und Sie kennen keinen Verehrer, der von Lina abgewiesen wurde?«

»*Verehrer*, das hört sich aber sehr altmodisch an. Nein, an solch einen *Verehrer* kann ich mich nicht erinnern.«

»Auch nicht im weiteren Umfeld? Es muss ja niemand aus Ihrer Klassenstufe gewesen sein.«

»Hm«, machte Ronja. »Es gab damals eine Clique von Jungs aus einer höheren Jahrgangsstufe. Ziemlich unangenehme Kerle, besonders der Anführer war ein übler Angeber. Der hat Lina mal angebaggert. Aber natürlich wollte sie nichts von ihm wissen, er war weit unter ihrem Niveau und außerdem war sie mit Julius zusammen. Überhaupt hatte dieser Kerl ständig irgendwelche neuen Mädchen am Start.«

Karlsen wurde hellhörig. »Wissen Sie noch den Namen dieses Kerls?«

Ronja schüttelte den Kopf. »Nein, tut mir leid. Daran kann ich mich nicht mehr erinnern und so wild war die Sache auch nicht. Lina hat mir nur nebenbei davon erzählt.«

»Versuchen Sie bitte, sich zu erinnern, Sie sind die Erste, die mir von dieser Clique erzählt.«

»Wahrscheinlich weil es wirklich nicht wichtig war.« Sie nippte an ihrem Kaffee.

Eine Gruppe junger Leute betrat das Lokal. Sie entdeckten Ronja und winkten ihr.

»Das sind die Freunde, mit denen ich verabredet bin. Wenn das alles ist, würde ich jetzt gerne zu ihnen rübergehen.«

Karlsen kramte eine Visitenkarte aus seiner Jacke und übergab sie Ronja. »Falls Ihnen doch noch ein Name einfällt.«

Ronja steckte die Karte ein und sammelte ihre Sachen zusammen. Auf halben Weg zum Tisch ihrer Freunde blieb sie stehen, überlegte kurz und kam noch einmal zu ihm zurück. »Vielleicht kann Ihnen Markus Weber mehr zu der Clique sagen. Er gehörte damals ebenfalls zum engen Freundeskreis von Lina. Er hatte mehr mit diesen Kerlen zu tun, da sie ihn ständig wegen seines Schwulseins mobbten.«

»Danke für den Tipp. Leider kann ich Herrn Weber nicht erreichen, obwohl ich es schon seit Tagen versuche.«

»Er ist nach Köln gezogen, so viel kann ich Ihnen sagen. Ich glaube, er ist dort in die Politik gegangen.«

»Dann sollte es ja nicht schwer sein, ihn zu erreichen. Danke.«

\*\*\*

Mit wem zum Teufel sprach dieser Karlsen in dem Café? Sie kam ihm vage bekannt vor. War das eine der Freundinnen von Lina? Das wäre wirklich fatal. Es wurde Zeit, Karlsen zu stoppen, und er hatte auch schon eine Idee.

Wieder in seiner Wohnung setzte er sich an seinen Laptop und generierte eine Wegwerf-Mailadresse, die nicht zu ihm zurückzuverfolgen war. Von dort aus schrieb er eine Mail an die Bezirkskriminalinspektion und beschwerte sich unter einem erfundenen Namen über Karlsen, der unter Verwendung seines Dienstausweises die Freunde der tot aufgefundenen Lina Mayfeldt belästigte. Wenn dieser fette Kommissar wirklich in Urlaub war, würde er mächtig Ärger bekommen.

# Kapitel 17

Langsam wurde es Zeit, Christian über den Stand seiner Ermittlungen zu informieren. Er und Heike hatten jetzt ein paar Tage für sich gehabt, um den schlimmsten Schock zu überwinden, und er würde sicher wissen wollen, was Karlsen in der Zwischenzeit herausgefunden hatte. Und wer weiß, möglicherweise hatte Lina mit ihren Eltern über diese Clique gesprochen, die Ronja erwähnt hatte.

Am frühen Nachmittag machte er sich auf den Weg nach Altenholz, wo Linas Eltern nach wie vor wohnten. Kurz hatte er überlegt, ob er sie vorher anrufen und sich anmelden sollte, befürchtete aber, Heike an den Apparat zu bekommen und abgewimmelt zu werden. Er wusste nicht, wie sie auf ihn reagierte und ob sie inzwischen über die näheren Umstände von Linas Tod im Bilde war. So erschien es ihm sinnvoller, direkt dorthin zu fahren, selbst auf die Gefahr hin, dass sie nicht zu Hause waren.

Sie waren zu Hause. Christian öffnete ihm die Tür und bat ihn herein.

»Weiß Heike Bescheid?«, flüsterte Karlsen im Flur.

»Über die ...«, Christian schluckte, »Vergewaltigung?«

Karlsen nickte.

»Nein, ich habe ihr bloß erzählt, dass sie erwürgt worden ist. Vielleicht sollten wir deswegen besser alleine reden.«

»Ich würde gerne auch mit Heike sprechen. Ich passe auf, was ich sage«, versprach Karlsen. »Glaubst du, sie spricht mit mir oder ist sie immer noch davon überzeugt, dass Julius an allem schuld ist?«

»Nein, nicht mehr. Ich habe ihr gesagt, wieso er es nicht gewesen sein kann.« Christian öffnete die Tür zum Wohnzimmer, wo Heike in eine Decke eingewickelt auf dem Sofa saß und zum Fenster hinaus starrte. Bei ihrem Eintritt wandte sie den Kopf und versuchte sich an einem Lächeln. »Hallo Peer«, sagte sie mit matter Stimme.

Karlsen ging zu ihr und drückte ihre Hand. »Es tut mir so leid«, sagte er.

»Mir auch. Christian hat mich überzeugt, dass Julius nicht der Schuldige gewesen sein kann, und mir erzählt, du versuchst herauszufinden, wer das unserer Kleinen angetan hat.« Tränen stiegen ihr in die Augen.

»Das ist richtig und ich werde nicht eher ruhen, bis ich die Wahrheit aufgedeckt habe.«

»Was hast du denn bisher herausgefunden?«, wollte Christian wissen und setzte sich neben seine Frau.

»Ich bin inzwischen davon überzeugt, dass der Täter sowohl Lina als auch Julius gekannt haben muss.«

»Wie bist du zu dieser Vermutung gekommen?«

»Bist du sicher, dass du das alles hören willst?«, wandte sich Karlsen an Heike, ehe er Christians Frage beantwortete.

»Nein, bin ich nicht, aber ich muss es hören.«

So erläuterte Karlsen seinen alten Freunden die zeitliche Abfolge und wie er zu seiner Schlussfolgerung gekommen war. »Ich habe die Freunde von Lina befragt«, fuhr er fort, »und habe von Ronja von einer Gruppe älterer Schüler erfahren, die an der Schule für Unruhe gesorgt haben. Sie sollen unter anderem Markus Weber, einen Freund von Lina, wegen seines Schwulseins gemobbt haben. Hat Lina irgendwann mit euch über diese Kerle gesprochen?«

Christian schüttelte den Kopf. »Daran kann ich mich nicht erinnern.«

»Ich schon«, sagte Heike. »Lina hat sowas mal erwähnt.«

»Was hat sie denn erzählt?«, wollte Karlsen wissen.

»Ich weiß es nicht mehr genau. Sie machte sich anscheinend Sorgen um Markus, da er wegen seines offen gelebten Schwulseins unter zahlreichen Anfeindungen litt.«

»Hat sie Namen erwähnt?«

»Wenn ja, kann ich mich nicht mehr daran erinnern.«

»Bitte versuch, dich zu erinnern.«

»Warum ist das so wichtig?«

»Ronja hat ebenfalls berichtet, dass der Anführer dieser Bande Lina angebaggert habe, sie habe jedoch nichts von ihm wissen wollen. Möglicherweise konnte er mit dieser Zurückweisung nicht gut umgehen.«

»Aber deswegen bringt man doch niemanden um.«

»Vielleicht wollte er sie gar nicht töten, sondern es handelt sich um ...«

»Ach Quatsch«, unterbrach ihn Christian rüde und warf ihm einen warnenden Blick zu.

Karlsen erschrak. Wenn Christian ihn nicht unterbrochen hätte, hätte er von der Vergewaltigung gesprochen.

»Um was soll es sich gehandelt haben?«, beharrte Heike.

»Ach nichts, vergiss es. War nicht wichtig, ich rede Unsinn.«

Heike blickte misstrauisch von ihm zu Christian. »Was verheimlicht ihr mir?«

Karlsen hätte sich ohrfeigen können und Christian sah aus, als hätte er genau das liebend gerne getan.

»Ich habe das gleiche Recht, alles zu erfahren wie Christian.« Heike gab nicht nach.

Christian schloss die Augen und schüttelte den Kopf. Mit einem tiefen Seufzen öffnete er sie wieder. »Lina wurde vor ihrem Tod vergewaltigt.«

Heike schlug die Hand vor den Mund. Tränen schossen ihr in die Augen. »Oh nein«, stammelte sie. Christian zog sie in seine Arme. Sie ließ sich in seine Umarmung fallen und schluchzte bitterlich.

Karlsen fühlte sich schrecklich. Wie vor zehn Jahren hatte er in dem Bemühen, endlich Licht ins Dunkel zu bringen, rücksichtslos agiert und andere Menschen verletzt. Dabei hatte er die Vergewaltigung wirklich nicht erwähnen wollen, aber besessen von seinem Plan hatte er sich dazu hinreißen lassen. Er stand auf. »Ich geh wohl besser«, sagte er. »Es tut mir leid, ich wollte nicht noch mehr Schmerz bringen.«

Christian funkelte ihn böse an. Karlsen schlich sich reumütig aus dem Haus. Bei sich zu Hause angekommen meldete sich sein Handy mit einer Nachricht. Sie kam von Christian und lautete: »Heike weiß keine Namen, aber sie erinnert sich, dass Lina gesagt hat, dass der Vater eines dieser Kerle bei der Polizei sei und sie sich gefragt habe, ob der wüsste, was sein Sohn so treibt.«

# Kapitel 18

Karlsen schnaufte frustriert. Die Suche nach Markus Weber war wesentlich schwieriger als gedacht. Zum einen war der Name nicht selten, zum anderen gab es einen gleichnamigen Ermittler bei der Polizei, der durch die Aufklärung eines Cold Cases eine gewisse Berühmtheit erlangt hatte und die Suchergebnisse dominierte. Zu guter Letzt entdeckte er einen Markus Weber, der für die Grünen im Stadtrat saß. Als Kontaktmöglichkeit war die Nummer der Fraktion angegeben.

Montagmorgen rief er dort an und bat darum, mit Herrn Weber verbunden zu werden. »Es tut mir leid, Herr Weber ist nicht im Büro«, sagte die Mitarbeiterin des Sekretariats.

»Wie kann ich ihn denn erreichen?«, fragte Karlsen. »Ich muss ihn dringend sprechen.«

»Wir geben seine Privatnummer grundsätzlich nicht weiter«, bekam er die freundliche, aber bestimmte Antwort.

»Die Privatnummer habe ich bereits, aber Herr Weber reagiert nicht auf meine Anrufe.«

»Darf ich fragen, um was es geht?«

»Ich ermittle in einem Mordfall und benötige in diesem Zusammenhang eine Aussage von Herrn Weber.«

»Herr Weber geht generell nicht ans Telefon, wenn er die Nummer des Anrufers nicht kennt. Er hat schon so viele üble Anrufe erhalten ...«

Karlsen wunderte sich. Er hatte gehört, dass Köln eine der wenigen Großstädte in Deutschland war, in denen Schwule einigermaßen unbehelligt leben konnten. Aber vielleicht hatte sich das in diesen Zeiten der allgemeinen Verrohung ebenfalls geändert.

»Am besten schreiben Sie ihm eine Mail«, erhielt er den Rat. »Die Mailadresse finden Sie auf unserer Webseite.«

Karlsen bedankte sich und legte auf. Er suchte die Mailadresse heraus und formulierte eine ausführliche Nachricht, in der er begründete, warum er Markus Weber dringend sprechen müsste. Dass die Leiche seiner ehemaligen Schulfreundin gefunden worden seien und sich daraus neue Ermittlungsansätze ergeben hätten. Als er auf *Senden* gedrückt hatte, lehnte er sich auf seinem Stuhl zurück und überlegte sich sein weiteres Vorgehen. Wieder einmal konnte er nur darauf warten, dass andere reagierten. Dennoch verspürte er eine leichte Hoffnung. Durch die Aussage Ronjas hatte er zum ersten Mal den Hauch einer Spur. Und von Heike hatte er erfahren, dass einer dieser Bande ein Polizistensohn war. Mit diesem Wissen sollte es doch möglich sein, dessen Namen herauszufinden. Allerdings konnte er nicht auf die Ressourcen der Kriminalpolizei zurückgreifen, und leider hatte er den einzigen Gefallen, den ein Kollege ihm schuldete, bereits eingefordert. Aber darüber würde er sich später Gedanken machen, falls er die Namen dieser Clique nicht von Markus erfuhr. Darüber hinaus konnte er die Freunde Linas, mit denen er bereits gesprochen hatte, ganz gezielt auf diese Clique ansprechen. Vielleicht kehrten deren Erinnerungen dann zurück. Im Übrigen bestand auch noch die Möglichkeit, dass Markus selbst etwas mit dem Mord an Lina zu tun hatte. Allerdings gab es ja, wie er erfahren hatte, einen triftigen Grund, warum seine Anrufe bisher nicht angenommen worden waren. Wenn sich der junge Mann jedoch weiterhin weigerte, mit ihm zu sprechen, würde er ihn genauer unter die Lupe nehmen.

Das Telefon klingelte. Das ging aber schnell, dachte Karlsen und erwartete Markus' Nummer. Ein Blick auf das Display zeigte ihm jedoch die Telefonnummer seiner Dienststelle. Was wollten die denn? »Karlsen«, meldete er sich.

»Komm sofort in mein Büro!«, brüllte sein Chef.

»Ich habe Urlaub.«

»Und bald keinen Job mehr, wenn du nicht sofort kommst.« Harms legte auf. Karlsen sah vor seinem inneren Auge, wie dieser den Hörer mit Wucht auf die Gabel knallte. Natürlich ging das mit den heutigen Telefonen nicht mehr. Schade eigentlich. Dann würde er das jetzt ebenfalls tun.

So blieb ihm nichts anderes übrig, als dem Befehl nachzukommen. Um zur Bezirkskriminalinspektion zu gelangen, musste er lediglich durch den Schrevenpark und zwei Straßen laufen. Auf dem Weg fragte er sich, was wohl der Grund für Harms' Zorn war. Ob er erfahren hatte, dass Karlsen sich nicht an seine Anweisung gehalten hatte? Aber das war doch kein Grund, derart aufgebracht zu sein.

War es doch. »Was fällt dir ein zu ermitteln, obwohl ich dir das ausdrücklich verboten habe?«, brüllte Harms, als Karlsen vor dessen Schreibtisch stand. Nicht einmal die Aufforderung, sich zu setzen, hatte er erhalten. Jetzt setzte er sich trotzdem und erwiderte den wütenden Blick seines Chefs. Er war mindestens genauso wütend.

»Und als ob das nicht reicht, hast du sogar deinen Dienstausweis dazu benutzt, deine Fragen wie eine offizielle Ermittlung aussehen zu lassen.« Harms schlug mit der Faust auf seinen Schreibtisch. Das Wasser in einem vor ihm stehenden Glas warf Wellen.

»Wenn du nicht so stur die Wiederaufnahme des Falles verweigern würdest, müsste ich das nicht tun.« Nur mit Mühe gelang es Karlsen, nicht ebenfalls zu brüllen.

»Es gibt keinen Fall!«

»Und warum nicht? Sowohl der Fundort als auch die Obduktionsergebnisse sprechen gegen Julius als Täter.«

Harms zog die Augenbrauen zusammen und fixierte ihn. »Woher kennst du die Obduktionsergebnisse?«

»Von dem Vater des Opfers«, log er und verfluchte sich für seinen Fehler, die Obduktion zu erwähnen. Wieder einmal war er über das Ziel hinausgeschossen.

»Du belästigst sogar die Familie?«, schrie Harms mit vor Wut verzerrtem Gesicht.

»Ich belästige niemanden. Die Eltern von Lina sind Freunde von mir.« Langsam wurde es ihm zu bunt, sich rechtfertigen zu müssen. »Und wenn du endlich einsehen würdest, dass die Ermittlungen wieder aufgenommen werden sollten, müsste ich niemanden *belästigen.*«

»Wie oft soll ich es noch sagen? Der. Fall. Ist. Abgeschlossen. Sieh ein, dass dein Sohn der Täter ist, und gib endlich Ruhe.«

»Du hast doch nur Angst, dass deine damalige schlampige Ermittlung ans Tageslicht kommt.«

Harms sprang auf. »Jetzt reicht es! Du bist suspendiert. Her mit deiner Waffe und dem Dienstausweis!«

Auch Karlsen hielt es nicht auf seinem Stuhl. Zitternd vor Wut zerrte er seinen Ausweis aus der Jacke und knallte ihn auf den Schreibtisch. »Meine Dienstwaffe ist auf dem Revier eingeschlossen. Hol sie dir doch!« Er warf die Schlüssel zu dem Schließfach hinterher. Dann drehte er sich um und stürmte aus dem Büro. Mit aller Kraft schmiss er die Tür zu und stellte sich vor, dass die selbstbeweihräuchernden Fotos, die Harms mit irgendwelchen lokalen Größen zeigten, von der Wand fielen. Unter den fragenden Blicken seiner Kollegen, denen das Geschrei sicher nicht verborgen geblieben war, marschierte er aus dem Revier. Vor der Tür verharrte er. Erregt wie er war, war er kaum in der Lage, zu entscheiden, in welche Richtung er sich wenden sollte. Zu sich nach Hause wollte er auf keinen Fall. Was er jetzt brauchte, war eine steife Brise, die ihm den Kopf frei blies. Die würde er am ehesten an der Förde finden. Das schöne Wetter der letzten Tage war zwar einem durchgängig grauen Himmel gewichen, Regen war jedoch nicht angesagt. So lenkte er seine Schritte vorbei am Kleinen Kiel in Richtung Schwedenkai. Von dort aus lief er weiter zur Kiellinie. Hier war heute nicht viel los, das Wetter lud nicht zum Promenieren ein. Vorbei an leeren Bootsstegen, der Badestelle an der Reventlouwiese und dem Landtag und seinem Noch-Arbeitgeber, dem Innenministerium, wanderte er Kilometer um Kilometer, ohne dass sich seine Erbitterung legte. Das konnte doch nicht wahr sein, dass ein Arschloch wie Harms über seine berufliche Laufbahn entschied. Karlsen war mit Leib und Seele Polizist, hatte nie etwas anderes sein wollen.

Auch nicht während der damaligen schwierigen Situation, als er hilflos zusehen musste, wie die Ermittlungen um Linas Verschwinden in den Sand gesetzt wurden. Nun gut, bis er wirklich dauerhaft seinen Job verlor, musste noch mehr geschehen und Harms hatte nicht allein darüber zu entscheiden. Doch stand zu befürchten, dass er seinen Einfluss genau dafür geltend machen würde. Zumal Karlsen nicht im Traum daran dachte, sein Vorhaben aufzugeben. Nicht jetzt, wo er endlich den Hauch einer Spur hatte. Fragte sich nur, wie er weitermachen könnte. Außer auf eine Antwort von Markus zu warten oder die erneute Vernehmung der Freunde Linas fiel ihm nichts mehr ein. Wobei Letzteres mit dem Risiko seines endgültigen Rausschmisses aus der Polizei verbunden war. Einer der Leute, die er befragt hatte, hatte sich offensichtlich beschwert und damit die Suspendierung ausgelöst.

Am Sporthafen Wik lehnte er sich gegen das Geländer der Brücke und schaute zur Gorch-Fock-Mole hinüber. Die hieß so, weil sie der Heimatliegeplatz des berühmten Segelschulschiffs war. Leider war der Kai leer, sicher war sie unterwegs in ihrer Mission, junge Offiziersanwärter auszubilden. Oder mal wieder in einer Werft. Am gegenüberliegenden Ufer der Förde lag Mönkeberg. Dort wohnte eine Frau, die er vor einigen Jahren in einer Bar kennengelernt hatte. Sie hatte ihn regelrecht abgeschleppt und einsam, wie er war, war er mit ihr gegangen. Als er am nächsten Morgen aufwachte, war sie bereits zur Arbeit aufgebrochen. Sie hatte einen Zettel hinterlassen mit einem Dank für die schöne Nacht und dass er die Tür hinter sich zuziehen möge. Er hatte nie wieder etwas von ihr gehört.

Die Hamburger Gerichtsmedizinerin kam ihm in den Sinn, und das nicht zum ersten Mal seit ihrem Essen. Mehrfach hatte er an sie und an das Gespräch zwischen ihnen denken müssen. Er fühlte sich von ihr auf eine Weise verstanden, wie er es noch nie erlebt hatte. Selbst von seiner Frau nicht. Wahrscheinlich lag das daran, dass ihr Beruf sie ebenso wie ihn mit den Schattenseiten des Daseins konfrontierte. Er zückte sein Handy und ehe er sich anders überlegte, rief er sie an. Nach viermaligem Klingeln wurde er an die Mailbox weitergeleitet. Inzwischen hatte ihn der Mut verlassen und er legte auf, ohne ihr eine Nachricht zu hinterlassen.

# Kapitel 19

Die Einsamkeit lastete schwer auf ihm. Die Aussicht, unter Umständen seinen Job zu verlieren, und die mit seiner Suspendierung einhergehende Beschneidung seiner Möglichkeiten, die Wahrheit herauszufinden, drückte seine Stimmung nieder. Selbst wenn sich Ronja, Markus oder irgendjemand anderes an die Namen der Mitglieder dieser Clique erinnerte, war ihm damit nicht geholfen. Wie sollte er jemals beweisen, dass einer davon oder womöglich alle an der Tat beteiligt gewesen waren?

Zu allem Überfluss begann es entgegen der Vorhersage zu regnen. Zunächst noch als schwacher Nieselregen, doch wenn er die Wolken so betrachtete, würde wohl bald daraus ein richtiger Guss werden. Besser er machte sich auf den Heimweg. Das war leichter gesagt als getan, immerhin war er einige Kilometer gelaufen. Er schloss einen Pakt mit sich, er würde zurückgehen, bis er ein Taxi anhalten konnte. Um die Wahrscheinlichkeit, auf ein Taxi zu treffen, zu erhöhen, lief er die Koestersallee bis zu vielbefahrenden Feldstraße hoch. Doch sein Pech verließ ihn nicht. Nachdem er eine Zeitlang der Feldstraße gefolgt war, ohne auch nur ein einziges Taxi zu sehen, wechselte er zur Holtenauer Straße. Aber auch hier war weit und breit kein Taxi in Sicht. Nach einer Stunde Fußmarsch erreichte er, bis auf die Haut durchnässt, seine Wohnung. Zitternd riss er sich die Klamotten vom Leib und stellte sich unter die heiße Dusche. Einigermaßen aufgewärmt aber kein Stück besser gelaunt bemerkte er einen verpassten Anruf auf seinem Handy. Frau Dr. Janicek. Sie hatte zurückgerufen, obwohl er keine Nachricht hinterlassen hatte. Durch diese Tatsache ermutigt, drückte er die Wahlwiederholung. »Hallo, Herr Karlsen«, ertönte die Stimme der Gerichtsmedizinerin. »Sie hatten mich angerufen.«

»Ja«, antwortete er lahm.

»Und? Gibt es etwas Neues?«

»Nein, leider nicht, außer dass ich mächtig Ärger wegen meiner Ermittlungen bekommen habe und suspendiert wurde.«

»Oh je, was haben Sie denn Schreckliches angestellt?«

»Nichts Besonderes. Ich habe Befragungen durchgeführt. Anscheinend hat sich jemand darüber beschwert und auf diese Weise kam heraus, dass ich entgegen der Anweisung meines Chefs Nachforschungen anstelle.«

»Und wie geht es jetzt weiter?«

»Ich weiß es nicht.« Karlsen musste husten.

»Wissen Sie was? Kommen Sie doch heute Abend bei mir vorbei. Wir trinken eine schöne Flasche Rotwein und Sie schütten mir Ihr Herz aus.«

»Das hört sich gut an, den Rotwein werden Sie allerdings ohne mich trinken müssen, ich muss ja noch Auto fahren.«

»Das ist kein Problem, in meinem Arbeitszimmer steht eine gemütliche Couch. Was halten Sie davon? Wenn ich nach Hause komme, öffne ich schon mal den Wein, damit er atmen kann.«

»Also, wenn es Ihnen nicht zu viele Umstände macht, würde ich gerne vorbeikommen.«

»Wenn es mir Umstände machen würde, hätte ich Sie nicht eingeladen. Dann also bis heute Abend.« Sie legte auf und ließ Karlsen einigermaßen überrascht zurück. Damit hatte er nicht gerechnet, nicht nach dem eher abrupten Abschied vergangene Woche. Doch die Aussicht auf einen Abend mit der nach außen hin ruppigen Gerichtsmedizinerin ließ seine Laune erheblich steigen.

Am Abend stieg er in sein Auto und machte sich auf den Weg nach Hamburg. Er hatte den Nachmittag mit Grübeln verbracht, ohne zu einem Ergebnis zu gelangen, wie es weitergehen könne. Schließlich hatte er sich aufgerafft und einen Blumenstrauß für Frau Janicek besorgt. Einen wirklich schönen, nicht so einen schnöden Strauß von der Tankstelle. Damit bewaffnet stand er Punkt acht Uhr mit Herzklopfen vor ihrer Tür. Verdammt, er war doch kein verliebter Pennäler, der seiner Angebeteten einen Besuch abstattete. Er war ein gestandener Kriminalkommissar im besten Mannesalter, wie man so schön sagte. Er schüttelte den Kopf und drückte die Klingel. Frau Janicek empfing ihn diesmal nicht mit einem Handtuch um den Kopf, sondern mit hochgesteckten Haaren. Dazu trug sie Jeans und einen kuschelig aussehenden Pullover. »Hallo«, sagte sie. »Schön, Sie zu sehen.«

Karlsen trat über die Schwelle und überreichte ihr seinen Blumenstrauß. Sie schien sich aufrichtig darüber zu freuen. »Oh, vielen Dank. So ein schöner Strauß. Ich hätte nicht gedacht, dass ein Mann so ein gutes Händchen bei Blumen haben kann.«

»Ehrlich gesagt hat mich die Floristin beraten«, gab er zu.

Sie lachte. »Hatte ich also doch recht.« Sie ging in die Küche und öffnete verschiedene Schränke. »Ich habe gar keine Blumenvase«, murmelte sie. Schließlich fand sie einen Glaskrug, in den der Strauß passte. »Ich bekomme selten Blumen geschenkt«, erklärte sie. »Eigentlich nie«, setzte sie leise hinzu und stellte die Blumen auf den Küchentisch. »Kommen Sie, wir gehen ins Wohnzimmer.«

Auch das Wohnzimmer war groß, wie meist in solchen Patrizierhäusern. Eine zweiflügelige Terrassentür führte in den kleinen Garten, eine Couchgarnitur lud zum gemütlichen Sitzen ein, doch dominiert wurde der Raum durch Unmengen von Büchern, die sich auf Regalen entlang der Wände dicht an dicht drängten. Karlsen versuchte, einen Blick auf die Buchrücken zu erhaschen. Der Geschmack von Frau Janicek schien von Krimis und Romanen über Reiseliteratur und Bildbänden bis hin zur klassischen Literatur zu reichen.

»Die Fachliteratur finden Sie in meinem Arbeitszimmer«, meinte die Gerichtsmedizinerin, die seine Blicke bemerkt hatte.

»Beeindruckend. Haben Sie die alle gelesen?«

»Zur Dekoration habe ich die hier nicht stehen.« Sie wies auf den Tisch, auf dem zwei Weingläser und eine geöffnete Flasche Wein standen. »Und die sind auch nicht zur Dekoration.«

Karlsen setzte sich auf das Sofa und schenkte ihnen beiden ein.

»Ich hoffe, Sie haben schon gegessen«, sagte sie und nahm ihm gegenüber in einem Sessel Platz. »Sonst müssen wir uns etwas bestellen, ich habe außer ein paar Chips nichts da.«

»Chips sind gut.«

Es blieb nicht bei dieser einen Flasche Rotwein. Bei der zweiten bot ihm die Gerichtsmedizinerin das *Du* an. »Ich heiße Frauke«, sagte sie.

»Peer«, erwiderte Karlsen und unterdrückte mit Mühe ein Husten, was aber nichts mit dem angebotenen *Du* zu tun hatte. Doch lange ließ sich sein Hustenanfall nicht unterdrücken. Als er vorüber war, saß er mit tränenden Augen und nach Luft ringend auf dem Sofa.

»Das hört sich aber gar nicht gut an«, meinte Frauke. »Damit solltest du mal zum Arzt gehen.«

»War ich schon.« Karlsen war nicht mehr nüchtern. Außer den Chips hatte er nichts gegessen, er hatte nach dieser unerfreulichen Szene mit Harms keinen Appetit mehr gehabt. Nur so war es zu erklären, dass er fortfuhr: »Ich habe Lungenkrebs.«

Die Ärztin zog die Augenbrauen zusammen. »Scheiße«, sagte sie. »Wie weit fortgeschritten?«

»Ich habe keine Ahnung.« Karlsen nahm einen großen Schluck. »Mit der Diagnose war der Fall für mich erledigt.«

»Was heißt das?«

»Ich hatte mir einen schönen Platz am NOK ausgesucht und die Pistole schon in der Hand.«

»Du wolltest dich umbringen?«

Karlsen nickte.

»Was hat dich aufgehalten?«

»Im letzten Moment erhielt ich die Nachricht, dass die Leiche Linas gefunden wurde.« Er erzählte ihr, was ihn zu seinem Suizidversuch bewogen hatte und wie er nach Erhalt der Nachricht beschlossen hatte, zunächst Julius' Unschuld zu beweisen, und wie er vorgegangen war. Und dass er mittlerweile an seinem Entschluss zweifelte, sich umzubringen. Noch nie hatte er derart offen mit jemanden über seine Gefühle gesprochen. Ein Teil von ihm schrie,

Lass es!, und sorgte dafür, dass er vor Stress einen trockenen Mund bekam, gegen den er noch mehr Wein trank.

Frauke stand auf und holte die nächste Flasche Wein. Sie schenkte ihm ein und setzte sich neben ihn. »Ich will dir auch etwas erzählen«, sagte sie, ebenfalls nicht mehr ganz flüssig. »Ich habe dir doch von meinem Sohn erzählt.« Sie stockte. »Er sitzt hier in Fuhlsbüttel im Gefängnis, weil er versucht hat, mich umzubringen.«

Karlsen schnappte erschrocken nach Luft. »Warum das denn?«, fragte er entsetzt.

»Er gibt mir die Schuld am Tod seiner Mutter.«

Er stutzte. »Moment mal, ich dachte, du seiest seine Mutter.«

Frauke holte tief Luft. »Ich bin sein Vater.«

Er brauchte einen Moment, um die Bedeutung dieser Worte zu begreifen. »Du bist eine Transfrau?«

»Genau, und wenn du jetzt gehen willst, kann ich das gut verstehen.«

»Wieso sollte ich gehen wollen? Du bist durch diese Aussage doch kein anderer Mensch geworden.«

»Nur wenige wissen davon, ich gehe damit nicht hausieren. Ich lebe jetzt schon so viele Jahre als Frau, dass ich oft selbst nicht daran denke.«

»Und wie war das mit deinem Sohn?«

»Es ist lange her. Nach dem Abitur bin ich auf Reisen gegangen. Ich spürte, dass etwas nicht mit mir stimmte, und ich wollte herausfinden, was es ist. In Spanien lernte ich ein Mädchen kennen, das in einer Strandbar arbeitete, und wir fingen eine Liebesbeziehung an. Doch schon bald erkannte ich, dass ich das nicht konnte, ich fühlte mich nicht als Mann und gestand mir schließlich ein, dass ich in Wirklichkeit eine Frau war. Leider war ich zu feige, dass offen mit dem Mädchen zu besprechen. Ich schlich mich heimlich davon, nicht ahnend, dass sie schwanger war. Wie ich viel später von meinem Sohn erfahren habe, kam sie aus einem streng katholischen Umfeld, das sie verstieß. Sie schlug sich eine Weile mit Gelegenheitsjobs durch, wurde aber von ihrer Familie und ihrem Dorf nie mehr akzeptiert. Zum Schluss ging sie ins Meer, ihr Kind kam in ein Heim. Und dort ist er zu dem geworden, der er heute ist, ein gestörter hasserfüllter junger Mann.«

Karlsen ergriff ihre Hand. »Das tut mir leid«, sagte er voller Mitgefühl.

»Er hat ja recht, es ist meine Schuld. Ich kann das, was ich durch meine Feigheit ausgelöst habe, nie wieder gutmachen.« Tränen schimmerten in ihren Augen.

Karlsen zog sie zu sich heran und nahm sie fest in seine Arme. Der Geruch ihrer Haare stieg ihm in die Nase und weckte ungeahnte Gefühle in ihm. Sanft hob er ihr Gesicht an und küsste sie. Und zu seinem Erstaunen erwiderte sie seinen Kuss.

# Kapitel 20

Ein ungewohntes Geräusch weckte sie mitten in der Nacht. Sie brauchte einen Moment, um zu realisieren, um was es sich handelte. Es war Schnarchen und kam aus ihrem Bett. Ruckartig setzte sie sich auf. Neben ihr lag eine massige Gestalt. Mit der zurückkehrenden Erinnerung legte sie sich sachte wieder hin. Es war Peer Karlsen, der da friedlich schlief. Wie hatte das passieren können? Der Nebel in ihrem Kopf und beginnendes Hämmern in demselben beantwortete ihre Frage. Sie rieb sich die Schläfen. Auf keinen Fall würde sie morgen früh zur Arbeit gehen können, und das nicht nur wegen des zu erwartenden Katers, sondern auch wegen der vielen Gedanken, die in ihrem Gehirn umher wimmelten. Sie griff nach ihrem Handy und schaltete den Alarm aus. Dann drehte sie sich auf die Seite mit dem Rücken zu dem Mann in ihrem Bett und versuchte, wieder einzuschlafen. Was ihr nicht gelang. Noch nie hatte jemand anderes als ihre Katze bei ihr geschlafen, geschweige denn in ihrem Bett. Ganz abgesehen davon was dazu geführt hatte, dass sie nicht alleine war. Sex, und gar nicht mal so schlechter. Nicht dass sie große Vergleichsmöglichkeiten hätte. Nach dem Umbau ihres Körpers hatte sie sich auf ein, zwei Abenteuer eingelassen, aber außer dass sie anschließend wusste, dass es funktionierte, hatte ihr das wenig gebracht. Aus diesem Grund hatte sie es sein lassen. Bis gestern Abend. Und jetzt wusste sie nicht, wie sie damit umgehen sollte. Noch nie hatte sie jemanden derart nah an sich herangelassen, und zwar nicht nur auf körperlicher Ebene. Und so kam zu ihrem weinbedingten Kater eine Art seelischer Kater hinzu, als hätte sie nicht nur zu viel getrunken, sondern auch zu viel von sich gezeigt und gegeben. Ihr graute vor morgen früh. Wie sollte sie reagieren und wie würde Peer reagieren? Würde es peinlich werden? Am liebsten hätte sie den gestrigen Abend rückgängig gemacht. Andererseits hatte es sich gut angefühlt, einem Menschen nahezukommen. Anscheinend steckte hinter ihrer rauen Schale doch ein weicher Kern.

Sie seufzte leise. So war an Schlafen nicht zu denken. Vorsichtig, um Peer nicht zu wecken, rollte sie sich aus dem Bett und tappte mit nackten Füßen in die Küche. Dort wurde sie von Mephisto umgarnt, der glaubte, es sei schon Frühstückszeit. »Es ist noch nicht so weit«, sagte sie leise. »Du musst noch warten.«

Sie schenkte sich ein Glas Milch ein. Damit setzte sie sich an den Küchentisch und starrte in den dunklen Garten. Verflixt, nun ging sie schon stramm auf die fünfzig zu und fand sich in einer ihr vollkommen unbekannten Lage wieder, für die sie keinen Plan hatte. Wenn sie nicht in ihrer eigenen Wohnung wäre, würde sie sich leise davonschleichen. Doch dieser Weg war ihr verschlossen. Allerdings hatte sie ja diese gemütliche Couch in ihrem Arbeitszimmer. Dort legte sie sich hin und wickelte sich in eine warme Wolldecke. Sie würde einfach abwarten müssen, wie sich die Situation am Morgen entwickelte. Doch die Dinge auf sich zukommen zu lassen, konnte sie nicht gut. Die Ungewissheit raubte ihr weiter den Schlaf. Mit Macht zwang sie ihre Gedanken zu ihrer Arbeit. Das war sicheres Terrain. Von ihren Fällen, die derzeit ihre Kühlfächer bevölkerten, berührte sie der von Lina Mayfeldt am meisten. Die junge Frau und der zu Unrecht vorverurteilte Junge gingen ihr nicht aus dem Kopf. Plötzlich kam ihr ein alter Fall wieder in den Sinn, und ein flaues Gefühl machte sich in ihr breit. Das war doch ähnlich gewesen. Sie musste unbedingt mit Peer darüber reden. Und mit diesem Vorsatz schlief sie endlich ein.

Der Duft von Kaffee weckte sie auf. Sie ging in die Küche und fand Peer vollständig bekleidet mit einem Becher Kaffee in der Hand am Tisch vor. »Ich wollte mich nicht einfach so davonschleichen«, sagte er.

»So wie ich?«

»Das meinte ich nicht.«

»Du hast geschnarcht«, erklärte sie.

»Oh, das tut mir leid.«

144

»Das muss es nicht. Ich konnte auch aus anderen Gründen nicht schlafen. Aber das hat sein Gutes gehabt. Mir ist nämlich etwas eingefallen.« Sie goss sich ebenfalls einen Kaffee ein und setzte sich zu ihm an den Tisch. »Vor einigen Jahren musste ich eine Polizeischülerin obduzieren, die brutal vergewaltigt und erwürgt worden war. Die Verletzungsmuster waren die gleichen wie bei Lina.«

Karlsen riss die Augen auf und setzte sich aufrecht hin. »Das ist doch ...«, begann er.

»Warte«, unterbrach sie ihn. »Der Schuldige wurde schnell geschnappt. Es handelte sich um ihren Ex-Freund. Der Fall ist also abgeschlossen.«

»Ah ja, ich erinnere mich. Alle waren entsetzt über das Schicksal der jungen Kollegin. Aber die Parallelen sind doch offensichtlich. Sowohl was die Tat angeht als auch die Tatsache, dass der Ex-Freund beschuldigt wurde. Wenn ich mich richtig entsinne, hat er die Tat bis zuletzt abgestritten.«

»So genau weiß ich das nicht, mir sind nur die Gemeinsamkeiten aufgefallen.«

»Das könnte bedeuten, dass es sich um denselben Täter handelt. Irgendwie muss ich an die Akte kommen.«

»Wie willst du das anstellen?«

»Ich habe keine Ahnung. Mit meiner Suspendierung ist es noch schwieriger für mich geworden, an Informationen zu gelangen.«

Sie überlegte. »Ich hätte da eine Idee. Ich kenne in dem zuständigen Bezirk einen Kriminalkommissar, der bis vor einiger Zeit selbst auf der dunklen Seite des Lebens gewandelt ist. Der wird deine Situation verstehen. Den könnte ich anrufen.«

»Würdest du das tun?«

»Immerhin habe ich dich ja auf diesen Fall aufmerksam gemacht. Ich werde ihn anrufen. Aber erst einmal ziehe ich mich an. Mit diesem Mann kann ich nur voll bekleidet telefonieren. Er würde hören, wenn ich nur mit Morgenmantel bekleidet, mit ihm sprechen würde.« Sie ließ den verblüfft dreinschauenden Karlsen in der Küche zurück.

Nach einer kurzen Dusche rief sie zunächst in der Rechtsmedizin an und erklärte, dass sie heute später kommen würde. Niemand fragte nach dem Grund, es hatte seine Vorteile, als bärbeißig und unwirsch verschrien zu sein. Davon abgesehen hatte sie derart viele Überstunden, dass sie bis Weihnachten hätte freinehmen können.

Anschließend wählte sie die Nummer von Kriminalkommissar Felder. Sie hatte seit längerer Zeit nicht mehr mit ihm gesprochen, da sie aktuell keine gemeinsamen Fälle hatten. Das war schon mal anders gewesen. Als Felder vor ein paar Jahren aus dem Rheinland zur Kriminalpolizei in Itzehoe gestoßen war, hatten sich die Leichen aus dem Kreis Steinburg in ihrem Institut getürmt. Inzwischen war dort Ruhe eingekehrt und Felder und seine Lebensgefährtin und Kollegin Jette Reimann konnten ihr Leben als Eltern eines kleinen Jungen genießen. Sie gönnte es ihnen von Herzen, hatte doch insbesondere Felder eine schwere Zeit durchgemacht. Sie hatte während eines gemeinsamen Erlebnisses Einblick in seine Geheimnisse erhalten, so wie er auch die ihren kannte. Vor einigen Jahren, als ihr Leben durch ihren Sohn bedroht gewesen war, war er es gewesen, den sie um Hilfe gebeten hatte. Sie waren sich dadurch näher gekommen, eine Freundschaft war daraus jedoch nicht entstanden, dazu waren sie beide zu verkorkst.

»Frau Janicek«, meldete sich Felder. »Lange nichts von Ihnen gehört.«

»Das Gleiche kann ich gleichfalls sagen, passiert bei Ihnen nichts mehr?«

»Nichts, was Ihre Expertise erfordern würde. Und wie geht es Ihnen so?«

Was war das denn? Waren sie jetzt doch auf einer persönlichen Ebene angekommen? »Gut«, sagte sie. »Ich rufe aus einen bestimmten Grund an.«

»Das habe ich mir gedacht, Sie sind nicht der Typ für Höflichkeitsanrufe. Und danke der Nachfrage, es geht uns allen gut, unser Sohn wächst und gedeiht und wir erwarten im neuen Jahr noch einmal Nachwuchs.«

Jetzt staunte sie wirklich. So kannte sie Felder nicht. Als sie ihn kennengelernt hatte, war er ähnlich wie sie ein misanthropischer Einzelgänger gewesen, der es sich gerne mit seiner Umgebung verscherzte. Anscheinend tat ihm seine Rolle als Familienvater gut. »Herzlichen Glückwunsch«, sagte sie. »Wissen Sie schon, was es wird?«

»Ein Mädchen.« Der Stolz und die Freude Felders trieften förmlich aus dem Telefon. »Also, um was geht es?«, fuhr Felder sachlicher fort.

»Vor einigen Jahren gab es in der Zuständigkeit der Kripo Itzehoe einen Mord an einer Polizeischülerin, Jule Petersen.« Sie konnte sich an die meisten Namen ihrer Patienten erinnern.

»Das muss vor meiner Zeit gewesen sein.«

»Ja, ich glaube, es ist acht Jahre her. Ich hatte damals die Obduktion durchgeführt.«

»Und wo komme ich ins Spiel?«

Jetzt wurde es heikel. »Ein ... äh ... Bekannter von mir benötigt die Akte.«

»Wieso das denn?«

»Es geht um einen sehr persönlichen Fall für ihn. Er ist selbst Kommissar bei der Kripo in Kiel, wurde aber aus absurden Gründen suspendiert.«

»Hm«, machte Felder.

»Sag ihm, ich würde ihn gerne treffen, dann kann ich ihm mein Anliegen persönlich erklären«, schlug Karlsen aus dem Hintergrund vor.

»Das halte ich für das Beste«, erklärte Felder, der offenbar mitgehört hatte.

»Ich gebe Sie mal weiter«, sagte sie und reichte Karlsen das Telefon.

Felder und er verabredeten sich für den nächsten Vormittag in der Polizeidirektion Itzehoe. Bis dahin hoffte Felder, die Akte aufgetrieben zu haben.

Karlsen gab ihr das Telefon zurück. »Vielen Dank«, sagte er. »Ich glaube, ich fahr dann mal, du musst sicher zur Arbeit.«

»Klar«, antwortete sie und war insgeheim froh, dass er nicht noch ein Frühstück erwartete. Sie brachte ihn zu Tür und blieb dabei auf Abstand, damit er gar nicht auf die Idee kam, ihr einen Abschiedskuss zu geben.

Dann war er weg und sie fragte sich, ob sie ihn vergrault hatte. Und eine der zwei Seelen in ihrer Brust würde das bedauern.

# Kapitel 21

Karlsen reckte den Hals und schaute an dem Polizei-hochhaus hoch. »Hübsch-hässlich«, dachte er und lobte sich seine Dienststelle in Kiel, genannt die *Blume*, nach der Straße, an der sie lag. Erbaut Anfang des zwanzigsten Jahrhunderts im Stil mittel-alterlicher Burgen wurde es im Zweiten Weltkrieg zerstört, bot aber auch nach seinem Wiederaufbau interessante Details des ursprünglichen Gebäudes. Ganz anders als dieses in die Jahre gekommene graue seelenlose Gebäude hier in Itzehoe. Selbst der Eingangsbereich machte einen maroden Eindruck. In einem Glaskasten saß ein Beamter, bei dem sich Besucher anzumelden hatten. Er stellte sich und sein Anliegen vor und wurde in einen Wartebereich mit harten Bänken an den Wänden geschickt. Kurz darauf öffnete sich die Tür zum Treppenhaus und ein schlanker Mann von Anfang vierzig kam auf ihn zu. »Herr Karlsen?«, fragte er.

Karlsen bejahte dies und stand auf.

Der Mann reichte ihm die Hand. »Felder«, stellte er sich vor.

»Danke, dass Sie sich Zeit für mich nehmen«, sagte Karlsen.

»Wie könnte ich einen Wunsch von Frau Dr. Janicek ablehnen?«, meinte Felder mit einem ironischen Lächeln und deutlich rheinischem Akzent. »Lassen Sie uns in mein Büro gehen. Es ist im vierten Stock. Aufzug oder Treppe?«

»Hält der Aufzug?«, fragte Karlsen, dem nicht entgangen war, dass Felder die Treppe genommen hatte.

»Weiß man nie. Zu Schaden gekommen ist allerdings noch niemand. Bis jetzt.«

»Egal, wer nicht wagt, der nicht gewinnt«, erklärte Karlsen mit Rücksicht auf seine lädierte Lunge. Er hatte wenig Lust, einen durch die Anstrengung ausgelösten Hustenanfall zu provozieren.

Das Büro von Kommissar Felder erwies sich als kleiner viereckiger Raum mit Aktenschränken an den Wänden, in den zwei Schreibtische gequetscht waren, von denen nur einer benutzt wurde. Zwei Besucherstühle an der Wand neben der Tür vervollständigten die Einrichtung. Felder setzte sich an seinen Platz und bot Karlsen den freien Stuhl gegenüber an.

»Also, was kann ich für Sie tun?«, fragt er.

»Es geht um meinen Sohn«, antwortete Karlsen und überlegte, wie er eine Verbindung zu dem skeptisch dreinblickenden Mann ihm gegenüber herstellen konnte. »Haben Sie Kinder?«, fragte er.

Felders Miene hellte sich auf. »Ja«, sagte er. »Einen Sohn. Er ist drei Jahre alt.«

»Das ist ein schönes Alter, noch so unbeschwert.«

»Da haben Sie wohl recht. Bis auf gelegentliche Trotzanfälle. Wie alt ist Ihr Sohn?«

»Er wäre jetzt sechsundzwanzig.« Karlsen wappnete sich gegen den Schmerz, der ihn stets überkam, wenn er an seinen Sohn dachte. »Er hat sich vor zehn Jahren umgebracht.«

»Oh.« Felder wirkte schockiert. »Das tut mir leid. Doch inwiefern hat dieser Umstand einen Bezug zu dem Fall der ermordeten Polizeischülerin?«

Mit knappen Worten schilderte Karlsen ihm die Umstände, die zu dem Suizid Julius' geführt hatten, von dem Leichenfund an der Förde und seinen Bemühungen, den Fall endlich aufzuklären. »Und da kommt der Mord an der Polizeischülerin ins Spiel.«

»Inwiefern?«

»Laut Frau Dr. Janicek starb sie auf die gleiche Art wie Lina Mayfeldt. Und auch in ihrem Fall wurde ihr Freund beziehungsweise Ex-Freund der Tat beschuldigt und verurteilt.«

»Und Sie glauben, dass ein Zusammenhang zwischen den beiden Fällen besteht?« Felder runzelte zweifelnd die Stirn.

»Ich weiß es nicht. Auf den ersten Blick halte ich die Gemeinsamkeiten für recht auffällig und würde gerne mehr darüber erfahren. Deshalb möchte ich mir die Akte anschauen. Leider bin ich aufgrund meiner unautorisierten Ermittlungen suspendiert worden und komme nicht an sie heran.«

Felder gab etwas in seinen PC ein. »Da ist es doch ein Glück, dass die Akte bereits digitalisiert wurde«, sagte er. »Ich habe sie hier auf meinem Computer. Aber ich bin ja so unhöflich. Ich habe Ihnen noch gar nichts angeboten. Möchten Sie etwas trinken, einen Kaffee oder Tee vielleicht?«

»Ich hätte gerne einen Kaffee«, ging Karlsen auf das Spiel ein.

Felder verließ das Zimmer, nicht ohne auf den Drucker zu zeigen. Karlsen setzte sich an dessen Schreibtisch. Auf dem Bildschirm war besagte Akte aufgerufen. Er überflog sie kurz, für ein genaueres Studium fehlte ihm die Zeit. Daher nahm er das unausgesprochene Angebot des Itzehoer Kommissars an und druckte die wichtigsten Seiten der Akte aus. Er holte die Blätter aus dem Drucker, rollte sie und steckte sie in die Innenseite seiner Jacke. Kurz darauf kehrte Felder zurück und brachte ihm seinen Kaffee.

»Eines würde mich noch interessieren«, sagte er. »Wie kommt es, dass sich Frau Dr. Janicek derart für Sie einsetzt? Normalerweise schert sie sich wenig um andere Menschen.«

Karlsen zuckte verlegen mit den Schultern. Was sollte er dem Mann erzählen? Er kannte ihn doch kaum. Und im Übrigen wunderte er sich selbst über die Hilfsbereitschaft der Gerichtsmedizinerin – schon bevor sie miteinander im Bett gelandet waren. »Möglicherweise hat meine Geschichte ihre rebellische Saite zum Klingen gebracht«, erwiderte er kryptisch.

»Da haben Sie Glück gehabt. Ich bringe höchstens ihre sarkastische Saite zum Klingen. Grüßen Sie sie trotzdem von mir.«

Karlsen stand auf und reichte Felder die Hand. »Vielen Dank für Ihre Hilfe.«

»Kein Problem. Am besten gebe ich Ihnen meine Handynummer, falls noch Fragen auftauchen.«

»Eine hätte ich, wissen Sie, was aus dem jungen Mann, dem Ex-Freund des Opfers, geworden ist?«

»Er wurde verurteilt und sitzt in der JVA in Neumünster ein.«

Zurück in seiner Wohnung vertiefte sich Karlsen in die kopierte Akte. Das Opfer hieß Jule Petersen, wie sich Frauke richtig erinnert hatte. Sie stammte aus einem Dorf im Kreis Steinburg und besuchte zum Zeitpunkt ihres Todes die Polizeischule in Eutin im ersten Jahr. Dort erschien sie eines Tages nicht mehr zum Unterricht. Auch ihre Eltern konnten sie nicht erreichen, woraufhin sie sie vermisst meldeten. Zehn Tage später fand man ihren Leichnam in einem Waldstück in der Nähe ihres Heimatdorfes. Sie war brutal vergewaltigt und anschließend erwürgt worden. Schon bald geriet ihr Ex-Freund, Thorben Janke, in den Fokus der Ermittlungen. Er hatte sich mit der Trennung nicht abfinden können und für die Tatzeit kein Alibi. Als dann in seinem Auto ein zerrissener Slip mit Blutspuren des Opfers gefunden wurde, war die Sache für die Staatsanwaltschaft klar. Allen Beteuerungen, er sei unschuldig, zum Trotz wurde er, da er zum Zeitpunkt der Tat erst neunzehn Jahre alt war, zu einer Jugendstrafe von zehn Jahren verurteilt.

Ob er ebenso wie Julius hereingelegt worden war und der wahre Täter ganz bewusst den Verdacht auf ihn gelenkt hatte? Das entscheidende Indiz war der Slip gewesen, aber aus welchem Grund hätte Janke ihn in seinem Auto durch die Gegend fahren sollen? Andererseits, wie hätte der Täter dieses Beweisstück dem jungen Mann unterschieben können? Karlsen würde mit ihm sprechen müssen. Kurzentschlossen rief er in der JVA Neumünster an, gab sich als Onkel von Thorben Janke aus und bat um einen Besuchstermin. Er hatte Glück und erhielt einen Termin bereits für den nächsten Tag.

Das war's. Mehr konnte er nicht tun. Nur auf den Termin warten. Ein ums andere Mal hatte er seine Mails gecheckt, ob sich Markus nicht endlich gemeldet hatte, doch es kam keine Antwort von ihm. So war er zur Untätigkeit verdammt. Die ihn wahnsinnig machte. Die Zeit lief ihm davon und immer wieder konnte er nur warten, bis er den nächsten Schritt unternehmen konnte. Rastlos lief er in seiner Wohnung herum, stellte sich ans Fenster und starrte auf den Schrevenpark, der bei diesem ungemütlichen

Wetter allein von ein paar Hundebesitzern und den unvermeidlichen Gänsen bevölkert war.

Er stapfte in die Küche und kochte sich einen Tee. Mit ihm in der Hand setzte er sich an seinen Schreibtisch und studierte zum wiederholten Mal die Akte, die er von Kommissar Felder erhalten hatte. Thorben Janke hatte sowohl ein Motiv als auch kein Alibi für die Tatzeit. Und dann war im Rahmen einer Routinekontrolle durch die Polizei der Slip in seinem Wagen gefunden worden. Welcher Art diese Kontrolle gewesen war, stand nicht in dem Bericht. Eine normale Verkehrskontrolle ging nicht mit einer Durchsuchung des Fahrzeugs einher. Da musste mehr vorgelegen haben. Hoffentlich konnte ihm der junge Mann morgen mehr dazu sagen. Wenn dieser denn bereit wäre, mit ihm zu sprechen.

Seine Gedanken schweiften ab. Lange hatte er es geschafft, sie im Zaum zu halten, doch nachdem er die Akte aus Itzehoe inzwischen nahezu auswendig kannte und auch alle Aussagen, die er selbst bisher erhalten hatte, noch einmal durchgegangen war, ließen sie sich nicht länger verdrängen. Und so landeten seine Gedanken bei letzter Nacht. Mit Frauke. Ganz verstand er immer noch nicht, wie es dazu hatte kommen können, dass sie miteinander im Bett gelandet waren. Sicher, er war alles andere als nüchtern gewesen, aber was ihn überkommen hatte, als er sie im Arm gehalten und ihren Duft eingesogen hatte, war ihm ein Rätsel. Er war doch kein hormongesteuerter Jugendlicher mehr. Obwohl er sich genauso benommen hatte. Und Frauke hatte ihn nicht entrüstet von sich gestoßen. Ganz im Gegenteil. Und doch war ihr Verhalten heute Morgen anders gewesen, als man es nach einer gemeinsam verbrachten Nacht erwartete. Ob sie bereute, was geschehen war? Oder war sie nur unsicher gewesen, wie sie sich verhalten sollte? Ihm war nicht entgangen, dass sich hinter ihrer herben Art ein sensibler Mensch verbarg. Womöglich erwartete sie den nächsten Schritt von seiner Seite? Für ihn war die Sache nicht mit gestern erledigt, er wollte sie unbedingt wiedersehen, auch wenn er sich nicht vorstellen konnte, wohin das führen sollte in seiner Situation, mit dieser Diagnose. Die er nie näher hatte abklären lassen. Möglicherweise war der Krebs noch nicht weit fortgeschritten und somit behandelbar. Die Forschung hatte in den letzten Jahren enorme Fortschritte gemacht. Heutzutage wurden Krebspatienten geheilt, die wenige Jahre zuvor unweigerlich gestorben wären. Möglicherweise gehörte er zu dieser Gruppe. Entschlossen griff er nach seinem Telefon, wählte er die Nummer seines Hausarztes und ließ sich einen Termin geben.

# Kapitel 22

Der Tag verstrich, ohne dass er von Frauke hörte. Interessierte es sie nicht, was er bei seinem Besuch in Itzehoe erreicht hatte? Er könnte natürlich selbst anrufen oder ihr schreiben, wollte sich aber auf keinen Fall aufdrängen. Doch was, wenn sie genau das Gleiche dachte? Trotz dieser Überlegungen konnte er sich nicht entschließen, sie anzurufen.

Nach einer unruhigen Nacht, in der er ständig aus wirren Träumen erwachte, ohne sich an ihren Inhalt erinnern zu können, machte er sich am nächsten Tag auf den Weg nach Neumünster. Er war nicht zum ersten Mal in der Justizvollzugsanstalt, er hatte mehrmals im Laufe seiner Tätigkeit als Kriminalkommissar dort Gefangene befragt. Doch zum ersten Mal war er nicht in offizieller Mission hier und musste das Prozedere des *normalen* Besuchers über sich ergehen lassen. Als er schließlich Thorben Janke gegenüber saß, sah der ihn befremdet an. »Sie sind nicht mein Onkel«, stellte er fest.

»Nein, bin ich nicht. Mein Name ist Karlsen und ich habe diesen Trick benutzt, um einen Besuchstermin zu erhalten.«

»Ich kenne Sie nicht. Was wollen Sie von mir?«
Der junge Mann runzelte misstrauisch die Stirn. Er
war blass und ausgemergelt, um seinen Mund hatte
sich ein bitterer Zug eingegraben.

Karlsen hatte während der Fahrt nach Neumünster
übergelegt, wie er Thorben Janke zum Reden
bewegen könnte. Am wirkungsvollsten erschien ihm
ein Satz. »Es geht um den Mord an Jule Petersen. Ich
glaube, dass Sie unschuldig sind«, sagte er.

Janke riss die Augen auf. »Wie? Was?«, stammelte
er.

»Sie haben immer Ihre Unschuld beteuert und ich
glaube Ihnen. Ich denke, Sie wurden hereingelegt.«

»Wer sind Sie?«, fragte der junge Mann verwirrt.

»Mein Name ist Peer Karlsen und ich bin der Vater
eines jungen Mannes, dem es ähnlich wie Ihnen
ergangen ist.«

»Das müssen Sie mir näher erklären.«

Und das tat Karlsen. Er erzählte von dem Verschwinden Linas, der Beschuldigung seines Sohnes
bis hin zu dem Auffinden der Leiche und der Weige-
rung des Chefs der Kripo, den Fall wieder aufzunehmen. »Deshalb ermittle ich auf eigene Faust und
bin dabei auf Ihren Fall gestoßen. Mir sind die Parallelen sofort ins Auge gefallen. Ich habe die Akte
gelesen und festgestellt, dass außer einem Motiv und
dem fehlenden Alibi hauptsächlich der bei Ihnen aufgefundenen Slip ihrer ehemaligen Freundin zu Ihrer
Verurteilung geführt hat.«

Janke legte die Unterarme auf den zwischen ihnen stehenden Tisch und beugte sich vor. »Sie wollen mir erzählen, dass nach all den Jahren, die ich nun schon im Knast sitze, sich endlich jemand für meinen Fall interessiert, auch wenn es nur dazu dient, Ihren Sohn zu retten?«

»Meinen Sohn kann niemand mehr retten. Er ist unter der Last der Anschuldigungen zusammengebrochen und hat sich umgebracht.«

»Da tut mir leid. Aber aus welchen Grund ermitteln Sie dann noch?«

»Ich möchte, dass Julius rehabilitiert wird, und sei es nur post mortem. Außerdem kann ich den Gedanken nicht ertragen, dass aufgrund einer falschen Beschuldigung noch ein Leben zerstört wird.«

»Mein Leben ist bereits zerstört. Ich sitze seit acht Jahren ein. Wissen Sie, was das mit einem macht?«

»Ich kann mir nicht annähernd vorstellen, wie schrecklich das für Sie sein muss. Aber Sie sind jung, Sie können Ihr Leben noch leben.«

»Wie stellen Sie sich das vor? Ich werde, falls Sie Erfolg haben, entlassen und mache da weiter, wo ich aufgehört habe?« Jankes Stimme triefte vor Sarkasmus.

»Das es einfach wird, habe ich nicht gesagt, aber Sie haben wenigstens noch eine Chance auf ein normales Leben. Die hat mein Sohn nicht mehr. Also, was ist, helfen Sie mir und damit auch sich?«

»Ich wüsste nicht, wie ich Ihnen helfen kann.«

»Schildern Sie mir Ihre Version des Falls und wenn sich dadurch bestätigt, dass es einen Zusammenhang zwischen beiden Morden gibt, werde ich alles tun, damit der Fall wieder aufgerollt wird. Das verspreche ich Ihnen.« Karlsen hoffte, dass er nicht zu viel versprach, er vertraute aber auf diesen Itzehoer Kommissar, in dessen Zuständigkeit die Ermordung der Polizeischülerin fiel. »Wie kam es dazu, dass Sie beschuldigt wurden, Jule Petersen umgebracht zu haben?«

»Kurz vor ihrer Ermordung hatte Jule mit mir Schluss gemacht. Ich war darüber ziemlich aufgebracht, doch ich hätte ihr nie etwas angetan. Trotzdem war ich sauer, vor allem weil sie sofort einen Neuen hatte.«

»Davon steht nichts in der Akte«, unterbrach Karlsen.

»Es spielte keine Rolle, da der Kerl ein hieb- und stichfestes Alibi hatte. Ganz im Gegensatz zu mir. Ich war zu der fraglichen Zeit alleine zu Hause. Niemand konnte das bestätigen. Und dann wurde ich von der Polizei angehalten und mein Auto wurde durchsucht.«

»Normalerweise werden bei Verkehrskontrollen die Autos nicht durchsucht.«

»Die haben gezielt nach Drogen gefragt und gesucht. Jemand hätte ihnen einen Tipp gegeben, dass ich dealen würde.«

»Und haben Sie?«

»Was? Gedealt? Nie im Leben, ich habe noch nie etwas mit Drogen zu tun gehabt, ich rauche nicht einmal.«

»Haben Sie eine Idee, wer Sie angeschwärzt hat?«

»Wahrscheinlich derjenige, der den Slip in meinem Auto versteckt hat. Auf jeden Fall haben mich die Bullen aus dem Wagen geholt und ihn durchsucht. Dabei haben sie den blutigen Slip von Jule gefunden.«

»Wo genau hat der Slip gelegen?«

»Unter dem Beifahrersitz. Als ob ich so blöd wäre, ein derart belastendes Beweisstück durch die Gegend zu fahren.«

»Sie hätten während der Tat in der Erregung nicht bemerkt haben können, dass der Slip unter den Beifahrersitz gerutscht ist.«

»Genau das hat der Staatsanwalt bei der Verhandlung auch gesagt. Aber es gab keine Tat, ich habe Jule, seitdem sie Schluss mit mir gemacht hat, nicht mehr gesehen.«

»Ist noch mehr von Jule gefunden worden? DNA zum Beispiel«

»Natürlich, was denken Sie denn. Jule war meine Freundin und wir hatten das ein oder andere Mal Sex im Auto.«

»Dann hätte der Slip doch von einer solchen Gelegenheit stammen können.«

»So habe ich auch argumentiert, aber als Jules Leiche gefunden wurde, fehlte genau dieser Slip und das Blut daran war zu frisch.«

»Sie glauben also, dass jemand Ihr Auto aufgebrochen hat und das Beweisstück dort deponiert hat?«

»Wie soll er sonst dorthin gekommen sein? Ich war es nicht.«

»Wo haben Sie normalerweise Ihr Auto geparkt?«

»Auf der Straße bei mir vor der Tür. Und so schwer ist es ja nicht, eine so alte Karre wie meine aufzubrechen.«

»Sind Ihnen Einbruchsspuren aufgefallen?«

»Nein. Aber dank meiner Lehre hier in dieser *Lehranstalt* ...«, Janke rahmte das Wort mit Luftanführungszeichen ein, »... weiß ich, wie leicht es ist, ein altes Auto aufzubrechen, ohne Spuren zu hinterlassen.«

»Also, für mich hört sich das in der Tat so an, als seien Sie hereingelegt worden.«

»Das habe ich immer wieder gesagt, auch vor Gericht, aber keiner hat mir geglaubt. Ich hatte den Verdacht, dass selbst mein Anwalt von meiner Schuld überzeugt war. Und so sitze ich hier seit acht Jahren und bin mir nach wie vor keiner Schuld bewusst, außer der, sauer auf Jule gewesen zu sein.«

»Ich kann gut nachvollziehen, wie schwer das für Sie sein muss. Ich glaube Ihnen und verspreche, dass ich alles in meiner Macht tun werde, um den wahren Täter zu finden.«

»Dann wünsche ich Ihnen viel Glück dabei und hoffe, ich konnte Ihnen helfen. Melden Sie sich, wenn sich etwas ergibt, dass zu meiner Rehabilitation führen könnte?«

Karlsen versprach dies und verabschiedete sich.

# Kapitel 23

Auf der Heimfahrt von Neumünster nach Kiel grübelte Karlsen über das, was er von Thorben Janke erfahren hatte, aber es wollte ihm nicht gelingen, gedanklich alles miteinander zu verbinden. Daher steuerte er in Kiel einen Schreibwarenladen an und kaufte einen Flipchartblock.

Zu Hause angekommen, räumte er eine Wand in seinem Wohnzimmer frei und hängte mehrere Blätter des Blocks nebeneinander auf. Darauf fertigte er zwei Tabellen an, eine mit der Überschrift »Lina«, die andere war mit »Jule« betitelt. In ihnen notierte er, was bekannt war und was er bisher herausgefunden hatte. Er listete alle von ihm Befragten auf sowie in Stichworten deren Aussagen, die alle in einer Sackgasse mündeten. Nur Ronja hatte von einer Clique gesprochen, deren Anführer sich einmal an Lina herangemacht hatte und von ihr abgewiesen worden war. Das war zwar recht dünn, bot aber immerhin einen Ansatz, dem er nachgehen konnte. Dafür musste er unbedingt die Namen der Mitglieder dieser Gruppe in Erfahrung bringen. Am besten sprach er noch einmal mit Maren. Als angeblich beste Freundin müsste sie davon wissen. Warum hatte sie das nicht erwähnt?

Und was war mit diesem Markus, der ebenfalls ein guter Freund Linas gewesen war? Warum meldete er sich nicht? Hatte er etwas zu verbergen und mied ihn deshalb?

In die Tabelle von Jule notierte er, was Janke ihm berichtet hatte und die Fakten aus der Akte, die er bei Felder ausgedruckt hatte.

Es klingelte an seiner Tür. Das passierte äußerst selten und wenn, war es der Paketbote, der ein Paket für einen Nachbarn abgeben wollte. Was er stets ablehnte, es sei denn, es handelte sich um eine Sendung für die alte Dame, deren Hund er ab und zu ausführte. Sie bekam jedoch selten Pakete und war überdies meistens zu Hause. Mit eine Ablehnung auf den Lippen öffnete er die Tür. Vor ihm stand Frauke Janicek mit zwei Pizzaschachteln im Arm. »Hatten Sie Pizza bestellt?«, fragte sie und grinste.

»Waren wir nicht schon beim *Du*?«, fragte Karlsen zurück und trat beiseite, um sie hereinzulassen.

»Sollte man meinen nach unserer gemeinsam verbrachten Nacht, oder?« Sie übergab ihm die Schachteln. »Ich hoffe, du hast noch nicht zu Abend gegessen.«

»Hab ich nicht.« Er hatte den ganzen Tag nicht ans Essen gedacht und wie auf Kommando knurrte sein Magen laut und vernehmlich. Er ging voraus in die Küche, die sich an sein Wohnzimmer anschloss. Neugierig schaute sich die Rechtsmedizinerin um und bemerkte die improvisierte Pinnwand.

»Das ist ja interessant, du hast Informationen zu dem zweiten Fall«, sagte sie. »Aber lass uns erst essen, sonst wird die Pizza kalt.«

Karlsen holte zwei große Teller und Besteck heraus und verteilte sie auf dem Küchentisch. »Was willst du trinken?«

»Nichts Alkoholisches bitte, ich muss ja noch fahren.«

Er bemerkte sehr wohl, dass sie nicht plante, bei ihm zu bleiben, oder sich zumindest alle Wege offen hielt. »Ich hätte Wasser oder alkoholfreies Bier anzubieten.«

»Das Bier gerne.« Sie setzte sich an den Tisch und deutete auf die Pizzakartons. »Ich halte dich für den Capricciosa-Typ. Liege ich mit meiner Wahl richtig?«

Karlsen schnaubte belustigt. »Das ist meine zweitliebste Pizza, am liebsten mag ich die mit Parmaschinken und Rucola. Aber die ist nur bei wenigen Pizzerien wirklich gut. Daher hast du alles richtig gemacht. Du hast sicher die vegetarische gewählt.«

»Klar, was sonst.« Sie öffnete ihren Karton, schnitt ein Stück der Pizza ab und legte es auf ihren Teller.

Auch Karlsen machte sich mit großem Appetit über sein Essen her. »Woher weißt du eigentlich, wo ich wohne?«, fragte er zwischen zwei Bissen.

»Ich habe so meine Quellen«, antwortete Frauke geheimnisvoll.

»War dir Kollege Felder behilflich?«

»Um Gottes willen, nein. Wie hätte ich ihm erklären sollen, dass ich deine Adresse brauche.«

»Ihr habt ja ein seltsames Verhältnis.«

»Wahrscheinlich weil wir beide ein wenig seltsam sind. Hast du ihn eigentlich schon kennengelernt?«

»Ja, ich war gestern in Itzehoe. Daher habe ich auch die Informationen über den Fall, von dem du mir berichtet hast.«

»Und?«

»Die Parallelen sind tatsächlich auffällig. Ich habe heute Morgen den inhaftierten Ex-Freund des Opfers in den JVA besucht. Und was er mir erzählt hat, lässt mich vermuten, dass ihm die Tat angehängt wurde.« Er schilderte die Umstände, wie es zu der Verhaftung und Verurteilung Jankes gekommen war.

»Hm«, machte die Ärztin. »Wenn ihm die Tat mithilfe eines bei ihm deponierten Slips untergeschoben wurde, würde das darauf hindeuten, dass der Täter sowohl Jule als auch ihren Ex-Freund kannte.«

»Den Ex-Freund muss er nicht zwangsläufig gekannt haben, es reicht, wenn Jule dem Täter von ihm erzählt hat. Aber definitiv hat der Täter die junge Frau gekannt.«

»So wie der Täter auch Lina gekannt hat. Jetzt musst du nur noch jemanden finden, der beide gekannt hat.«

Karlsen stöhnte. »Wenn es weiter nichts ist. Ich habe ja noch nicht einmal einen Verdächtigen für die Ermordung Linas.«

»Hast du mal daran gedacht, dass der Täter ein Mitschüler Jules gewesen sein könnte? Und dass er jetzt Polizist ist?«

»Das wäre furchtbar. Nicht auszudenken, was das für einen Skandal gäbe.« Karlsen fuhr sich mit der Hand durch die Haare. »Ich muss dringend nochmal mit Felder sprechen. Ich habe nur einen Teil der Akte erhalten, die Protokolle der Zeugenvernehmungen kenne ich nicht.«

»Soll ich noch mal vermitteln?«

»Nicht nötig. Er hat mir seine Nummer gegeben. Ich finde ihn im Übrigen gar nicht so seltsam.«

»Da hättest du ihm mal begegnen müssen, kurz nachdem er nach Itzehoe versetzt worden ist.« Frauke klappte ihren inzwischen leeren Pizzakarton zu. »Ich mache mich besser wieder auf den Heimweg. Ich muss morgen früh raus.«

Karlsen verspürte einen Stich der Enttäuschung. »Hast du die Fahrt von Hamburg nach Kiel nur zum Pizzaessen auf dich genommen?«, fragte er.

»Manchmal esse ich nicht gerne alleine.«

»Das ist alles? Sollten wir nicht darüber reden, was vorgestern geschehen ist?«

»Was ist schon geschehen? Zwei erwachsene Menschen haben etwas zu viel getrunken und hatten Spaß. Wir sollten das nicht überbewerten.«

Karlsen zuckte zurück. Mit solch einer Kaltschnäuzigkeit hatte er nicht gerechnet. »Du hast recht, wir sollten das nicht überbewerten«, erwiderte er und meinte etwas ganz anderes. Wozu hatte er den Termin bei seinem Arzt gemacht, wenn er sich nicht ganz vorsichtig doch eine Zukunft vorstellen konnte? Aber offensichtlich würde diese Zukunft, wenn es denn eine gäbe, ohne Frau Dr. Janicek stattfinden. Er begleitete sie zur Tür und reichte ihr zum Abschied lediglich die Hand. Dann stand er wieder allein in seiner Wohnung und wusste nicht, welches Gefühl in ihm überwog. Die Erleichterung, dass sein Leben weiterhin unkompliziert blieb oder die Enttäuschung darüber, dass menschliche Nähe offenbar nicht mehr für ihn bestimmt war.

# Kapitel 24

Schon auf dem ersten Treppenabsatz wäre sie am liebsten umgekehrt. Kurz vor der Haustür blieb sie stehen. Hin- und hergerissen zwischen dem Drang, bei Karlsen zu bleiben und der Angst vor ihren Gefühlen schwebte ihre Hand wie erstarrt über dem Türgriff. Wenn sie jetzt davonführe, würde sie das zarte Pflänzchen der Zuneigung zwischen Karlsen und sich unwiederbringlich zertreten.

Aber wenn sie bliebe, hätte das weitreichende Konsequenzen. Sie würde damit signalisieren, dass sie an einer Beziehung Interesse hätte. Allein der Gedanke an die Verpflichtungen, die damit einhergingen, ließen ihr Herz rasen. Sie hatte keinerlei Erfahrungen mit wie auch immer gearteten Verhältnissen, außer ihren beruflichen. Selbst mit Felder, mit dem sie viel verband und den sie wirklich gern hatte, vermochte sie keine Freundschaft einzugehen. Eine Liebesbeziehung wäre wesentlich schwieriger zu meistern. Sie müsste Rücksicht nehmen, nicht nur an sich selbst denken, sondern auch an den Partner. Und das ihr, die davon überzeugt war, ein grober Klotz zu sein. Und was war mit Karlsen? Fühlte er sich lediglich zur Freundlichkeit verpflichtet, weil sie ihm die

Obduktionsergebnisse überlassen und ihn auf die Fährte des zweiten Mordes gesetzt hatte, oder hatte er tatsächlich Interesse an ihr, das über ihren One-Night-Stand hinausging? Seine Reaktion auf ihren überhasteten Aufbruch ließ das vermuten, er hatte verletzt gewirkt. Er hatte ja keine Ahnung, auf was er sich einließ. Sie war nicht wie andere Frauen. Für gewöhnlich hatte sie keine Schwierigkeiten mit ihrem Dasein als Transfrau – die meisten wussten nicht einmal davon – aber sie hatte sich auch noch nie auf eine Liebesbeziehung eingelassen.

Warum, zum Teufel, war sie eigentlich nach Kiel gefahren? Sie hatte nicht groß nachgedacht, sondern sich einfach in ihr Auto gesetzt und war mit einem Umweg über eine Pizzeria zu Karlsen gefahren. Weil es sie zu ihm gezogen hatte. Und in diesem Augenblick kniff sie. Und würde ihr Leben so fortführen, wie sie es gewohnt war, gefürchtet auf der Arbeit und allein zu Hause mit ihrem Kater.

Sie drückte die Klinke und trat ins Freie. Sie beobachtete, wie die schwere Tür hinter ihr zufiel. In letzter Sekunde, bevor sie ins Schloss fiel, hielt sie sie auf. Jetzt zu gehen wäre feige. Und das war sie noch nie gewesen. In aller Regel packte sie Probleme und Schwierigkeiten bei den Hörnern und verkroch sich nicht wie ein verängstigtes Kaninchen in seinem Bau. Und was konnte schon passieren? Wenn es nicht funktionierte, konnte sie immer noch ihr Leben wie gewohnt fortführen. Zum Glück wohnte Karlsen so weit entfernt, dass nicht die Gefahr bestand, sich ständig über den Weg zu laufen. Aber wie war das mit seinem vermuteten Lungenkarzinom, dass er anscheinend nicht behandeln lassen wollte? Dann gab es ohnehin keine Zukunft für sie beide. Doch vielleicht konnte sie auf ihn einwirken, zum Arzt zu gehen. Die Behandlungsmöglichkeiten waren heutzutage deutlich erfolgversprechender als noch vor wenigen Jahren.

Ehe sie es sich anders überlegte, stieß sie die Haustür wieder auf. Sie marschierte die Treppe hinauf und klingelte an Karlsens Wohnungstür. Er öffnete und riss erstaunt die Augen auf.

»Hast du vielleicht auch richtiges Bier?«, fragte sie.

Trotz seines dichten Bartes konnte sie ein Lächeln in seinem Gesicht erkennen. »Aber sicher.«

# Kapitel 25

Am frühen Donnerstagvormittag saß Karlsen im Wartezimmer seines Arztes. Unterschiedlichste Gefühle tobten in seiner Brust. Zum einen die Angst vor der Diagnose, der Bestätigung seines Krebses, und der damit einhergehenden Auswirkungen, zum anderen aber auch ein Glücksgefühl, das ihn an seine Teenagerzeit erinnerte, wenn er frisch verliebt gewesen war. Nach der überraschenden Rückkehr Fraukes gestern war es ein schöner und harmonischer Abend geworden. Heute Morgen war sie aufgebrochen, als er noch im Bett gelegen hatte, jedoch nicht ohne ihm einen Abschiedskuss zu geben.

Er ertappte sich dabei, dass er selig grinste, und bemühte sich schnell wieder um einen Gesichtsausdruck, der dem Ort, an dem er sich befand, angemessen war. Das Vibrieren seines Handys schreckte ihn aus seinen Gedanken. Ein Blick auf den Bildschirm zeigte ihm, dass Christian versuchte, ihn anzurufen. Er schickte ihm eine Nachricht mit dem Versprechen, ihn später zurückzurufen. Dann wurde er aufgerufen.

Wenig später verließ er nicht wesentlich schlauer die Arztpraxis. Sein Arzt hatte ihm einen CT-Termin im Städtischen Krankenhaus besorgt und ihn an das dortige Lungenzentrum überwiesen. Demnach hieß es erstmal abwarten, was ihm gar nicht gefiel. Nachdem er sich dazu durchgerungen hatte, sich dem Krebs zu stellen, belastete ihn diese Ungewissheit.

Eigentlich seltsam, noch vor gar nicht langer Zeit hatte er am Kanal mit der Pistole in der Hand gesessen, um seinem Elend ein Ende zu bereiten, und jetzt sorgte er sich um seine Gesundheit. Das schob er dem Umstand zu, dass es inzwischen etwas gab, das seinem Leben einen Sinn verlieh. Das war einerseits sein Bemühen, den wahren Mörder Linas zu ermitteln und somit seinen Sohn zu rehabilitieren, andererseits war auf der menschlichen Ebene etwas mit ihm geschehen. Er hatte sich vernünftig mit seiner Ex-Frau unterhalten können und einen neuen Versuch gestartet, mit Mette ins Reine zu kommen. Und sich mit einer höchst erstaunlichen Frau eingelassen. Die Tatsache, dass sie eine Transfrau war, störte ihn nicht im Geringsten, er hatte die Tatsache zur Kenntnis genommen und damit war der Fall für ihn erledigt. Darüber hinaus war Frauke Janicek jedoch eine Frau, die sich nicht um die Meinung anderer scherte und gerne austeilte. Nach außen wirkte sie hart und barsch, jemand, dem man sich besser nicht in den Weg stellte. Doch er hatte erfahren, dass sie gleichermaßen weich und gefühlvoll sein konnte. Er war voller Erwartung, wohin diese Sache zwischen ihnen noch führte, derzeit war es spannend und schön, wenn auch ein wenig furchteinflößend. Womit er wieder bei seiner Angst vor dem Krebs war.

Mit Gewalt schob er diese Gedanken beiseite, zog stattdessen sein Telefon aus der Tasche und wählte die Nummer von Christian.

»Danke, dass du zurückrufst«, sagte Christian. »Ich wollte dir mitteilen, dass Lina morgen beerdigt wird. Und Heike und ich würden uns freuen, wenn du kommen würdest.«

Karlsen war gerührt. Nach all diesen Jahren, in denen er keinen Kontakt mit seinen Freunden gehabt hatte, da sie seinem Sohn die Verantwortung für Linas Verschwinden zuschrieben und ihm nicht verzeihen konnten, dass er dies nicht wahrhaben wollte, war die Einladung zur Beerdigung ein Zeichen der Versöhnung. Und der Beweis, dass sie nicht mehr an die Schuld seines Sohnes glaubten. »Ich komme sehr gerne«, antwortete er mit belegter Stimme. »Sag mir nur, wann und wo.«

»Um elf Uhr auf dem Friedhof Holtenau.«

»Ich werde da sein.«

»Es gibt noch etwas, was ich dir mitteilen wollte. Heike und ich haben damit angefangen, die Sachen von Lina zu sortieren. Dabei haben wir ihr Tagebuch gefunden.« Christian schluckte hörbar. »Ich weiß ja, dass du versuchst, den Mord an unserer Tochter aufzuklären. Deshalb denken wir, du solltest wissen, dass Lina anscheinend ein Verhältnis mit einem anderen Mann hatte, obwohl sie zu dem Zeitpunkt mit Julius zusammen war.«

Karlsen schnappte nach Luft. »Schreibt sie das in ihrem Tagebuch?«

»Nicht direkt, sie schreibt von einer verbotenen Liebe, ihrer Zerrissenheit und ihrem schlechten Gewissen Julius gegenüber.«

»Steht da auch, um wen es sich handelt?«

»Nein, sie bleibt sehr vage. Aber ich meine herauslesen zu können, dass der Mann erheblich älter als sie war, möglicherweise einer ihrer Lehrer.«

»Und ihr habt keine Idee, um welchen Lehrer es sich handeln könnte?«

»Leider nein.«

»Solange ich nicht weiß, wer der Mann ist, hilft mir das nicht weiter.«

»Das ist mir klar. Darum wollte ich dir vorschlagen, morgen Nachmittag nach der Beerdigung zu uns zu kommen. Wir könnten gemeinsam in Linas Zimmer nach einem Hinweis auf die Identität des Mannes suchen.«

Karlsen zögerte. »Ich weiß nicht. Hältst du das für eine gute Idee, wenn ich in den Sachen eurer Tochter herumwühle?«

»Ich vertraue darauf, dass du mit dem nötigen Respekt vorgehst.«

»Selbstverständlich. Also gut. Ich komme.«

»Mach das. Wir sehen uns dann morgen.«

Christian legte auf und ließ Karlsen einigermaßen erschüttert zurück. In seinen Augen war Lina das brave, angepasste Mädchen gewesen, das keine Probleme verursachte, gute Noten mit nach Hause brachte und mit ihrem Leben zufrieden schien. Dass sie ein Verhältnis zu einem älteren Mann gehabt und Julius betrogen haben sollte, passte so gar nicht in seine Vorstellung von ihr. Er beschloss, noch einmal zu Maren zu fahren. Es war gut möglich, dass sie als beste Freundin Linas eingeweiht gewesen war und aus Loyalität bislang Stillschweigen bewahrt hatte. Er wollte ihr in die Augen sehen, wenn er sie mit seinen neuen Erkenntnissen konfrontierte.

Ein weiterer Gedanke beschäftigte ihn. Warum war dieses Tagebuch nach dem Verschwinden Linas nicht Gegenstand der Ermittlungen gewesen? War es nicht gefunden oder war es bewusst zurückgehalten worden, weil es nicht zu der Theorie passte, dass Julius der Verantwortliche war? Eine Frage, die er morgen unbedingt mit Christian besprechen musste.

# Kapitel 26

Da er davon ausging, dass Maren noch arbeitete, hatte er einige Stunden Zeit, ehe er nach Hamburg aufbrechen musste. Er steuerte daher seinen bevorzugten Supermarkt an und füllte seine Vorräte auf. Zu Hause angekommen, räumte er seine Einkäufe ein und widmete sich anschließend seiner improvisierten Pinnwand. Unter der Rubrik *Lina* trug er den möglichen älteren Liebhaber ein. Er musste unter allen Umständen herausfinden, um wen es sich handelte. Das würde nach all den Jahren sicher nicht leicht werden. Er konnte nur hoffen, dass Maren eingeweiht gewesen war oder sich unter den Sachen Linas Hinweise auf die Identität des Mannes fanden. Obwohl es ihm schwerfiel zu glauben, dass Lina sich auf eine Beziehung mit einem älteren Mann eingelassen hatte. Sie hatte so unschuldig und tugendhaft gewirkt, wie passte das zusammen? Andererseits sprach ihr Tagebuch laut Christian eine deutliche Sprache und zugegebenermaßen hatte er keine Ahnung, was in den Köpfen von Mädchen in der Pubertät vor sich ging. Selbst das Verhalten seiner eigenen Tochter war ihm oft ein Rätsel gewesen, und das schon, bevor sie sich von ihm abgewendet hatte. Daher vermochte er nicht einzuordnen, ob das, was ein Teenager in sein Tagebuch schrieb, der Wahrheit entsprach oder seiner Fantasie entsprungen war. Denkbar war, dass der ältere Mann nur ein Wunschgedanke gewesen war, die Sehnsucht nach einem Partner, den sie nicht wie Julius stets an die Hand nehmen musste.

Müde des Spekulierens ging Karlsen in seine Küche und öffnete eine Dose Ravioli, deren Inhalt er kalt verspeiste. Meine Güte, wie weit war es mit ihm gekommen, früher hatte er gerne und gut gekocht. Dörte hatte ihm meistens den Vortritt beim Kochen gelassen, da er dies nach ihrer Aussage viel besser konnte. Doch das gehörte zu den Dingen, die er nach dem Tod seines Sohnes aufgegeben hatte. Auch die Musik, die er geliebt hatte, war ihm zu fröhlich erschienen, seine Bücher zu oberflächlich, selbst das Segeln, das ihn mit Julius verbunden hatte, war ihm unmöglich geworden. Er hatte sein Segelboot mehrere Jahre nicht zu Wasser gelassen und letzten Endes verkauft.

Karlsen schüttelte ärgerlich den Kopf. Genug des Selbstmitleids, er hatte eine Aufgabe zu erfüllen. Er schnappte sich seine Jacke und machte sich auf den Weg nach Hamburg. Vor dem Haus, in dem Maren wohnte, parkte er sein Auto, stieg aus und klingelte an ihrer Haustür. Doch niemand öffnete. Vielleicht war es zu früh und sie war noch nicht zurück von ihrer Arbeit. Oder sie kam gar nicht nach Haus, sondern war noch verabredet. Oder ging einkaufen. Oder … Es gab viele Möglichkeiten, die seine Fahrt nach Hamburg vergeblich werden lassen konnten. Besser hätte er sie vorher angerufen. Er beschloss, eine Zeitlang abzuwarten und das Beste zu hoffen. Zurück in seinem Wagen schob er den Sitz in eine bequeme Position und beobachtete das Haus. Nach einer Stunde gab er auf und startete den Motor. In dem Moment bog Maren um die Ecke. Rasch stieg er aus und lief auf sie zu. »Maren!«, rief er.

Die junge Frau drehte sich zu ihm um. »Herr Karlsen«, sagte sie erstaunt. »Was machen Sie denn hier?«

»Ich habe auf Sie gewartet. Ich würde gerne noch einmal mit Ihnen sprechen.«

Sie seufzte. »Dann kommen Sie mit nach oben, ich muss aus diesen unbequemen Klamotten raus.«

In ihrer Wohnung hängte sie ihren Mantel auf und Karlsen sah, dass sie ein elegantes Kostüm trug. Als was arbeitete sie eigentlich? Er hatte nie danach gefragt.

»Gehen Sie schon mal ins Wohnzimmer«, sagte Maren mit einer Handbewegung in Richtung einer Tür. Karlsen öffnete sie und fand sich in einem Zimmer, das nicht im Mindesten zu dem eleganten Kostüm der jungen Frau passte. Ein riesiges Sofa voller bunter Kissen dominierte den Raum, an den Wänden hingen zahlreiche Kunstdrucke. Er setzte sich auf das Sofa, dessen Sitzfläche derart breit war, dass er sich nicht anlehnen konnte, ohne sich hinzulegen.

So saß er wie ein Schuljunge auf der Kante der Couch und fühlte sich unwohl. Maren kam herein, sie hatte ihr Kostüm gegen einen bequemen Jogginganzug getauscht. Sie setzte sich im Schneidersitz auf das Sofa und sah ihn erwartungsvoll an. Karlsen fiel auf, dass sie ihm nichts zu trinken anbot, offenbar wollte sie ihn schnell wieder loswerden. »Ich komme noch einmal wegen Ihrer Freundin Lina«, begann er.

»Das habe ich mir schon gedacht.« Karlsen meinte, einen Hauch Sarkasmus in der Stimme der jungen Frau wahrzunehmen.

»Ich habe Hinweise darauf gefunden«, fuhr er fort, »dass Lina neben ihrer Beziehung zu Julius ein Verhältnis zu einem älteren Mann hatte. Da frage ich mich doch, warum Sie mir nichts davon erzählt haben. Als angeblich beste Freundin ist Ihnen das sicher nicht verborgen geblieben.«

Maren war ein wenig blass um die Nase geworden. »Woher wissen Sie das?«, fragte sie erschrocken.

»Also wussten Sie davon?«

»Keine Einzelheiten. Lina hat einmal eine Andeutung in diese Richtung gemacht. Sie schien es jedoch sofort zu bereuen und beschwor mich, es niemandem zu erzählen.«

»Hat sie auch gesagt, warum nicht?«

»Nein, sie hat nur gemeint, es sei ein Geheimnis und ich solle es Julius auf keinen Fall verraten. Und auch sonst niemandem. Als ob ich das getan hätte.« Maren schnaufte empör. »Wegen ihrer Geheimniskrämerei habe ich vermutet, dass der Mann verheiratet war.«

»Wann hat sie Ihnen davon erzählt?«

»Kurz bevor sie verschwunden ist.«

»Und Sie haben es anschließend nicht für nötig gehalten, das der Polizei mitzuteilen? Stattdessen haben Sie den Verdacht auf meinen Sohn gelenkt.« Er musste sich beherrschen, um nicht loszubrüllen.

»Ich habe den Verdacht nicht bewusst auf Julius gelenkt«, verteidigte sich Maren. »Ich habe lediglich gesagt, dass Lina sich von ihm trennen wollte. Das hat sie mir auf jeden Fall gesagt.«

»War das, bevor oder nachdem sie über ihre andere Beziehung gesprochen hatte?«

»Danach.«

»Warum haben Sie den anderen Kerl gegenüber der Polizei nicht erwähnt?«

»Weil Lina mich darum gebeten hat. Und es hätte sie als Bitch dastehen lassen. Ich habe ja auch noch lange geglaubt, dass sie zurückkäme. Außerdem wusste ich nichts Genaues.«

»Hatten Sie keinen Verdacht, um wen es sich bei dem geheimnisvollen Mann handelte? Einen Lehrer vielleicht?«

Maren schüttelte den Kopf. »Nein, ich hatte keine Idee. An einen Lehrer habe ich nicht gedacht, wir hatten keinen, der eine Sünde wert gewesen wäre. Auf jeden Fall nicht in unseren Augen.«

»Denken Sie bitte noch einmal nach. Es wäre sehr wichtig. Dieser Mann könnte entscheidend für die Aufklärung des Falles sein.«

»Ich habe wirklich keine Ahnung. Tut mir leid. Und im Nachhinein bedauere ich, dass ich nichts gesagt habe, aber irgendwann war so viel Zeit verstrichen, da wäre es seltsam gewesen, wenn ich plötzlich damit herausgerückt wäre. Und wir haben ja alle an die Schuld von Julius geglaubt.«

Karlsen sah ein, dass er von Maren nicht mehr erfahren würde. Er verabschiedete sich von ihr und ließ sie mit einem hoffentlich schlechtem Gewissen zurück.

# Kapitel 27

Karlsen stieg in sein Auto, startete es jedoch nicht. Er überlegte. Er war in Hamburg, Frauke war in Hamburg. Und er würde gerne mit ihr reden. Nicht über sich oder ihr Verhältnis zueinander, sondern über das, was er von Christian und Maren erfahren hatte. Frauke war eine Verbündete bei seinen Ermittlungen, ohne sie stünde er nicht da, wo er heute stand. Und darum wünschte er sich, mit ihr die neuen Aspekte zu besprechen, die sich durch das Auftauchen eines älteren Liebhabers ergaben. Er zückte sein Telefon und wählte ihre Nummer. »Ich bin in Hamburg«, sagte er, als sie abhob.

»Dann komm doch vorbei«, meinte sie wunderbar unkompliziert.

Es dauerte eine halbe Stunde, bis er sich durch den Feierabendverkehr in Hamburg geschlängelt hatte. Das Autofahren in dieser Stadt war wirklich nichts für Weicheier. Da lobte er sich Kiel, dort kam man bis auf wenige Ausnahmen wie den Theodor-Heuss-Ring ohne Probleme vorwärts. Das Verkehrsaufkommen war sogar dermaßen gering, dass in weiten Teilen nachts die Ampeln ausgeschaltet wurden. Aber die Parkplatzsuche war in Kiel ebenfalls nicht unproblematisch, zumindest nicht in dem Viertel, in dem er wohnte. Dort war er schon ein ums andere Mal um den Block gefahren, bis er sich irgendwo reinquetschen konnte. Auch jetzt in Winterhude fand er erst nach längerem Suchen einen Parkplatz, von dem er hoffte, nicht sofort abgeschleppt zu werden.

Endlich stand er vor der Tür der Gerichtsmedizinerin und klingelte. Sie öffnete und lächelte ihn an. »Hallo«, sagte sie. »Komm rein.« Sie machte eine einladende Handbewegung und schloss die Tür hinter ihm. Offensichtlich hielt sie nichts von überschwänglichen Begrüßungen. Sie ging durch den Flur voraus in die Küche, in der es verlockend nach Essen roch. »Ich habe mir gerade etwas gekocht. Möchtest du mitessen?«

Karlsen dachte an seine letzte Mahlzeit, die aus einer Dose Ravioli bestanden hatte. »Gerne«, antwortete er.

»Es gibt aber kein Fleisch. Das habe ich im Institut gelassen.« Sie grinste ihn augenzwinkernd an.

Karlsen schüttelte sich theatralisch. »Gott sein Dank«, erwiderte er. »Kann ich dir helfen?«

»Du kannst schon mal den Tisch decken.«

Sie erklärte ihm, wo er Besteck und Teller fand, und stellte einen Topf mit Nudeln und eine Pfanne mit geschmortem Gemüse auf den Tisch. »Was möchtest du trinken? Rotwein?«

»Lieber nicht, ich muss heute noch nach Hause. Morgen Vormittag ist die Beerdigung Linas.«

»Oh, da musst du selbstverständlich hingehen.«

»So selbstverständlich ist das gar nicht. Bis vor Kurzem hätten mich Linas Eltern davongejagt. Aber inzwischen sind auch sie davon überzeugt, dass mit Julius der Falsche beschuldigt wurde. Sie haben mich heute Mittag angerufen und gebeten teilzunehmen. Und sie haben mir noch etwas Interessantes berichtet.« Karlsen trank einen Schluck Wasser. »Heike und Christian hatten das Zimmer ihrer Tochter über all die Jahre unverändert gelassen.«

»Das machen wohl viele Eltern von vermissten Kindern, immer in der Hoffnung, dass sie doch noch zurückkehren.« Frauke sah ihn verständnisvoll an.

»Nicht nur von vermissten Kindern. Auch meine Exfrau hat Jahre gebraucht, ehe sie das Zimmer von Julius ausräumen konnte. Da war ich längst ausgezogen. Auf jeden Fall haben die Eltern von Lina nun angefangen, die Sachen ihrer Tochter zu sortieren, und sind dabei auf ein Tagebuch gestoßen. Darin schreibt Lina von einer verbotenen Liebe und ihrem schlechten Gewissen Julius gegenüber.«

Frauke hob erstaunt die Augenbrauen. »Diese Lina hatte neben deinem Sohn noch einen anderen Freund?«

»So sieht es aus. Christian meinte, herauslesen zu können, dass derjenige erheblich älter als Lina war, und tippt auf einen Lehrer.«

»Aber er weiß es nicht?«

»Nein, Lina wird leider nicht konkret. Ich habe deshalb vorhin mit Linas bester Freundin Maren gesprochen. Sie hat zugegeben, dass Lina einmal eine Andeutung in diese Richtung gemacht hat, aber keinen Namen genannt hat. Einen Lehrer kann sie sich nicht vorstellen. An der Schule von Lina und Maren gab es, Zitat: keinen Lehrer, der eine Sünde wert war.«

»Wenn es diesen anderen Mann tatsächlich gab, könnte unsere Ermittlung bisher in eine falsche Richtung gelaufen sein.«

Karlsen registrierte erfreut, dass Frauke von *unserer* Ermittlung gesprochen hatte. »Durchaus denkbar. Vielleicht wollte Lina Schluss mit ihm machen und er ist deshalb ausgerastet.«

»Oder sie wollte mehr und er hatte zu viel zu verlieren, wenn das Verhältnis publik würde.«

»Besonders wenn sie eine Schutzbefohlene von ihm war. Vielleicht war sie sogar schwanger?«

»Das kann ich leider nicht ausschließen. Wenn die Schwangerschaft in einem frühen Stadium war, hat es noch keine Veränderungen am Becken gegeben. Und bei der Ausgrabung war ich leider nicht anwesend. So kann ich nicht sagen, ob eventuelle Überreste von Knochen des Fötus im Bereich des Beckens oder in der Nähe lagen. Die sind so winzig, dass sie leicht übersehen werden. Und nicht jeder ist so gründlich wie ich. Aber da die Leiche in meine Obhut gegeben wurde, kann ich nachfragen, ob die Erde in der Nähe des Opfers gesiebt worden ist.«

»So oder so, es gibt jetzt einen weiteren Verdächtigen neben dem von uns vermuteten abgewiesenen Kerl.«

»Der junge Mann, der wegen des Mordes an der Polizeischülerin in Haft ist, wäre dann tatsächlich schuldig.«

»Ich habe ihm seine Unschuldsbeteuerungen zwar abgenommen, das heißt aber nicht, dass ich mich nicht täuschen kann. Unabhängig davon muss ich unbedingt herausfinden, wer der Mann ist, von dem Lina in ihrem Tagebuch schreibt.«

»Hatte Lina keine Geschwister, mit denen sie hätte darüber reden können?«

»Nein, sie war ein Einzelkind.«

»Welche Optionen hast du dann?«

»Morgen nach der Beerdigung durchsuche ich mit Christian zusammen das Zimmer von Lina. Ich habe auch eine Tochter und kann mir nicht vorstellen, dass ein verliebtes Mädchen nicht irgendwo einen Brief, ein Foto oder Ähnliches ihres Geliebten versteckt.«

»Viel Glück. Ich selbst habe in meiner Pubertät kein Mädchenzimmer gehabt, da ich damals noch als Junge gelebt habe, aber ich habe eine Schwester. Ich weiß, wie solche Mädchenbuden aussehen können.« Sie legte ihre Gabel nieder. »Möchtest du noch etwas?«

Karlsen starrte auf seinen Teller, den er geleert hatte, ohne es zu bemerken. »Gerne«, antwortete er und nahm sich fest vor, jetzt auf den Geschmack zu achten.

Nach dem Essen half er Frauke, die Küche aufzuräumen, doch mit seinen Gedanken war er bei dem Tagebuch. Er brannte darauf, es selbst zu lesen. Möglicherweise sahen seine Ermittleraugen mehr als ein trauernder Vater. Daher machte er sich früh auf den Heimweg, um den morgigen Tag ausgeruht anzugehen.

# Kapitel 28

Karlsen stand vor dem großen Schlafzimmerspiegel und begutachtete seine Erscheinung. Anscheinend hatte er doch nicht so viel wie befürchtet zugenommen. Der schwarze Anzug passte noch, obwohl er ihn schon Jahre nicht mehr getragen hatte. Zuletzt bei der Beerdigung seiner Mutter. Das war auch das letzte Mal gewesen, dass er seine Schwester gesehen hatte. Sie lebte mit ihrer Familie in Bayern. Nach dem Tod seines Vaters war seine Mutter zu ihr gezogen. Damals war er trotz seiner Probleme ein- bis zweimal im Jahr nach Bayern gefahren, um den Kontakt nicht abreißen zu lassen, nachdem er mit der Scheidung seine eigene Familie verloren hatte. Mit dem Tod seiner Mutter war der Kontakt zu seiner Schwester leider eingeschlafen. Gegenwärtig riefen sie sich nur noch jeweils zu ihren Geburtstagen und zu Weihnachten an.

Er rieb sich durchs Gesicht. Davor hatte er den Anzug bei der Beerdigung seines Sohnes getragen. Eine Welle der Trauer überrollte ihn und zwang ihn in die Knie. Er wollte sich den Anzug vom Leib reißen, um sich damit auch von seinem Schmerz zu befreien. Einige tiefe Atemzüge später raffte er sich wieder auf und vollendete sein Outfit mit dem Umbinden einer schwarzen Krawatte. Das Jackett ließ sich leider nicht mehr schließen.

Der Parkplatz vor dem Friedhof war voll belegt. Die Anteilnahme an dem Schicksal Linas schien selbst nach so langer Zeit nicht abgenommen zu haben. Kurz geriet er in Versuchung, wieder umzudrehen. Sicher würden die meisten der Anwesenden nach wie vor denken, dass Julius der Mörder Linas war und sich fragen, was er hier zu suchen hatte. Doch er gab diesem Drang nicht nach, sondern parkte er sein Auto an der Straße und ging zu der Kirche, in der die Trauerfeier stattfand. Der Eingang war geschlossen, die Trauergäste bereits versammelt. Leise zog er die Tür auf und suchte sich einen Platz in der hintersten Reihe, wo ihn hoffentlich niemand bemerkte. Diese Hoffnung erfüllte sich leider nicht. Etliche Köpfe drehten sich zu ihm um und wandten sich mit missbilligendem Blick wieder ab. Nur Maren und Ronja nickten ihm freundlich zu. Er verschränkte die Arme und ließ den Gottesdienst über sich ergehen.

Später am Grab verharrte er in einigem Abstand und ging erst zu Christian und Heike, nachdem sich ein Großteil der Trauergemeinde zerstreut hatte.

»Danke, dass du gekommen bist«, sagte Christian, als er den beiden sein Beileid ausdrückte. »Es tut mir nur leid, wie die anderen dich angeschaut haben, aber sie wissen ja nicht, was wir inzwischen wissen.«

»Kein Problem, ich bin gerne gekommen.«

»Kommst du noch mit zum Beerdigungskaffee?«, fragte Heike.

Karlsen schüttelte den Kopf. »Ich glaube, das wäre zu viel des Guten. Ich komme heute Nachmittag zu euch, wenn es euch recht ist. Wir wollten ja zusammen die Sachen Linas durchschauen.«

Heike holte ein kleines Büchlein aus ihrer Handtasche. »Ich habe dir Linas Tagebuch mitgebracht. Du kannst es dir bis dahin schon einmal anschauen.«

Karlsen schluckte. »Danke für dein Vertrauen«, sagte er mit erstickter Stimme.

Sie verabredeten sich für den späten Nachmittag, doch bevor Karlsen nach Hause fuhr, besuchte er das Grab seines Sohnes. Er kam nicht oft hierher, zu groß war der Schmerz, der ihn jedes Mal auf Neue überfiel. Frische Blumen schmückten die Grabstelle, sicher von Dörte. Auf dem Grabstein lagen einige kleine Steine. Karlsen suchte sich ebenfalls einen Stein und legte ihn zu den anderen. Dabei vermied er den Blick auf die Inschrift. Zu wissen, dass Julius nur sechzehn Jahre alt geworden war, war etwas anderes, als es zu lesen. In einem Monat wäre er siebenundzwanzig geworden. Die Trauer zog ihm die Brust zusammen. Er wischte sich über die Augen. »Ich vermisse dich so sehr«, flüsterte er. Abrupt wandte er sich ab und verließ den Friedhof.

Zu Hause angekommen zog er sich zuallererst um. Die Hose hatte doch ziemlich gezwackt. Danach kochte er sich eine Kanne Tee und vertiefte sich in das

Tagebuch. Wohl fühlte er sich nicht dabei, die geheimen Gedanken des Mädchens zu lesen. Daher überflog er die Seiten lediglich auf der Suche nach relevanten Stichworten. Endlich stieß er auf die Stelle, von der Christian ihm berichtet hatte. Lina schrieb, dass sie jetzt endlich wüsste, wie sich wahre Liebe anfühle. Sie schwärmte über das Einfühlungsvermögen und die Zärtlichkeit ihres Liebhabers, ohne jedoch dessen Namen zu nennen. Karlsen hatte ebenfalls den Eindruck, dass es sich um einen Mann handelte, der wesentlich älter als sie selbst war. Auch von ihrem schlechten Gewissen Julius gegenüber schrieb sie und dass es nur fair sei, mit ihm Schluss zu machen, selbst wenn sie ihre Beziehung zu dem anderen vorläufig nicht öffentlich machen dürfe. Mit ihrer Volljährigkeit würde sich das jedoch ändern.

Karlsen schüttelte den Kopf über die Naivität des Mädchens. Er glaubte nicht, dass dieser Mann es wirklich ernst mit Lina gemeint hatte. Es war nicht das erste Mal, dass sich ein Lehrer, Trainer oder Ähnliches durch die bedingungslose Liebe eines jungen Mädchens geschmeichelt fühlte, er im Gegensatz zu ihm jedoch nie eine feste Verbindung eingehen würde. Auf der letzten Seite drückte Lina ihre Vorfreude auf das nächste Treffen aus. Das Tagebuch endete mit dem Datum ihres Verschwindens.

Karlsen ließ das Buch sinken. Lina hatte sich so auf das Treffen gefreut und es hatte mit ihrem Tod geendet. Allem Anschein nach hatte sie sich mit ihrem

Mörder getroffen. Eine Welle Adrenalin schoss durch seine Adern. Er war sicher, dem Täter ein ganzes Stück näher gekommen zu sein. Es konnte kein Zufall sein, dass sich Lina mit ihrem Liebhaber treffen wollte und seitdem nicht mehr lebend gesehen wurde. Nun musste er nur noch herausfinden, wer der Mann war. Wenn er Glück hatte, würde er schon nachher in Linas Zimmer den entscheidenden Hinweis finden.

Am liebsten hätte er Frauke angerufen und ihr von seiner Vermutung berichtet, doch sie würde sicher noch arbeiten. Außerdem hegte er die Befürchtung, ihr mit seiner Anhänglichkeit auf die Nerven zu gehen. Das, was er bisher von ihr und ihrem Leben wusste, deutete nicht gerade auf ein reges Sozialleben hin. Sie schien eher der Typ *Einsamer Wolf* zu sein, genau wie er selbst nach dem Tod von Julius. Früher war er durchaus gesellig gewesen, er und Dörte hatten oft Gäste, die er gerne bekochte oder für sie grillte. Auch war er zusammen mit Julius in einem Segelverein gewesen und hatte gerne an dessen Veranstaltungen teilgenommen. Er atmete schwer aus. Wie zufrieden war er in jenen Tagen mit seinem Leben gewesen, nicht ahnend, wie schnell es enden sollte. Er trank rasch einen Schluck Tee, ehe ihn die Traurigkeit wieder übermannte. Viel lieber hätte er sich statt des Tees einen Whiskey eingeschüttet, aber das kam nicht infrage, er musste schließlich noch Autofahren. Angesichts seiner Suspendierung konnte er es sich keinesfalls leisten, mit Alkohol am Steuer erwischt zu werden. Ein Blick auf die Uhr zeigte ihm, dass der Beerdigungskaffee sicher beendet war und er zu Christian und Heike aufbrechen konnte.

# Kapitel 29

Christian erwartete ihn bereits. »Heike hat sich hingelegt«, erklärte er, während er vor Karlsen die Treppe zu Linas Zimmer hochstieg. Nach kurzem Zögern öffnete er die Tür. »Es fällt mir immer noch schwer, in ihr Zimmer zu gehen, ohne vorher anzuklopfen.« Er sah Karlsen traurig an. »Du weißt sicher, wie sich das anfühlt.«

Karlsen schluckte und nickte.

Christian setzte sich auf das Bett und strich über das Kopfkissen. »Das ist der Bezug, in dem sie geschlafen hat – bevor sie verschwunden ist.«

Karlsen nahm neben seinem Freund Platz und strich ihm über die Schulter.

»Weißt du«, sagte Christian, »Lina ist nun schon zehn Jahre nicht mehr bei uns, aber erst jetzt kann ich wirklich trauern. Vorher hoffte ein kleiner Teil von mir, dass sie eines Tages zurückkäme.« Er legte sein Gesicht in seine Hände. Tränen quollen zwischen seinen Fingern hervor. Karlsen legte einen Arm um seinen Freund und zog ihn zu sich heran. Christians Schultern bebten. So verharrten sie eine Weile. Endlich setzte sich Christian auf. Er seufzte schwer. »Wird das jemals besser?«, fragte er.

Karlsen schüttelte den Kopf. »Ich würde gerne etwas anderes sagen, aber der Schmerz bleibt. Man gewöhnt sich nur an ihn.«

Christian wischte sich über die Augen. Dann stand er entschlossen auf. »Genug geheult, wir haben zu tun.«

»Wie kommt es eigentlich, dass ihr das Tagebuch erst jetzt gefunden habt?«, wollte Karlsen wissen. »Hat die Polizei damals nicht ihr Zimmer durchsucht?«

»Nein, die haben sich nicht für Linas Sachen interessiert und sich nur oberflächlich in ihrem Zimmer umgeschaut.«

Karlsen knirschte mit den Zähnen. Ein weiterer Beweis für die schlampige Ermittlung von Harms. Wie gerne würde er dem Kerl den Hals umdrehen. Was hatte so jemand bei der Kriminalpolizei verloren? Und nicht nur das, er war sogar Chef der Kripo geworden. Das allerdings nach der altbewährten Methode, nach oben hin buckeln, nach unten treten. Karlsen unterdrückte seine Wut, die half ihm jetzt nicht weiter. »Dann weiß die Polizei also gar nichts von einem anderen Freund als Julius?«

»Das Tagebuch haben sie nicht gesehen, also nein. Wir wussten ja bis gestern auch nichts davon.«

Gemeinsam durchsuchten sie Linas Sachen, Christian willkürlich, Karlsen systematisch, wie er es als Ermittler gewohnt war. Doch nichts verriet ihnen die Identität des geheimen Freundes. Schließlich zog

Karlsen die Bücher Linas eines nach dem anderen aus ihrem Regal und schüttelte sie aus. Lina hatte allem Anschein nach viel gelesen, sie hatte etliche Bücher der klassischen Weltliteratur besessen, daneben aber auch typische Mädchenbücher, die von Liebe und Abenteuern mit Pferden handelten. Soweit sich Karlsen erinnerte, hatte sie regelmäßig Reitstunden genommen. Er zog ein weiteres Buch heraus und schüttelte es. Ein Foto fiel heraus. Er bückte sich danach und hob es auf. Auf dem Foto war ein gutaussehender Mann in den Dreißigern zu erkennen. Aufregung erfasste ihn. »Kennst du den?«, fragte er und hielt Christian das Bild hin. Der nahm es in die Hand und betrachtete es. »Nein, der kommt mir nicht bekannt vor. Möglicherweise kennt Heike ihn, sie hatte mehr mit dem Alltag von Lina zu tun.« Er starrte auf das Foto. »Ich frage mich, wer das ist. Ob das der ominöse Freund ist?«

»Davon gehe ich aus, warum sonst sollte Lina das Foto behalten und verstecken. Sie nahm doch Reitstunden, könnte das nicht ihr Reitlehrer sein?«

»Du vermutest das alte Klischee des Missbrauchs durch einen Trainer?«

»Leider ist das allzu oft kein Klischee.«

»Ich kannte ihren Reitlehrer nicht, Heike hat sie anfangs zum Reitunterricht gebracht, später ist Lina mit dem Fahrrad dorthin gefahren. Wir sollten Heike das Foto zeigen. Vielleicht ist sie schon wieder aufgestanden.«

Sie verließen das Zimmer und gingen nach unten. Im Wohnzimmer lag Heike auf der Couch. Sie hatte eine Decke über ihre Beine gelegt und sah sie erwartungsvoll an. »Habt ihr etwas gefunden?«, fragte sie.

»Ein Foto«, antwortete Christian und hielt ihr das Bild hin. »Kennst du den?«

»Aber ja, das ist Linas Klavierlehrer.«

»Bei dem sie am Tag ihres Verschwindens zuletzt war.« Wie ein fehlendes Puzzleteil ergab diese Tatsache ein stimmiges Bild.

»Du glaubst, dass der Klavierlehrer der geheime Liebhaber Linas war und ihr Mörder?« Heike richtete sich mit entsetztem Blick auf.

»Das Foto spricht dafür, dass er zumindest der Mann war, von dem Lina in ihrem Tagebuch schreibt.«

»Das würde auch erklären, warum sie zuletzt viel öfter und intensiver Klavier geübt hat. Ich hatte gedacht, sie hätte endlich den Zugang zu dem Instrument gefunden. Vorher hat sie eher widerwillig geübt.«

»Und jetzt denkst du, er ist auch der Mörder?«, warf Christian ein.

»Ich glaube nicht an Zufälle und Lina verschwand nach ihrem Klavierunterricht«, erklärte Karlsen.

»Aber welchen Grund könnte er gehabt haben, sie erst zu ...« Christian brach ab und warf einen besorgten Blick zu seiner Frau.

»Lass uns rausgehen«, schlug Karlsen vor. Auch er machte sich Sorgen um Heike.

»Ihr braucht mich nicht zu schonen«, protestierte diese. »Schließt mich nicht aus.«

»Nun gut«, gab Karlsen bei. »Ich könnte mir vorstellen, dass es aus irgendeinem Grund zum Streit gekommen ist. Vielleicht verlangte Lina, dass er zu ihr steht und die Beziehung öffentlich macht. Das lehnte der Kerl ab, wahrscheinlich hatte er zu viel zu verlieren. Möglicherweise ist er sogar verheiratet. Dennoch will er mit ihr schlafen. Lina verweigert dies in dieser Situation und wehrt sich. Es kommt zu der Vergewaltigung und um seine Tat zu vertuschen, erwürgt er sie.«

»Aber der Tatort war doch unter der Hochbrücke.« Christian verzog skeptisch den Mund.

»Es wäre ein Leichtes für den Lehrer gewesen, etwas Blut dort zu verschmieren und den Rucksack zu deponieren.«

»Aber du hast doch gesagt, der Täter müsse auch Julius gekannt haben, um ihm die Tat anzuhängen.«

»Vielleicht hat Lina ihm von Julius erzählt. Wenn er den Namen kannte, hätte er die SMS von Linas Handy aus schicken können.«

Christian rieb sich nachdenklich das Kinn. »So, wie du das darstellst, hört es sich schlüssig an.«

»Das finde ich auch«, meldete sich Heike zu Wort. »Obwohl ich den Gedanken kaum aushalte, dass wir

Lina zu ihrem Mörder geschickt haben.« Sie schniefte.

»Also gehen wir jetzt davon aus, dass der Klavierlehrer der wahre Täter ist?«, fragte Christian in die Runde.

»Zumindest ist er sehr verdächtig. Wisst ihr noch den Namen von ihm?«

Heike schüttelte den Kopf. »Ich habe irgendwo noch den Vertrag über den Unterricht.« Sie stand auf und lief aus dem Zimmer.

»Was hast du vor, wenn du seinen Namen kennst?«, fragte Christian.

»Ich werde ihm einen Besuch abstatten.«

Heike kehrte zurück und reichte Karlsen einen Zettel mit dem Namen und der Adresse des Klavierlehrers. »Ich weiß allerdings nicht, ob er noch dort wohnt.«

»Das finde ich heraus. Ich fahre jetzt sofort zu ihm.«

»Und was willst du ihm sagen?« Christian zog zweifelnd die Augenbrauen zusammen.

»Ich werde ihn mit dem konfrontieren, was wir herausgefunden haben. Mal sehen, wie er darauf reagiert.«

»Wenn er aber nichts zugibt? Du hast doch keinerlei Beweise gegen ihn.«

»Das überlege ich mir, wenn es soweit ist.« Karlsen stand auf. »Ich halte euch auf dem Laufenden.«

# Kapitel 30

Es war bereits dunkel, als Karlsen vor der angege-
benen Adresse parkte. Im Haus brannte in fast allen
Fenstern Licht. Entweder wohnten dort mehrere
Personen oder der Besitzer war ein Klimaschwein.
Karlsen stieg aus und besah sich das Türschild.
»Familie Jensen« stand dort. Das war der Name, den
er von Heike erfahren hatte, der Kerl wohnte also
noch hier.

Karlsen klingelte, wie die Polizei klingelt, nicht
vorsichtig und verhalten, sondern energisch. Das Licht
im Flur ging an und eine Frau in Freizeitkleidung öffnete die Tür. Er stellte sich als Kriminalhauptkommissar Karlsen vor und hoffte, dass sie nicht nach
seinem Ausweis fragte. »Ich muss mit Ihrem Mann
sprechen«, verlangte er.

»Und um was geht es?«, wollte Frau Jensen
wissen.

»Es geht um eine seiner früheren Schülerinnen.«

»Na gut, kommen Sie rein«, sagte sie und ließ ihn
in den Flur treten. »Alex!«, rief sie nach hinten.

Ein Mann, Typ Schönling, kam aus dem hinteren
Teil des Hauses. Er war schlank und durchtrainiert,
seine langen, an den Schläfen ergrauten Haare waren

im Nacken zu einem Zopf zusammengebunden, ein Dreitagebart vervollständigte das Bild eines Mannes, der sich seines guten Aussehens bewusst war und Wert darauf legte, dass dies auch wahrgenommen wurde. »Ja bitte?«, fragte er.

»Guten Abend, Herr Jensen«, sagte Karlsen und stellte sich ihm vor. »Ich muss Sie wegen einer früheren Schülerin befragen.«

»So? Um wen geht es denn?«

»Um Lina Mayfeldt. Ich denke, Sie erinnern sich an sie.«

Das verbindliche Lächeln, das Jensen zur Schau getragen hatte, erstarrte. »Kommen Sie doch bitte in mein Arbeitszimmer.«

Er öffnete eine Tür, die links vom Flur abging. Karlsen betrat den Raum, der von einem Flügel dominiert wurde. Ein Regal voller Ordner und Notenblätter, ein Schreibtisch und ein bequem aussehendes Sofa, vor dem ein niedriger Tisch stand, sowie ein Sessel vervollständigte die Einrichtung. Jensen blieb mit verschränkten Armen in der Mitte des Zimmers stehen. »Also, was wollen Sie?«

»Wie ich schon sagte, geht es um Ihre ehemalige Schülerin Lina Mayfeldt. Sie verschwand vor zehn Jahren spurlos.«

»Ich weiß. Ein tragischer Fall. Soweit ich weiß, wurde sie nie gefunden.«

»Bis jetzt. Vielleicht haben Sie von dem Skelettfund am NOK gehört.«

»Das war Lina?«, fragte Jensen entsetzt.

»Ja, das war sie.«

»Wie schrecklich, aber auch sicher eine Erleichterung für die armen Eltern, die jetzt endlich abschließen können. Doch weshalb kommen Sie zu mir?«

Karlsen beschloss zu bluffen. »An den Überresten wurden Spuren gefunden, die neue Ermittlungen erfordern.«

»Was für Spuren?«

»Das darf ich aus ermittlungstaktischen Gründen nicht sagen, nur so viel, der damals beschuldigte junge Mann war unschuldig.«

»Aber er hat sich doch umgebracht, weil er mit der Schuld nicht leben konnte.«

»Er hat sich umgebracht, weil er nicht damit leben konnte, unschuldig verurteilt zu werden«, stieß Karlsen zwischen zusammengebissenen Zähnen hervor.

»Aha. Aber noch einmal, was hat das mit mir zu tun?«

»Im Laufe der Ermittlungen ist das Tagebuch Linas aufgetaucht. Und darin schreibt sie, dass sie mit Ihnen ein Verhältnis hatte.«

Karlsen hoffte, mit dieser Behauptung Jensen aus der Reserve zu locken. Leider fiel der nicht auf seinen Bluff herein. »Das ist doch Unsinn«, behauptete er. »Sie war meine Klavierschülerin und nicht mehr.«

»Und wie erklären Sie sich, was in ihrem Tagebuch steht?«

»Das weiß ich nicht. Vielleicht wünschte sie sich ein Verhältnis und hat fantasiert. Sie wäre nicht die Erste, die für mich schwärmt. Sie glauben gar nicht, wie oft mir das passiert.«

»Doch, das glaube ich Ihnen sofort«, höhnte Karlsen und ließ seinen Blick abschätzend über die Gestalt des Kerls gleiten, der knapp einen Kopf kleiner als er war. »Ihr Leugnen glaube ich Ihnen hingegen nicht. Wir haben Beweise für Ihr Verhältnis mit dem Mädchen.«

»Was sollen das für Beweise sein?«

»Ein Foto von Ihnen. Können Sie mir erklären, wie Lina daran gekommen ist, wenn sie es nicht von Ihnen erhalten hat?«

Jensen schnaubte spöttisch. »Lächerlich. Ein Foto, das sie wer weiß woher hatte, soll ein Beweis sein? Und wenn das alles ist, würde ich Sie bitten, jetzt zu gehen.«

Karlsen, dem die überhebliche Art des Mannes zunehmend missfiel, geriet in Zorn. »Glauben Sie bloß nicht, dass Sie damit durchkommen«, rief er aufgebracht. »Sie haben Lina vergewaltigt und erwürgt, weil sie Ihr Verhältnis offenbaren wollte und Sie zu viel zu verlieren hatten.«

Jensen kniff die Augen zusammen. »Das können Sie niemals beweisen«, schnauzte er. »Weil es nämlich nicht wahr ist. Und jetzt raus hier.«

Karlsen sah rot. Er packte Jensen am Kragen und drängte ihn gegen den Flügel. Der zog sein Knie nach oben und versuchte, es ihm zwischen die Beine zu rammen. Karlsen konnte den Angriff abwehren, musste dafür aber den Kerl loslassen. Jensen sah seine Chance und schlug Karlsen mit der Faust in den Magen. Dank Karlsens guter Polsterung verpuffte der Schlag wirkungslos, ließ ihn jedoch endgültig die Beherrschung verlieren. Er holte aus und schmetterte dem Klavierlehrer seine Faust ins Gesicht. Blut spritzte aus dessen Nase und er ging zu Boden. Karlsen schleifte ihn am Kragen zum Flügel, öffnete dessen Deckel und klemmte die Finger seiner rechten Hand darunter ein. »Gestehen Sie«, knirschte er, während er auf den Deckel drückte.

»Aufhören«, wimmerte der Mann. »Nicht meine Finger!«

»Dann sagen Sie, was damals passiert ist!« Karlsen erhöhte den Druck auf den Klavierdeckel.

»Ja ja. Nur hören Sie auf.«

Karlsen klappte den Deckel wieder hoch und ließ Jensen los. »Also ich höre«, sagte er.

Jensen setzte sich hin. Das Blut lief ihm aus der Nase. Er wischte es mit seiner linken Hand ab. »Das wird Sie teuer zu stehen kommen«, zischte er.

»Das ist mir scheißegal.« Karlsen packte den Kerl erneut und zog ihn hoch. »Ich habe nichts zu verlieren. Ich bin nämlich der Vater des Jungen, der sich damals wegen Ihnen umgebracht hat.«

»Wegen mir hat sich niemand umgebracht. Ich habe Lina nichts getan.« Jensen wand sich aus dem

Griff Karlsens und rückte ein gutes Stück von ihm ab. »Ja, ich hatte ein Verhältnis mit ihr.« Er fixierte Karlsen mit starrem Blick. »Aber es war vollkommen einvernehmlich und ich schwöre, ich habe ihr nichts getan. Als sie damals von hier fortging, war sie gesund und munter. Und ich habe sogar ein Alibi.«

»Nach so langer Zeit kommen Sie mir mit einem Alibi? Das ist doch lächerlich.«

»Ist es nicht. Ich weiß noch genau, dass ich direkt im Anschluss an Linas Unterricht eine weitere Stunde hatte. Ich habe mir das gemerkt, weil ich damit gerechnet hatte, nach dem Verschwinden von Lina befragt zu werden. Seltsamerweise ist aber nie jemand von der Polizei gekommen. Nur die Mutter des Mädchens hat angerufen, ob Lina beim Unterricht war und ob sie pünktlich weggegangen sei. Ich kann Ihnen gerne den Namen des Jungen, den ich nach Lina unterrichtet habe, raussuchen.«

Karlsen nickte auffordernd. Jensen ging zu dem Regal und zog einen Ordner heraus. Er blätterte eine Weile darin. »Hier steht es«, sagte er und zeigte Karlsen eine Kalenderseite mit dem Datum des Tages, von dem an Lina vermisst wurde. Dort stand um sechzehn Uhr Linas Name und um siebzehn Uhr Piet Sänger.

»Hat dieser Piet Sänger auch eine Adresse?«

»Moment.« Jensen zog einen weiteren Ordner vom Regal. Nach einer Weile nannte er Karlsen eine Adresse ebenfalls in Holtenau.

»Wie kommt es, dass Sie diesen alten Kalender noch besitzen?«, fragte Karlsen misstrauisch.

»Sie waren wohl nie selbständig? Für die Steuer natürlich. Eine Steuerprüfung kann bis zu zehn Jahre rückwirkend durchgeführt werden.«

Es fiel Karlsen schwer, klein beizugeben, aber vorläufig blieb ihm nichts anderes übrig. »Ich werde das Alibi überprüfen«, knurrte er. »Und Sie wissen sicher selbst, dass Sex mit einer Schülerin, auch wenn sie schon sechzehn war, strafbar ist.«

»Das ist im Fall von Lina längst verjährt.«

»Mag sein, aber ob Ihre Frau das genauso sieht?«

Jensen machte einen drohenden Schritt auf Karlsen zu. »Lassen Sie meine Frau aus dem Spiel. Seien Sie froh, wenn ich Sie nicht wegen Körperverletzung anzeige.«

Karlsen wusste, dass er zunächst verloren hatte. »Quid pro quo«, sagte er und ließ Jensen stehen.

# Kapitel 31

Nach einer unruhigen Nacht, in der er kaum geschlafen hatte, saß Karlsen am nächsten Morgen wie gerädert in der Küche und wartete darauf, dass der Kaffee fertig wurde. Doch seine Kaffeemaschine ließ sich Zeit. Tropfen für Tropfen fiel die schwarze Brühe in die gläserne Kanne. Er musste die Maschine dringend entkalken. Als der Kaffee endlich durchgelaufen war, schüttete sich Karlsen einen großen Becher des Gebräus ein und setzte sich mit Blick aus dem Fenster an den Tisch. Die Bäume, die vor seinem Haus standen, hatten ihre Blätter nahezu vollständig verloren. Der Rest würde dem angekündigten Sturm zum Opfer fallen.

Doch darüber machte er sich keine Sorgen, vielmehr ging ihm der gestrige Abend durch den Kopf. Er war so sicher gewesen, mit dem Klavierlehrer den Täter gefunden zu haben, und war deswegen auch vor Gewalt nicht zurückgeschreckt. Normalerweise war das nicht seine Art, aber die Arroganz, mit der dieser Kerl jegliche Beteiligung geleugnet hatte, hatte ihn bis zur Weißglut gereizt. Und es stimmte ja, dass er nichts zu verlieren hatte. Suspendiert und krebskrank, was konnte da schon noch Schlimmeres passieren?

Im Nachhinein tat ihm sein Verhalten leid. Er war zu weit gegangen, zumal der Lehrer wahrscheinlich tatsächlich unschuldig war. Selbstverständlich würde er dessen Alibi überprüfen, aber er glaubte nicht mehr an die Schuld des Kerls. Karlsen musste zugeben, dass er sich in die Idee verrannt hatte. Dennoch würde er heute Morgen versuchen, das Alibi zu verifizieren. Da es Samstag war, hatte er die Hoffnung, jemanden bei der Familie Sänger anzutreffen.

Das Haus, in dem Piet Sänger wohnen sollte, lag in der Nähe des Hauses von Jensen. Der Junge war sicher zu Fuß zu seinem Unterricht gegangen. An der Haustür stand der Name Sänger, demnach war die Familie zwischenzeitlich nicht umgezogen. Karlsen klingelte und ein Gong, der wie die Glocken von Big Ben klangen, ertönte im Haus. Kurz darauf erschien ein junger Mann an der Tür. »Piet Sänger?«, fragte Karlsen.

»Wer will das wissen?«, fragte der junge Mann mit einer gehörigen Portion Misstrauen in der Stimme.

»Mein Name ist Karlsen«, erklärte Karlsen. »Ich ermittle in dem Fall Lina Mayfeldt und hätte ein paar Fragen an Sie.«

»Lina Mayfeldt? Ist das nicht das Mädchen, das seit etlichen Jahren vermisst wird?«

»Genau.«

»Ok, kommen Sie rein, ich bin Piet.«

Sänger schloss die Tür hinter Karlsen und führte ihn ins Wohnzimmer. »Also, was ist mit Lina?«

»Kannten Sie sie?«

»Nur flüchtig, sie hatte eine Stunde vor mir Klavierunterricht bei Meister Jensen.«

»Können Sie sich daran erinnern, ob sie jedes Mal vor Ihnen bei Jensen war?«

»Sie meinen auch an dem Tag, als sie verschwand?« Der junge Mann war offensichtlich nicht auf den Kopf gefallen.

»Ja.«

Sänger nickte nachdenklich. »Ich erinnere mich noch genau an den Tag. Lina kam mir im Vorgarten von Herrn Jensen entgegen. Wir haben uns gegrüßt und ich habe nach der Laune des Maestros gefragt. Der konnte manchmal ganz schön arrogant sein und einen gemein runtermachen, wenn man nicht genug geübt hatte, was ich selten hatte.« Er zog ironisch einen Mundwinkel hoch.

»Sie erinnern sich so genau an diesen Tag vor zehn Jahren?« Karlsen hob ungläubig die Augenbrauen.

»Das ist doch kein Wunder nach dem Aufsehen, das das Verschwinden von Lina erregt hat. Was ist eigentlich daraus geworden? Ist sie wieder aufgetaucht?«

Karlsen war es satt, immer wieder die Nachricht von dem Auftauchen der Leiche Linas zu überbringen. »Lesen Sie keine Zeitung?«

»Ehrlich gesagt nicht. Meine Eltern bekommen zwar die Kieler Nachrichten, aber ich finde die Artikel extrem öde. Sagen Sie nicht, es hätte etwas über Lina in der Zeitung gestanden.«

»Doch, ihre Leiche wurde gefunden.«

»Oh man, das tut mir echt leid. Dann haben Sie ja jetzt einen richtigen Cold Case.«

»Sieht so aus. Sie können also bestätigen, dass Sie Lina noch gesehen haben und Jensen Sie am besagten Tag unterrichtet hat.«

»Ja, es war alles wie immer.«

»Okay, dann will ich Sie nicht länger aufhalten. Vielen Dank.«

Karlsen verabschiedete sich rasch, bevor der junge Mann auf die Idee kam, nach seiner Funktion oder seinem Ausweis zu fragen.

Mit der Aussage Piet Sängers hatte sich seine Überzeugung, mit Jensen endlich den Täter ermittelt zu haben, endgültig in Luft aufgelöst. Er musste Christian und Heike darüber informieren und auch Frauke seine zerplatzte Hoffnung eingestehen. Seufzend zog er sein Handy hervor und sah, dass er eine Mail von Markus Weber erhalten hatte. Das gab es doch gar nicht, wochenlang hatte er vergeblich versucht, mit ihm Kontakt aufzunehmen, und nun meldete er sich in dem Moment, in dem eine Spur im Sande verlaufen war. Markus schrieb, er habe die Mail erst jetzt gesehen, da er in Urlaub gewesen sei. Er sei gerne bereit, mit ihm über Lina zu sprechen.

Karlsen schrieb zurück, ob es heute passen würde und ob er bereit sei, mit ihm über Skype zu sprechen.

Er hatte dieses Programm bisher noch nicht genutzt, wusste aber, dass man damit videotelefonieren konnte. Er zog es vor, wann immer es möglich war, den Menschen, die er befragte, in die Augen zu sehen zu. Die wenigsten Menschen hatten ihre Gesichtszüge soweit im Griff, dass sie nichts über ihren Seelenzustand verrieten. Noch während seiner Fahrt nach Hause erhielt er eine Antwort. An einer roten Ampel öffnete Karlsen sie. Markus erklärte sich einverstanden und schlug vor, sich in einer Stunde bei Skype zu treffen. Gleichzeitig schickte er ihm seine Kontaktdaten.

Das war ganz schön knapp. Hoffentlich schaffte er es, das Programm in der ihm verbleibenden Zeit auf seinem PC einzurichten.

# Kapitel 32

Zu Hause angekommen fuhr Karlsen seinen PC hoch und schaute nach, ob Skype nicht schon wie viele andere Programme vorinstalliert war. War es tatsächlich, doch er musste sich zunächst ein Konto einrichten. In buchstäblich letzter Minute war er fertig und gab den Kontakt von Markus ein. Da klingelte sein PC auch schon und er klickte auf den grünen Hörer. Auf dem Bildschirm erschien das Gesicht eines jungen Mannes mit freundlichen Gesichtszügen. Karlsen, der wusste, dass Markus Weber in der Politik tätig war, konnte sich ihn gut auf einem Wahlplakat vorstellen.

»Guten Tag, Herr Weber«, begann er das Gespräch. »Sie werden mich nicht kennen, allerdings hatte ich Ihnen ja schon in meiner Mail geschrieben, weswegen ich mit Ihnen sprechen möchte.«

»Ja, Lina ist gefunden worden. Das ist echt schlimm. Irgendwie hat man ja immer noch gehofft, sie würde eines Tages wieder auftauchen. Sie müssen entschuldigen, dass ich mich erst jetzt melde, aber ich war in Urlaub und schaue dann grundsätzlich nicht in meine Mails.« Markus Miene blieb freundlich.

»Danke, dass Sie sich überhaupt melden. Ich ermittle ja nicht in offizieller Funktion. Ich bin der Vater von Linas damaligem Freund Julius.«

»Oh. Der Junge, der Suizid begangen hat?«

Karlsen nickte bestätigend. »Er hat sich aber nicht wegen Schuldgefühlen getötet, wie jeder angenommen hat, sondern weil er es nicht mehr aushielt, für das Verschwinden Linas verantwortlich gemacht zu werden. Damals konnte ich den wahren Täter nicht ermitteln, so sehr ich es auch versucht habe. Doch nun gibt es neue Spuren und ich bin sicherer denn je, dass ein anderer Lina vergewaltigt und umgebracht hat.«

Markus' Augen wurden groß. »Sie wurde vergewaltigt?«, fragte er entsetzt.

»Ja leider. Die Obduktion hat das zweifelsfrei bewiesen.«

»Das ist ja grauenhaft. Wie kann ich Ihnen helfen?«

»Sie gehörten zum engsten Freundeskreis von Lina. Deswegen können Sie mir vielleicht sagen, ob es jemanden gab, der Lina etwas hätte antun wollen.«

Der junge Mann runzelte die Stirn, sein Blick verlor sich in der Ferne. Dann schüttelte er den Kopf. »Nein, nicht dass ich wüsste. Lina war überall beliebt. Sie war auch nicht der Typ, der Streit anfing oder mit dem man sich streiten konnte.«

»Und was ist mit einem abgewiesenen Verehrer? Der mit der Abweisung nicht klar kam?«

»Davon weiß ich nichts. Am besten befragen Sie die Freundinnen von Lina.«

»Das habe ich bereits getan. Von Ronja habe ich erfahren, dass es an Ihrer Schule eine unangenehme Gruppe von Kerlen gab, deren Anführer versucht hätte, bei Lina zu landen.«

»Oh.« Markus lachte kurz bitter auf. »Sie meinen Daniel und seine Bande. Das waren echt miese Typen, die eine Klasse über uns waren. Aber dass sich Daniel an Lina herangemacht haben soll, ist mir neu.«

»Sie hat das offenbar nicht an die große Glocke gehängt. Ronja erzählte mir auch, dass Sie besonders unter der Clique gelitten haben.«

»Das ist richtig. Ich bin schwul und habe schon früh keinen Hehl daraus gemacht. Damit wurde ich zur Zielscheibe dieser Idioten. Sie haben keine Gelegenheit ausgelassen, mich zu schikanieren. Sie sind mit ein Grund, warum ich auf Anrufe und Kontaktversuche durch Personen, die ich nicht kenne, sehr vorsichtig reagiere.«

»Das habe ich gemerkt.« Karlsen verzog ironisch den Mund. »Was können Sie mir noch über diese Gruppe sagen? Wer gehörte alles dazu und wie waren ihre Namen?«

»Oh man, das ist so lange her. Der Anführer hieß Daniel, den Nachnamen weiß ich nicht mehr. Ein anderer hieß Leon, das war der harmloseste von ihnen. Ich glaube, die haben ihn nur in der Clique geduldet, weil er ein Jahr älter war und bereits ein Auto hatte. Die anderen Namen weiß ich nicht mehr.«

»Um wie viele Jungs handelte es sich?«

»Kann ich nicht genau sagen. Mindestens vier, aber manchmal waren auch andere dabei.«

»Bitte denken Sie noch einmal genau nach. Können Sie mir irgendetwas sagen, was mir hilft, die Kerle zu identifizieren?«

Markus kratzte sich am Kinn. »Nein, tut mir leid. Ich weiß nur, dass sie ab und zu unter der Hochbrücke herumlungerten. Die hatten da wohl so eine Art Treffpunkt. Ich bin aus verständlichen Gründen nie dort langgegangen, wenn ich zu Lina wollte.«

Karlsen durchfuhr es wie ein Blitz. Die Hochbrücke, der Tatort, war der Treffpunkt dieser Bande? Dann könnte Lina an diesem verhängnisvollen Tag dort auf sie getroffen sein. »Wusste Lina, dass sich diese Kerle dort öfter aufhielten?«

»Keine Ahnung, es war ja nicht so, dass die eine große Rolle in ihrem Leben gespielt hätten. Die hatten es nur auf mich abgesehen.«

»Okay, dann vielen Dank für Ihre Hilfe. Bitte melden Sie sich bei mir, falls Ihnen noch etwas einfällt.«

»Mach ich. Viel Glück bei Ihrer Suche nach der Wahrheit.«

Karlsen beendete die Verbindung und verabschiedete sich von seiner Idee, dass Markus Weber etwas mit dem Verbrechen zu tun haben könnte. Der junge

218

Mann hatte durchweg ehrlich gewirkt und sein Verdacht war nur entstanden, weil er nicht auf seine Kontaktversuche reagiert hatte. Doch er hatte eine gute Erklärung für seine späte Rückmeldung gehabt. Es war darüber hinaus nur ein sehr schwacher Verdacht gewesen, worin hätte das Motiv bestehen sollen?

Dennoch war das Gespräch ein Erfolg gewesen. Langsam bildete sich ein Bild von den Vorgängen damals vor zehn Jahren. Wenn Lina wie vermutet nach dem Klavierunterricht den Weg am Kanal entlang genommen hatte, war sie möglicherweise unter der Hochbrücke auf diese Kerle gestoßen. Die Theorie von der aus dem Ruder gelaufenen Vergewaltigung nahm damit Gestalt an. Und endlich gab es auch einen Namen, oder besser gesagt zwei. Selbst wenn er alleine mit den Vornamen noch nicht viel anfangen konnte, war es dennoch ein Anfang. Es musste doch möglich sein, die Nachnamen herauszufinden. Besonders interessierte ihn der Anführer der Bande, der laut Markus Daniel geheißen hatte. Aber auch dieser Leon war interessant. Markus hatte gesagt, er sei älter als der Rest der Clique gewesen. Das konnte darauf hindeuten, dass er eine Klasse wiederholt hatte. Dann wäre er vorher in der gleichen Jahrgangsstufe wie Mette gewesen, die zwei Klassen über Julius in dieselbe Schule gegangen war. Schnell wählte er die Nummer seiner Tochter. Hoffentlich nahm sie das Gespräch an. Die Tatsache, dass sie es vorgezogen hatte, nicht anwesend zu sein, als er wegen des

Handys mit Tom verabredet gewesen war, hatte ihm gezeigt, dass sie nach wie vor nichts mit ihm zu tun haben wollte.

Er ließ das Telefon klingeln. Und als er schon nicht mehr daran glaubte, meldete Mette sich. »Was gibt es?«, fragte sie mit aggressivem Unterton.

Karlsen verdrehte die Augen, zum Glück telefonierte er nicht über Skype mit ihr. »Dir auch ein schönes Moin«, sagte er.

»Moin«, knurrte sie. »Also weswegen rufst du an?«

»Am liebsten, um einfach mit dir zu reden, aber das kann ich anscheinend vergessen. Darum möchte ich dir nur eine Frage stellen. Ich bin mit meinen Ermittlungen ein Stück weitergekommen.«

Mette stöhnte laut auf. »Gibst du eigentlich nie auf?«

»Nein, nicht bevor ich weiß, was mit Lina geschehen ist. Also meine Frage, gab es in deiner Jahrgangsstufe einen Jungen namens Leon, der später sitzengeblieben ist?«

»Du liebe Zeit, weißt du, wie lange das her ist?«

»Bitte denk nach. Du würdest mir sehr helfen.«

»In meiner Klasse gab es mal einen Leon, einen komischen Kerl, der einem nicht in die Augen schauen konnte. Er ist aber schon früh sitzengeblieben. Sein Vater war übrigens auch Polizist.«

Karlsens Puls beschleunigte sich. »Weißt du noch seinen Nachnamen?«

»Nee.«

»Schade, aber danke, du hast mir schon geholfen.«
Er zögerte. »Hör mal«, fuhr er fort, »können wir uns
nicht mal treffen? Ich würde sehr gerne mit dir reden.
Ich habe viel nachgedacht und mir ist so einiges klar-
geworden.«

»Ach ja? Dir geht es doch nur darum, die angeb-
liche Wahrheit herauszufinden.«

»Das ist nicht wahr«, verteidigte er sich. »Mir geht
es um dich, du bist meine Tochter und ich liebe dich.«
Es fiel ihm schwer, dieses Wort auszusprechen, selbst
seiner Tochter gegenüber, aber es wurde Zeit, dass er
das endlich lernte.

Anscheinend hatte er Mette damit beeindruckt.
»Du kannst dich ja melden, wenn du deine Ermittlungen abgeschlossen hast.«

»Und wenn ich das nicht schaffe?«

»Dann nicht. Ich will keinen Vater, der nur zum
Teil anwesend ist und ansonsten in der Vergangenheit
lebt. Ich muss Schluss machen. Tschüss.« Sie legte
auf.

Karlsen starrte gedankenverloren auf das Display
seines Handys. Jetzt hörte er bereits zum zweiten Mal
von einem Mitglied dieser Clique, die Markus
gemobbt hatte, dessen Vater Polizist sei. Er rief die
Nachricht von Christian erneut auf, in der er schrieb,
dass Heike sich daran erinnerte, dass Lina mal sowas
erwähnt habe. Es musste sich um ein und denselben
Jungen handeln. Leon, der schon früh sitzengeblieben

war. Jetzt musst er nur noch herausfinden, welcher Polizist, der hier vor zehn Jahren in Kiel seinen Dienst verrichtet hatte, einen Sohn namens Leon hat. Nichts leichter als das. Er lachte bitter auf. Abgeschnitten von allen offiziellen Kanälen war das ein Ding der Unmöglichkeit. Und leider gab es anders als in den USA keine Jahrbücher, in denen man alle Schüler eines Jahrgangs finden konnte.

Karlsen nahm sich einen Edding und stellte sich vor seine provisorische Pinnwand. Bisher gab es zwei Spalten, eine für Lina, in der alles sammelte, was er über die Tat und Lina wusste, und eine für Jule. Bei Lina strich er den Klavierlehrer durch. Diese Spur hatte sich als Sackgasse erwiesen. Dann legte er zwei neue Spalten an mit den Überschriften *Daniel* und *Leon*. Über die Spalten schrieb er »Hochbrücke«. Unter *Daniel* trug er ein: Anführer, Angeber, Weiberheld, Arschloch.

In die Spalte von Leon notierte er: Älter als die anderen, Führerschein und Auto, Vater Polizist.

Mehrere Ideen huschten blitzartig durch seinen Kopf, doch er konnte sie nicht packen. Ihm fehlte der Austausch mit seinem Team, die Ideen, die von anderen kamen und ihn voranbrachten. Er musste mit jemandem sprechen, der ebenfalls in seine Ermittlungen involviert war. Frauke. Sie war die Einzige, die in alle seine Ergebnisse Einblick hatte. Bis auf die Geschichte mit dem Klavierlehrer, aber der war ohnehin aus dem Rennen.

Ehe er es sich anders überlegte, rief er sie an.

»Wie war die Beerdigung?«, fragte Frauke statt einer Begrüßung. Mit Höflichkeit und Konventionen hielt sie sich offenbar nicht auf.

»Traurig. Danach allerdings wurde es interessant.«

»Inwiefern?«

»Längere Geschichte. Was hältst du davon, heute zu mir zu kommen. Ich koch uns auch was Schönes.«

»Schön muss es nicht unbedingt sein, lecker reicht schon.«

Karlsen lachte. »Ich kann beides, glaube ich jedenfalls. Ich bin ein bisschen aus der Übung.«

»Kannst du auch vegetarisch kochen?«

»Das ist doch ganz leicht, man lässt einfach das Fleisch weg.«

Jetzt lachte Frauke. »Genau, ganz leicht. Aber ich komme gerne. Ich habe noch eine schöne Flasche Wein, den ich mir für heute Abend vorgenommen hatte. Den bring ich mit, dann muss ich nicht alleine trinken.«

Sie verabredeten sich für den frühen Abend, was Karlsen noch genügend Zeit zum Planen des Essens und zum Einkauf ließ. Er öffnete Google auf seinem Smartphone und tauchte ab in die Welt der Vegetarier.

# Kapitel 33

Nach langem Hin und Her entschied er sich für eine vegetarische Lasagne mit Salat. Zum Nachtisch würde er eine leichte Orangencreme servieren. Mit einer Einkaufsliste ausgestattet fuhr er zum Supermarkt und kaufte alles, was er für den Abend und das hoffentlich gemeinsame Frühstück benötigte.

Wieder zu Hause schwang er beflügelt durch die Aussicht auf den Abend mit Frauke zu lange nicht mehr gehörter Musik den Kochlöffel und bereitete alles so weit vor, dass er die Lasagne nur noch in den Ofen schieben musste. Er deckte den Tisch und versuchte sich sogar an einer Tischdeko, die er nach näherer Betrachtung wieder entfernte. Das war doch etwas übertrieben, außerdem sah sie erbärmlich aus. Stattdessen stellte er zwei Kerzen auf den Tisch. Schon besser. Nun hatte er sogar noch Zeit zum Duschen.

Er zog sich gerade ein frisches Hemd an, als es klingelte. Mit einem lockeren Spruch auf den Lippen drückte er auf den Türöffner und wartete, dass Frauke die Treppe heraufkam. Den Spruch schluckte er schnell wieder herunter, denn es war nicht Frauke, die den letzten Treppenabsatz nahm, sondern Mette.

»Hallo«, sagte sie und lächelte schüchtern. »Ich hoffe, ich störe nicht.«

Karlsen wurde heiß. »Nein, nein«, stammelte er. »Komm rein.« Er ließ sie herein und nahm ihr die Jacke ab.

»Ich habe nachgedacht«, sagte Mette. »Vielleicht meinst du es ja wirklich ernst damit, dass dir etwas an mir liegt.«

»Selbstverständlich meine ich das ernst.« Karlsen lotste sie sein Wohnzimmer. Leider war die Tür zur angrenzenden Wohnküche offen und Mettes Blick fiel auf den gedeckten Tisch. »Oh«, sagte sie, »du erwartest Besuch?«

Karlsen schloss resigniert die Augen. »Ja«, antwortete er hilflos. Er wusste nicht, wie er mit der Situation umgehen sollte.

»Das sieht nach einem Date aus.« Mette drehte sich auf dem Absatz um. »Dann will ich nicht stören.«

Karlsen eilte hinter ihr her. »Bitte, bleib doch ...«

Die Klingel ertönte. Diesmal war es wirklich Frauke, die vor der Tür stand und ihm eine Flasche Rotwein entgegenhielt. »Die Tür unten war offen«, erklärte sie. Dann erblickte sie Mette und sie zog erstaunt die Augenbrauen hoch.

»Ich wollte gerade gehen«, sagte Mette und schnappte sich ihre Jacke von der Garderobe.

»Aber doch nicht wegen mir«, hielt Frauke sie auf. »Ich bin Frauke«, erklärte sie und hielt Mette die Hand hin.

»Mette«, sagte diese schroff und übersah die Hand.

»Sie sind sicher Peers Tochter?« Frauke ließ sich nicht beirren. »Ich bin eine Bekannte Ihres Vaters«, fuhr Frauke fort.

Karlsen stand daneben und fühlte sich so unwohl in dieser Situation, dass ihm der Schweiß ausbrach.

»Ja dann, einen schönen Abend«, sagte Mette und riss die Tür auf.

»Du bist doch gerade erst gekommen«, bemühte sich Karlsen, Einfluss auf das Geschehen zu nehmen.

»Und das offensichtlich unpassend.« Sie stürmte aus der Wohnung.

»Mette! Bitte warte.« Karlsen lief hinter ihr her und holte sie kurz vor der Haustür ein. »Warum reagierst du so sauer? Ich wusste doch nicht, dass du kommst.«

»Ich bin nicht sauer«, entgegnete Mette und legte ihre Hand auf den Türgriff.

Karlsen hielt sie am Arm fest. »Lauf doch nicht so davon. Ich bin froh, dass du mich besuchen kommst. Bitte bleib, Frauke hat sicher nichts dagegen.«

Mette wand sich aus seinem Griff. »Das sieht sie bestimmt anders. Wer ist sie überhaupt? Deine Freundin?«

»Sie ist die Gerichtsmedizinerin, die mit Linas Fall betraut ist. Und vielleicht wird sie meine Freundin.«

Plötzlich grinste Mette. »Hast du dich auf deine alten Tage verliebt?«, fragte sie und knuffte ihm in den Bauch.

Karlsen zuckte verlegen mit den Schultern. »Ach was. Ich finde sie einfach ...« Er überlegte. Er hatte *nett* sagen wollen, aber das traf es überhaupt nicht. »...interessant«, sagte er schließlich.

»Ich komme ein anderes Mal wieder«, lenkte Mette ein. »Dann rufe ich aber vorher an.«

»Darüber würde ich mich wirklich sehr freuen. Aber jetzt bist du extra den weiten Weg aus Hamburg gekommen ...«

»Keine Sorge. Ich war schon bei Mama. Wir haben über dich gesprochen und dann hatte ich den spontanen Einfall, zu dir zu fahren. Also, alles gut.« Sie beugte sich vor und drückte ihm einen Kuss auf die haarige Wange. »Ich melde mich.« Und dann war sie weg.

Frauke stand immer noch im Flur und sah nicht gerade glücklich aus. »Schlechtes Timing«, stellte sie fest.

»Kann man wohl sagen. Jahrelang wehrt sie jeden Kontaktversuch ab und dann kommt sie ausgerechnet heute. Aber ich konnte sie beruhigen, sie meldet sich das nächste Mal vorher an.«

Er nahm ihr den Wein ab und sie hängte ihre Jacke an die Garderobe. In der Küche bewunderte sie den gedeckten Tisch. »Du hast dir ja richtig Mühe gegeben. Wird das ein romantischer Abend?«

»Mal sehen.« Karlsen schob die Lasagne in den Ofen und öffnete den Wein, den Frauke mitgebracht hatte. Er füllte ein Glas und reichte es ihr. Dann schüttete er sich ebenfalls ein Glas ein und stieß mit ihr an. »Auf einen, wenn du willst, romantischen Abend.«

»Dann müssten eigentlich noch rote Rosen auf dem Tisch stehen.«. Sie grinste ihn an.

»Stimmt, aber ich bin etwas aus der Übung.«

»Ich war noch nie in Übung und bin weiß Gott nicht der romantische Typ. Erzähl mir lieber, ob du mit deinen Ermittlungen weiter gekommen bist.«

»Die Spur mit dem Liebhaber von Lina ist leider im Sande verlaufen. Es hat sich herausgestellt, dass sie eine Affäre mit ihrem Klavierlehrer hatte, aber der hat ein bombenfestes Alibi. Er kann nicht der Täter sein, so gut es auch gepasst hätte.«

»Also alles wieder auf Anfang?«

»Nicht unbedingt.« Er ging ins Wohnzimmer und zeigte auf seine Pinnwand. »Ich habe endlich mit dem Freund von Lina gesprochen, der sich bisher nicht zurückgemeldet hat. Er war damals von der Clique gemobbt worden, von der Ronja berichtet hat, und konnte sich noch an zwei Namen erinnern. Da gab es einmal den Anführer der Bande, Daniel, und einen weiteren, etwas älteren mit Namen Leon. Markus Weber vermutet, dass dieser nur in der Bande geduldet wurde, da er als einziger bereits einen Führerschein und ein Auto hatte. Dieser Leon war in der gleichen Klasse wie Mette, bis er sitzengeblieben ist. Mette konnte sich daran erinnern, dass sein Vater Polizist war und auch Linas Mutter wusste von einem Jungen, der beim Mobbing von Markus dabei war, dessen Vater Polizist war.«

»Warum sind diese Kerle interessant?«

»Weil der Anführer, dieser Daniel, versucht hat, sich an Lina heranzumachen, sie ihn aber hat abblitzen lassen.«

»Reicht das als Motiv?«

»Es ist vielleicht ein wenig dünn, aber die Tatsache, dass sich diese Clique gerne unter der Holtenauer Hochbrücke traf, lässt sie sehr verdächtig erscheinen.«

»Dort wo Julius den Rucksack von Lina gefunden hat und ihr Blut entdeckt worden war?«

»Genau da. Es könnte doch sein, dass Lina auf ihrem Weg vom Klavierunterricht nach Hause auf die Kerle getroffen ist. Daniel ist immer noch gekränkt wegen ihrer Abweisung und bedrängt sie. Er vergewaltigt sie und erwürgt sie anschließend.«

»Und die anderen schauen einfach zu?« Frauke schürzte zweifelnd die Lippen.

»Oder machen mit. Es wäre nicht das erste Mal, dass ein Mädchen von mehreren vergewaltigt wird.«

»Furchtbare Vorstellung, aber leider durchaus realistisch. Wie willst du jetzt weiter vorgehen?«

»Ich muss die Identität der Kerle herausfinden.«

»Was ist mit dem ehemaligen Mitschüler deiner Tochter? Dessen Vater bei der Polizei ist. Kennt sie seinen Nachnamen?«

»Leider nein, und auch sonst konnte sich niemand, mit dem ich gesprochen habe, erinnern.«

»Dann hilft das ja nicht wirklich weiter, du kannst ja schlecht jeden deiner Kollegen fragen, ob sie einen Sohn namens Leon haben.«

»Wenn ich wenigstens wüsste, ob dieser Vater Schutzpolizist war oder bei der Kripo gearbeitet hat. Aber so kommen einfach zu viele infrage.«

»Du könntest noch Leons wahrscheinliches Alter eintragen. Wie alt ist deine Tochter?«

»Achtundzwanzig.« Karlsen nahm den Stift und trug diese Zahl in der Spalte von Leon ein. In Klammern setze er die Zahl Achtzehn dahinter. »So alt war er zum Tatzeitpunkt. Sein Vater müsste also etwa in meinem Alter sein. Aber selbst das grenzt den Personenkreis nur wenig ein.«

Frauke starrte auf die Pinnwand. »Du kannst noch das Alter von Daniel eintragen. Der war ja wahrscheinlich ein Jahr jünger.«

Karlsen trug das heutige und damalige Alter in die Rubrik von Daniel ein.

»Und möglicherweise ist er heute Polizist«, sagte Frauke.

»Vorausgesetzt, die Fälle Jule und Lina hängen zusammen.« Er schrieb *Polizist* mit einem Fragezeichen auf die Pinnwand. »In diesem Fall könnte dieser Daniel einer der Mitschüler Jules gewesen sein. Das lässt sich problemlos feststellen. Ich habe von Kommissar Felder nur den wichtigsten Teil der Akte ausgedruckt. Die Vernehmungsprotokolle habe ich nicht gesehen. Ich rufe ihn am Montag an und frage danach.«

»Gute Idee. Grüß ihn bei der Gelegenheit von mir und er soll mir mal ein Foto seines Sohnes schicken. Mich interessiert, wie der kleine Felder aussieht.«

Ein Klingeln ertönte in der Küche. »Ah«, sagte Karlsen, »die Lasagne ist fertig.«

# Kapitel 34

Montag Vormittag stand Karlsen zum zweiten Mal in der Polizeidirektion in Itzehoe und wartete darauf, dass Felder ihn abholte. Die Tür zum Treppenhaus öffnete sich und heraus kam eine der schönsten Frauen, die Karlsen jemals in der Realität gesehen hatte. Sie war groß und schlank, ihre glänzend blonden Haare fielen ihr bis über die Schultern, ihre feingeschnittenen Gesichtszüge strahlten Gesundheit und Zufriedenheit aus. Trotz ihrer unübersehbaren Schwangerschaft bewegte sie sich mit der Grazie einer Balletttänzerin. Sie kam auf ihn zu und reichte ihm die Hand. »Sie sind sicher Herr Karlsen. Ich bin Jette Reimann. Herr Felder ist gerade zu unserem Chef gerufen worden und hat mich gebeten, Sie nach oben zu bringen.«

Obwohl er mit der Statur eines Bären ausgestattet war, haderte Karlsen für gewöhnlich nicht mit seinem Aussehen. Jetzt aber fühlte er sich plump und unbeholfen neben ihr. Er erwiderte ihren Händedruck. »Das ist ..., äh, danke«, stammelte er und fragte sich, ob sie wusste, dass er nicht in offizieller Mission hier war und Felder ihm strenggenommen keine Informationen weitergeben durfte.

Frau Reimann steuerte auf den Aufzug zu und drückte den Knopf. Mit einem Knirschen schob sich die Tür beiseite und gab den Blick in die heruntergekommene Kabine frei. »Tja«, sagte sie. »Das Gebäude ist schon etwas in die Jahre gekommen. Eigentlich soll eine neue Direktion gebaut werden, aber die Politik kann sich seit Jahren auf keinen Standort einigen. Bis das geschehen ist, müssen wir mit dem hier auskommen.«

Im vierten Stock führte sie Karlsen in das Büro von Felder. »Er kommt sicher gleich. Möchten Sie in der Zwischenzeit einen Kaffee oder Tee?«

»Einen Kaffee gerne.« Frau Reimann verließ das Büro. Karlsen setzte sich auf einen Besucherstuhl. Er wagte nicht, auf dem Monitor des Kommissars nachzusehen, ob die Akte Jule Petersen geöffnet war. Es war warm in dem Raum und er begann in seiner dicken Jacke zu schwitzen. Er zog sie aus und legte sie auf den Stuhl neben sich.

Wenig später betraten Felder und Frau Reimann das Zimmer. Felder grüßte und setzte sich hinter seinen Schreibtisch, Frau Reimann an den ihm gegenüber. Karlsen zog fragend die Augenbrauen hoch.

»Keine Sorge«, sagte Felder, »Frau Reimann und ich haben keine Geheimnisse voreinander.« Er lächelte sie an.

»Das will ich auch hoffen«, erwiderte die junge Frau. »Immerhin bekomme ich nun schon das zweite Kind von dir.«

Karlsen sah perplex zwischen den beiden hin und her. Felder grinste und zuckte mit den Schultern. »Sie fragen sich wahrscheinlich, wie ich an diese tolle Frau gekommen bin.«

Diese schüttelte den Kopf. »Jetzt übertreib mal nicht.« Sie wandte sich an Karlsen. »Steffen hat mir von Ihrem Sohn erzählt und dass Sie vermuten, dass Ihr Fall mit dem Mord an Jule Petersen zusammenhängt.«

»Zwischenzeitlich habe ich eine andere Spur verfolgt, doch die hat sich bei näherem Hinschauen zerschlagen. Aber ich bin auf einen anderen Verdächtigen gestoßen, dessen Vornamen Daniel lautet. Wenn es sich bei den beiden Fällen um ein und denselben Täter handelt, findet sich eventuell unter den Mitschülern Jules auf der Polizeischule ebenfalls ein Daniel.«

»Haben Sie noch weitere Angaben zu dem Mann?«, fragte Felder.

»Er müsste jetzt etwa siebenundzwanzig Jahre alt sein.«

Felder gab etwas auf der Tastatur seines PCs ein. Konzentriert schaute er auf den Monitor. »Hm«, machte er nach einer Weile. »Es gab unter den Polizeischülern zwei Daniels.«

Karlsen setzte sich aufrecht hin. »Können Sie sehen, wo die damals gewohnt haben?«

Felder klickte eine weitere Seite an. »Beide waren in Kiel gemeldet.«

»Können Sie die Prämissen noch ein wenig eingrenzen?«, schaltete sich Frau Reimann ein.

»Der Daniel, den ich suche, muss auf das Ernst-Barlach-Gymnasium gegangen sein.«

»Das geht aus der Akte nicht hervor«, meinte Felder.

Frau Reimann stand auf. »Ich bitte John um Hilfe. Der findet so etwas doch mit Leichtigkeit heraus. Welche Nachnamen haben die beiden Daniels?«

»Schrader und Mölken.«

»Gut. Mal sehen, was John über sie zu Tage fördern kann.« Damit verließ sie den Raum.

»John ist unser hauseigener Hacker«, erklärte Felder mit einem Augenzwinkern. »Alles natürlich vollkommen legal.«

»Praktisch, so einen Kollegen im Team zu haben.«

»Oh ja, er hat schon oft Ermittlungen mit seinen Fähigkeiten vorangetrieben.«

Karlsen dachte an seine eigene Dienststelle, wo solche Fähigkeiten in der IT-Abteilung gebündelt waren, aber zu deren Nutzung eine Menge Bürokratie erforderlich war. »Ich habe mir letzte Woche, als Sie freundlicherweise das Büro verlassen haben, die Ermittlungsakte nur recht oberflächlich angeschaut. Gab es eigentlich neben dem Slip noch weitere Spuren?«

»An der Leiche wurden DNA-Spuren gefunden. Dazu gab es allerdings keinen Treffer. Als dann Thorsten Janke verhaftet wurde, wurde dem nicht weiter nachgegangen.«

»Warum nicht? Das hätte Janke doch entlasten können.«

Felder zuckte mit den Schultern. »Das dürfen Sie mich nicht fragen, ich war damals noch nicht in Itzehoe und der Ermittlungsleiter ist in Rente. Aber Sie haben recht, das war keine gute Ermittlungsarbeit.«

»Genau wie in meinem Fall. Falls in beiden Fällen ein und derselbe Täter dahinter steckt, hat er ganz schön Glück gehabt, dass nach einem ersten Verdacht niemand mehr genau hingeschaut hat.«

Frau Reimann betrat das Büro mit einem Ausdruck in der Hand, den sie Felder auf den Tisch legte. »Daniel Schrader«, sagte sie. »Geboren in Kiel und zur fraglichen Zeit Schüler des Ernst-Barlach-Gymnasiums. Und heute Polizeiobermeister bei der Schutzpolizei in Kiel.«

Karlsen sprang aufgeregt auf. »Darf ich mal?«, sagte er und schnappte sich den Ausdruck von Felders Schreibtisch. Darauf stand ein kurzer Lebenslauf, seine Dienststelle, sein Grad sowie seine heutige Anschrift. »Das ist er!«

»Und das schließen Sie aus der Tatsache, dass er auf derselben Schule wie Lina Mayfeldt und ebenfalls auf der Polizeischule war?«

»Es gibt noch weitere Indizien. Dieser Kerl hat mal versucht, bei Lina Mayfeldt zu landen. Die hat ihn jedoch abgewiesen. Darüber hinaus war er Anführer einer Clique an der Schule von Lina, die dort für Unruhe gesorgt hat. Und ein Treffpunkt dieser Bande war der Ort, von dem Lina vor zehn Jahren verschwunden ist. Dort wurden später Blutspuren von ihr gefunden. Die Obduktion hat jetzt ergeben, dass Lina vergewaltigt und anschließend erwürgt wurde. Ich denke, sie wurde Opfer dieser Kerle. Danach haben sie Spuren gelegt, die auf meinen Sohn zeigten. Genau wie der Slip von Jule den Verdacht auf Janke lenkte.«

»Der wurde doch bei einer Verkehrskontrolle gefunden?«, wollte Frau Reimann wissen. »Was, wenn Schrader einer der Beamten bei dieser Kontrolle war und den Slip im Auto des jungen Mannes versteckt hat?«

»War Schrader zu dem fraglichen Zeitpunkt mit seiner Ausbildung so weit fortgeschritten, dass er schon Streife fuhr?«, fragte Karlsen.

»Nein«, antwortete Felder. »Er war wie Jule Petersen im ersten Ausbildungsjahr.«

»Er könnte den Slip in Jankes Auto versteckt haben. Ich habe Janke in der JVA besucht, er sagte, dass sein Auto ein altes, leicht zu knackendes Modell war. Er sei angehalten worden, weil jemanden der Polizei einen Tipp gegeben habe, er sei ein Dealer und würde Drogen transportieren. Was Janke übrigens vehement abgestritten hat, er habe nie etwas mit Drogen zu tun gehabt. Möglicherweise war der Tippgeber Schrader. Er versteckt den Slip in dem Auto von Jules Ex, von dem er weiß, da Jule über ihn gesprochen hat. Anschließend ruft er anonym bei den Kollegen an und muss nur abwarten, was passiert.«

»Tja, so könnte es gewesen sein, nur haben wir leider keinerlei Beweise.«

»Aber einen Anfangsverdacht«, sagte Frau Reimann. »Das müsste ausreichen, um die Ermittlungen wieder aufzunehmen.«

Felder kratzte sich am Kinn. »Der Fall Jule Petersen fällt tatsächlich in unseren Aufgabenbereich. Ich rede mal mit unserem Chef.«

»Hoffentlich ist der einsichtiger als mein Chef«, meinte Karlsen. »Der weigert sich trotz der neuen Erkenntnisse, den Fall wieder aufzunehmen.« Er stand auf. »Sie haben mir sehr weitergeholfen. Vielen Dank für Ihr Entgegenkommen.«

»Dafür nicht«, sagte Felder. »Aber kommen Sie mir mit Ihren privaten Ermittlungen nicht in die Quere. Nicht dass eine Verurteilung des Täters an der Einmischung Unbefugter scheitert.«

»Nein, der Fall Jule Petersen ist Ihrer, ich kümmere mich nur um meinen Fall. Wenn ich allerdings etwas finde, dass für Sie wichtig ist, melde ich mich.«

»Einverstanden.« Felder reichte Karlsen die Hand. »Viel Erfolg.«

»Ihnen auch. Wir bleiben aber in Verbindung?«

»Ich halte Sie auf dem Laufenden.«

# Kapitel 35

Auf der Rückfahrt fuhr Karlsen über die Bundesstraße, die von Itzehoe zur Autobahn nach Kiel führte, hinter einem Lastwagen her, der die für ihn erlaubten achtzig Stundenkilometer leider nicht ausnutzte. Es regnete, die Sicht war schlecht und wegen des ständigen Gegenverkehrs war an ein Überholen nicht zu denken. So kroch er durch die Landschaft und grübelte über sein weiteres Vorgehen nach. Er war sicher, mit Daniel Schrader den wahren Täter gefunden zu haben. Aber sicher zu sein, reichte nicht, um damit zum Staatsanwalt zu gehen. Noch weniger zu Harms, der sich stur weigerte, den Fall wieder aufzurollen. Nein, es mussten Beweise her. Aber wie er die nach so langer Zeit auftreiben sollte, war ihm ein Rätsel.

Natürlich konnte er Schrader mit seinem Verdacht konfrontieren, aber so, wie er ihn einschätzte, würde er jede Beteiligung leugnen. Außerdem wäre das eine Einmischung in Felders Ermittlungen, wenn dieser denn die Erlaubnis dazu erhielt. Da sich der Fall Lina mit dem von Jule kreuzte, hielt er sich besser von dem Hauptverdächtigen fern. Aber es gab ja noch die anderen Mitglieder dieser Clique, die mutmaßlich an der Vergewaltigung beteiligt waren. Mindestens dieser

Leon musste dabei gewesen sein, da er als Einziger über ein Auto verfügte und die Leiche Linas nur mit einem Auto vom Tatort unter der Brücke bis zum zwanzig Kilometer entfernten Fundort des Skeletts transportiert werden konnte. Diesen Jungen hatte er allerdings noch nicht identifiziert. Ihm war nur der Name *Leon* bekannt und die Tatsache, dass sein Vater bei der Polizei gewesen war. Und dass er dieselbe Klasse wie Mette besucht hatte. Er stutzte. Vielleicht besaß seine Exfrau noch Unterlagen aus der frühen Gymnasialzeit seiner Tochter, anhand derer er den Namen des Mitschülers in Erfahrung bringen konnte. Ein Blick auf die Uhr in seinem Wagen zeigte ihm, dass Dörte wahrscheinlich noch arbeiten war. Er rief sie dennoch über seine Freisprechanlage an. Nach viermaligen Klingeln nahm sie das Gespräch an. »Entschuldige, dass ich dich auf der Arbeit störe«, sagte Karlsen. »Ich muss nochmal mit dir sprechen. Hast du nachher Zeit?«

»Um was geht es denn?« Dörte klang ungeduldig.

»Ich frage mich, ob du noch Unterlagen aus Mettes Schulzeit hast.«

»Was willst du denn damit?«

»Ich suche einen ehemaligen Mitschüler Mettes.«

Sie seufzte. »Du kannst nachher gegen siebzehn Uhr vorbeikommen.«

»Okay, danke.« Er beendete das Gespräch und schlich weiter hinter dem LKW her, bis er schließlich die A7 erreichte. Der Laster bog zwar gleichfalls auf die Autobahn, doch hier konnte er ihn endlich überholen.

Pünktlich um siebzehn Uhr parkte Karlsen sein Auto vor Dörtes Haus. Sie hatte ihn offenbar kommen sehen und öffnete die Tür, ohne dass er klingeln musste.

»Magst du einen Kaffee, bevor wir auf den staubigen Speicher krabbeln?«, fragte sie.

»Lieber danach. Dann können wir den Staub damit hinunterspülen.«

»Na, dann los.« Dörte lief ihm voraus in den ersten Stock und zog die Ausziehtreppe zum Dachboden hinunter. Flink kletterte sie auf den Speicher, Karlsen folgte ihr schwerfällig. Oben angelangt zeigte Dörte auf einen Stapel Kartons. »Einer von denen muss es sein.« Sie zog den ersten Karton von dem Stapel und öffnete ihn. »Der ist es nicht.«

Karlsen schnappte sich den nächsten. Doch der enthielt nur die alten Schmusetiere von Mette. »Du wirfst wohl nichts weg?«, meinte er.

»Natürlich nicht. Stell dir vor, Mette bekommt selbst irgendwann Kinder.«

»Dann wird sie denen ja wohl kaum diese muffigen alten Viecher geben.«

»Aber vielleicht wird sie dann sentimental und möchte selbst noch einmal ihren alten Teddy sehen.« Dörte kramte in dem dritten Karton. »Ha«, rief sie triumphierend. »Das ist der richtige.« Sie schob ihn zu

Karlsen, der ihn vorsichtig die Treppe hinunter balancierte.

Im Wohnzimmer stellte er den Karton vor dem Sofa auf den Boden, setzte sich und öffnete ihn. Gebündelte Schulhefte, alte Bücher und eine Mappe mit den Zeugnissen der Kinder blickten ihm entgegen. Und Staub, der Karlsens Lunge reizte und zu einem ausgewachsenen Hustenanfall führte.

Dörte war in die Küche gegangen, um den Kaffee aufzusetzen. »Alles okay?«, fragte sie und blickte besorgt um die Ecke.

»Ja, ja«, krächzte Karlsen.

»Wonach suchst du eigentlich?« Dörte war aus der Küche gekommen.

»In der Klasse von Mette war mal ein Leon, der aber recht früh sitzengeblieben ist. Ich brauche unbedingt seinen Nachnamen. Ich weiß nur, dass sein Vater ebenfalls Polizist war.«

»Ich erinnere mich. Bei einem Schulfest habe ich mich mit der Mutter eines Klassenkameradens von Mette unterhalten. Dabei haben wir festgestellt, dass unsere Männer beide Polizisten waren.«

Karlsen sah sie erwartungsvoll an. »Weißt du noch ihren Namen?«, fragte er.

»Nein, an den kann ich mich nicht erinnern. Ich weiß auch gar nicht, ob sie ihn mir gesagt hat.«

»Schade.« Karlsen setzte seine Inspektion des Kartons fort. Doch er förderte nur noch ein altes Klassenfoto zu Tage. »Kannst du mir die Namen der Kinder darauf sagen?«, fragte er Dörte und reichte ihr das Foto.

Die besah es sich gründlich und schüttelte anschließend den Kopf. »Von den Jungs erkenne ich keinen wieder. Das hier müsste Jana sein.« Sie zeigte auf ein Mädchen mit Zöpfen. Karlsen konnte sich an sie erinnern, sie war die beste Freundin ihrer Tochter gewesen.

»Nein, tut mir leid.« Dörte gab ihm das Foto zurück. »Das ist zu lange her.«

Mittlerweile war der Karton leer und Karlsen hatte jedes Dokument genau untersucht, leider hatte sich keine Namensliste unter den Papieren gefunden. Diese Unterlagen waren eine Sackgasse. Enttäuscht ließ er sich zurücksinken.

Dörte brachte ihm einen Becher mit Kaffee. »Immer noch mit Zucker?«

»Schwarz bitte. Den Zucker lasse ich neuerdings weg, ich soll ein bisschen auf mein Gewicht achten, sagt zumindest der Arzt.«

»Du warst ja noch nie schlank, aber er hat sicher recht.«

Karlsen überlegte, ob er Dörte reinen Wein einschenken und ihr von seinem Lungenkrebs erzählen sollte, verwarf die Idee aber wieder. Nicht bevor er das CT hinter sich hatte und somit eine genaue Diagnose. Er wollte sich keinem Mitgefühl und Bedauern aussetzen, von dem er nicht wusste, wie er damit umgehen sollte. Bei Krebs reagierten die Leute immer

total verkrampft, so als trage man schon das Leichen-
gewand und schaue nur noch durch ein Fenster im
Sargdeckel auf das Leben dort draußen. Doch er war
noch nicht tot, fühlte sich sogar lebendiger als in den
vergangenen zehn Jahren, und wer weiß, vielleicht
war der Krebs noch nicht weit fortgeschritten und ließ
sich heilen.

# Kapitel 36

Sich sorgfältig umschauend, damit er keinem bekannten Kollegen über den Weg lief, betrat Karlsen am nächsten Morgen die »Blume«. So wurde die Bezirkskriminalinspektion im Volksmund aber auch von den Kollegen selbst genannt nach der Straße, an der das Gebäude lag. Hier waren im obersten Stockwerk die Mordkommission und somit sein Arbeitsplatz untergebracht. Doch er steuerte in den Keller zum Archiv. Dort residierte ein altgedienter Kollege, der zu schwerfällig für die tagtägliche Polizeiarbeit geworden war. Herausgerissen aus dem Tagesgeschäft langweilte er sich seiner Pensionierung entgegen und nutzte jede Gelegenheit zu einem Plausch mit einem Kollegen. So kam es, dass er die Schaltzentrale des internen Klatsches war. Wenn jemand wusste, ob einer der Kollegen einen Sohn namens Leon hatte, dann er.

»Moin, Hartmut«, grüßte Karlsen und betrat den Vorraum des Archivs.

»Moin, Peer«, antwortete der Archivar. »Was machst du denn hier? Bist du nicht suspendiert worden?«

War ja klar, dass sich diese Tatsache bis zu ihm herumgesprochen hatte. Es kam ja nicht alle Tage vor, dass ein Kollege suspendiert wurde.

»Ach, das ist nur ein Missverständnis. Das wird sich bald aufklären«, wiegelte Karlsen ab. »Wie geht es dir denn so?«

»Frag nicht. Die Knochen, weißt du?« Hartmut rieb sich den Rücken.

»Echt, so schlimm?« Karlsen heuchelte Mitgefühl.

»Komm du mal in mein Alter. Dann weißt du, wovon ich rede. Ich kann nicht sitzen ohne Schmerzen, aber Stehen und Laufen geht auch nicht. Und dann diese schweren Kartons, die ich immer heben muss.«

»Warum lässt du dich nicht vorzeitig pensionieren?«

»Um mich zu Hause zu langweilen? Ganz abgesehen von meiner Frau, die mich zu gesunder Ernährung und mehr Sport drängt. Nee, da bleib ich lieber hier und atme den ganzen Tag Staub ein.«

»Irgendwann kannst du dich gegen die Pensionierung nicht mehr wehren.«

»Hör bloß auf. Aber vielleicht habe ich ja Glück und falle vorher tot um.«

»Hast du keine Enkel, die dich auf Trab halten?« Karlsen lobte sich für seinen geschickten Schlenker in Richtung Familie.

Die Hängebacken des Kollegen sanken noch ein Stück tiefer. »Meine Frau und ich haben leider keine

Kinder bekommen. Und wir haben es weiß Gott versucht. Doch es hat nicht sollen sein. Hat aber auch seine Vorteile. So muss ich mir zum Beispiel keine Sorgen um die Zukunft meiner Kinder und Enkel machen. Wer will denn in diese Welt noch Kinder setzen? Mit dem Klimawandel, dem Krieg und diesem irren Orang-Utan, der den Thron der USA anstrebt?«

Karlsen staunte. So viel politisches Bewusstsein hätte er dem in seinen Augen einfach gestrickten Kollegen nicht zugetraut.

»Aber was soll's«, fuhr der fort. »Du bist sicher nicht gekommen, um dir mein Gejammer anzuhören. Also, womit kann ich dir helfen? Brauchst du irgendetwas aus dem Archiv?«

»Darum würde ich dich nie bitten. Immerhin bin ich suspendiert und ich will dich nicht in Schwierigkeiten bringen. Aber ich habe mir gedacht, da du hier als Dienstältester alle Kollegen kennst, kannst du mir sicher eine Frage beantworten.«

»Frag, ich gebe mein Bestes.« Hartmut zwinkerte ihm zu.

»Ich müsste wissen, ob einer der Kollegen einen Sohn namens Leon hat. Der müsste jetzt ungefähr achtundzwanzig Jahre alt sein.«

»Wofür willst du das denn wissen?«

Karlsen zögerte. »Ich könnte dir ja jetzt irgendeinen Mist erzählen«, sagte er, »Aber die Wahrheit ist, dass ich das für eine private Recherche wissen will.«

Der ältere Kollege zog die Augenbrauen hoch. »Sag nicht, dass du noch immer wegen deines Sohnes ermittelst.«

»Doch, ich habe nach dem Fund der Leiche des Mädchens, das vor zehn Jahren verschwand, wieder damit angefangen.«

»Aha, jetzt verstehe ich auch, warum du suspendiert bist. Du bist wohl jemanden auf den Schlips getreten. Und mit *jemand* meine ich deinen Chef, der damals deinen Sohn beschuldigt hat.«

Karlsen zuckte mit den Schultern. »Muss wohl«, sagte er. »Also, kannst du mir helfen?«

»Kann ich. Ebendieser Chef hat einen Sohn namens Leon.«

Karlsen erstarrte.

Hartmut bemerkte dies nicht. »Eine traurige Geschichte mit diesem Sohn«, fuhr er ungerührt fort. »Da hat Harms nur ein Kind und dann sowas. Ich habe gehört, dass Leon psychisch krank ist und immer wieder in die Klapse muss.«

»Ich weiß, dass der Sohn von Harms unter Depressionen leidet«, sagte Karlsen gereizt, da er den respektlosen Ausdruck für ein psychiatrisches Krankenhaus verabscheute.

»Ja, ganz schlimm. Er kann nicht mal eine Ausbildung machen oder arbeiten gehen. Er besucht nur eine Behindertenwerkstatt.«

»Das nennt man heute Werkstatt für angepasste Arbeit.«

»Wie auch immer. Auf jeden Fall hat es Harms nicht leicht mit seinem Sohn. Und du wusstest nicht, wie der Sohn heißt?«

»Harms und ich pflegen nicht gerade ein freundschaftliches Verhältnis. Ich wusste nur, dass er einen Sohn hat, aber nicht, wie er heißt.«

»Jetzt weißt du es. Aber was könnte der mit deinem Fall zu tun haben?«

»Wahrscheinlich gar nichts. Es muss sich um einen anderen Leon handeln. Trotzdem danke und schönen Tag noch.«

Karlsen beeilte sich, das stickige Archiv zu verlassen. Ihm schwirrte der Kopf. War es möglich, dass der Sohn von Harms dieser Leon aus der Clique um Daniel Schrader war? Unmöglich, Schrader hätte einen psychisch kranken Jungen niemals zu seiner Gruppe zugelassen. Oder war Leon zu dieser Zeit noch nicht erkrankt? Mette hatte zwar gesagt, dass er etwas seltsam gewesen sei und anderen Menschen nicht in die Augen schauen konnte, doch offensichtlich war er nicht so schlimm beeinträchtigt gewesen, dass er nicht hätte zur Schule gehen können. Möglicherweise war er erst nach dem Mord an Lina so schwer erkrankt. Gesetzt den Fall, dass er beteiligt gewesen war, konnte er womöglich nicht mit seiner Schuld leben. Wenn es sich wirklich um Harms' Sohn handelte.

Ein neuer Gedanke kristallisierte sich in seinem Kopf. Es wäre doch denkbar, dass Leon unter Gewissensbissen gelitten und mit seinem Vater gesprochen hatte. Und der wollte seinen Sohn beschützen und sei es auf Kosten eines anderen. Oder – und das hielt er für wahrscheinlicher – Harms hatte Leon davon abgehalten, sich zu stellen, um seiner Karriere nicht zu schaden. Doch der konnte nicht mit seiner Schuld leben und wurde depressiv. Je länger Karlsen darüber nachdachte, desto realistischer kam es ihm vor, dass Harms damals die Ermittlungen ausschließlich auf Julius konzentriert hatte, um so von seinem Sohn abzulenken. Karlsen ballte die Fäuste und knirschte mit den Zähnen. So könnte es gewesen sein. Doch um das zu beweisen, musste er unbedingt wissen, ob Leon der Junge aus der Clique um Daniel Schrader gewesen war.

# Kapitel 37

Karlsen stieg in sein Auto. Es gab nur eine Möglichkeit, dies herauszufinden, er musste mit dem jungen Mann sprechen. Psychisch instabil und unter Schuldgefühlen leidend, wäre Leon womöglich froh, endlich sein Gewissen erleichtern zu können. Zum Glück wusste Karlsen, wo Harms wohnte. Als dieser vor ein paar Jahren zum Leiter der Kripo befördert worden war, hatte er die Kollegen zu einem Umtrunk zu sich nach Hause geladen. Karlsen hatte zähneknirschend daran teilgenommen, um sich nicht noch mehr ins Abseits zu schießen. Er konnte sich allerdings nicht daran erinnern, Leon bei dieser Gelegenheit gesehen zu haben. Vielleicht versteckte Harms ihn, zuzutrauen wäre es ihm. Nichts durfte den schönen Schein trüben.

Er startete seinen Wagen und fuhr ohne Umwege zu der Adresse, an der die Familie Harms hoffentlich noch wohnte. Ein Blick auf das Klingelschild zerstreute seine Befürchtungen. Er klingelte. Schritte ertönten auf der anderen Seite der mit einem Buntglasfenster ausgestatteten Haustür, dann wurde die Tür geöffnet. Da er nicht sicher war, ob Frau Harms ihn nach der langen Zeit wiedererkannte, stellte er sich vor.

»Ich erinnere mich an Sie, Sie waren doch damals bei der Feier aus Anlass der Beförderung meines Mannes hier.« Sie lächelte verlegen. »Einen Mann wie Sie vergisst man nicht so leicht.«

Karlsen war klar, dass sie nicht auf sein Sexappeal anspielte, sondern auf seine Körpergröße und sein Gewicht.

»Was kann ich für Sie tun?«, fragte Frau Harms bemüht freundlich, so als fürchte sie, in ein Fettnäpfchen getreten zu sein.

»Ich würde gerne mit Ihrem Sohn Leon sprechen.«

»Der ist arbeiten. Warum wollen Sie mit ihm sprechen.«

»Ach, es geht um eine alte Sache, er war ja mal in einer Klasse mit meiner Tochter«, versuchte er sie von seinem eigentlichen Anliegen abzulenken.

»Er ist immer erst nach siebzehn Uhr zu Hause. Wenn Sie dann noch mal wiederkommen möchten?«

»Ja, vielen Dank, das mache ich bei Gelegenheit. Es ist nicht eilig.«

Karlsen verabschiedete sich, bevor die Frau weitere Fragen stellte und misstrauisch wurde, und ging zu seinem Wagen zurück. Jetzt hatte er zwar in Erfahrung gebracht, dass Leon gegen siebzehn Uhr nach Hause kam, aber er hatte keine Ahnung, in welcher Werkstatt er arbeitete. So blieb ihm der Weg verschlossen, Leon dort zu treffen. Er beschloss, sich heute Nachmittag vor dessen Haus auf die Lauer zu legen und ihn abzupassen.

***

Sein Telefon vibrierte. Er warf einen Blick auf das Display und runzelte die Stirn. Die Nummer sagte ihm nichts. »Ich geh mal kurz ans Telefon«, meinte er zu seinem Kollegen, der den Streifenwagen fuhr. Er tippte auf das grüne Hörersymbol. »Daniel?«, hörte er eine Stimme, die ihm vage bekannt vorkam. »Harms hier. Wir müssen sprechen.«

Er erschrak, was wollte der Kerl nach all den Jahren von ihm? Sie hatten vereinbart, nie wieder Kontakt aufzunehmen. Hatte das etwas mit dem Fund von Linas Leiche zu tun? »Ich ruf zurück«, antwortete er kurzangebunden und legte auf.

»Ärger?«, fragte der Kollege.

»Nein, aber privat ist privat«, wiegelte er ab.

Zum Glück hatte er heute Frühschicht, so dass es bis zum Dienstende nicht mehr lange dauerte. Kaum hatte er die Wache verlassen, rief er Harms zurück. »Was soll das?«, ranzte er ihn an. »Wir hatten uns doch geeinigt, jeglichen Kontakt zu unterlassen.«

»Halt mal die Luft an. Immerhin bist du an dem ganzen Schlamassel schuld. Sagt dir der Name Karlsen etwas?«

Ihm wurde eiskalt. Er hatte zwar nach wie vor die Bewegungen von Karlsen verfolgt, seine Fahrten schienen aber plan- und ziellos zu sein. Er war überzeugt, dass die Suspendierung ihn von weiteren Nachforschungen abgehalten hatte. »Ja, Ihr fetter Kommissar, der auch der Vater von Julius war.«

»Genau der ist heute bei meiner Frau gewesen und hat mit Leon sprechen wollen. Kannst du dir vorstellen, was das bedeutet, wenn er mit meinem Sohn spricht?«

Oh ja, das konnte er sich vorstellen. Leon war das schwächste Glied in der Kette aus Lügen und Vertuschungen.

»Ich kann nicht garantieren, dass Leon nicht zusammenbricht und alles ausplaudert.« Harms Stimme nahm einen bedrohlichen Unterton an. »Sorg dafür, dass Karlsen aufhört mit seinen Nachforschungen!«

Er fasste einen Entschluss. »Das werde ich«, versprach er. Dieser Karlsen musste endgültig gestoppt werden.

# Kapitel 38

»So ein Mist«, fluchte Karlsen. Er hatte eine geschlagene Stunde auf die Heimkehr Leons gewartet und nun kam dieser in Begleitung seines Vaters nach Hause. Ob der ihn immer von der Arbeit abholte oder hatte seine Frau von seinem Besuch erzählt? Dann war es nur logisch, dass Harms alles daran setzen würde, ein Gespräch zwischen ihm und seinem Sohn zu verhindern. Aber das würde ihm nicht gelingen. Morgen würde er sich wieder auf die Lauer legen und Leon zu der Werkstatt zu folgen. Dort könnte er den jungen Mann möglicherweise in der Pause abpassen oder direkt in der Werkstatt mit ihm reden.

Inzwischen war es dunkel geworden. Heute würde er nichts mehr erreichen. Karlsen startete sein Auto und fuhr nach Hause. Er war offensichtlich nicht der Einzige, der Feierabend gemacht hatte und nach Hause gefahren war, es gab keinen freien Parkplatz in der Nähe seiner Wohnung. Schließlich fand er eine schmale Parklücke auf der anderen Seite des Schrevenpark. Nur mit Mühe gelang es ihm auszusteigen, ohne das neben ihm parkende Fahrzeug zu beschädigen. Mit einem Schnaufen der Erleichterung schloss er seinen Wagen ab und marschierte in den menschenleeren Schrevenpark. Nur die Gänse waren zu hören. Gaben die eigentlich nie Ruhe? Selbst beim Fliegen schnatterten und schrien sie ununterbrochen. Er musste an das bekannte Lied denken, »Wildgänse rauschen durch die Nacht, mit schrillem Schrei nach Norden.« Da es in der Stadt nie richtig dunkel wurde, konnte er sie auf der Wiese rund um den Teich sitzen sehen. An die Wiese schlossen sich Bäume an, die alles Licht verschluckten. Selbst der Weg war kaum zu erkennen. Mit einem Mal hörte er Schritte hinter sich, die sich schnell näherten. Als er sich nach ihnen umdrehte, traf ihn ein schwerer Gegenstand an der Schläfe und rutschte auf seine linke Schulter ab. Er spürte wie ein Knochen brach, dann ging er zu Boden. Aus dem Augenwinkel sah er eine dunkle Gestalt, die eine Stange über den Kopf hob, um erneut zuzuschlagen.

»He!«, rief jemand. »Was machen Sie da?«

Die Gestalt drehte sich um, fluchte und rannte davon. Eine ältere Dame beugte sich zu Karlsen herab. »Um Himmels willen, Herr Karlsen«, rief sie. »Geht es Ihnen gut?« Er blinzelte, das war Frau Wagner, seine Nachbarin, und ihr Labrador, der schwanzwedelnd an ihm schnüffelte.

Karlsen versuchte aufzustehen, ein heftiger Schmerz in seiner linken Schulter ließ ihn davon Abstand nehmen. Dann wurde ihm schwarz vor Augen.

Grelles Licht stach ihm ins Auge. Er bemühte sich, seinen Kopf wegzudrehen, wurde aber daran gehindert. »Hallo«, sagte jemand, »Können Sie mich verstehen?«

»Sie sind ja laut genug«, knurrte Karlsen, der langsam wieder klar wurde. Er wollte sich aufrichten, als ein stechender Schmerz durch seine Schulter fuhr. Er stöhnte.

»Wo haben Sie Schmerzen?«

Jetzt erkannte er einen Rettungssanitäter, der neben ihm kniete.

»Schulter«, presste er zwischen zusammengebissenen Zähnen heraus.

»Das sieht nach einem Schlüsselbeinbruch aus. Wir müssen Sie ins Krankenhaus bringen. Können Sie aufstehen?«

Karlsen vermutete, dass der Sanitäter keine Lust verspürte, seine hundertfünfzig Kilo auf eine Trage zu wuchten. Mit Unterstützung des Mannes setzte er sich auf. Ihm wurde schwindelig. Ein zweiter Mann kam hinzu und gemeinsam gelang es ihnen, Karlsen zu einem Rettungswagen zu führen. Sie halfen ihm hinein und legten ihn auf die Liege. Einer der Männer untersuchte seinen Kopf. »Sie haben eine Platzwunde an der Schläfe«, erklärte er und legte ihm einen Verband an.

»Kann ich mit ihm sprechen?«, hörte er eine Stimme von draußen.

»Aber nicht lange«, entgegnete der Sanitäter.

Ein Kollege von der Schutzpolizei erschien in Karlsens Blickfeld. »Moin, Herr Karlsen«, grüßte er.

»Kennen wir uns?«

»Nein, Ihre Nachbarin hat uns gesagt, wer Sie sind. Können Sie mir sagen, was passiert ist?«

Karlsen wollte den Kopf schütteln, unterließ jedoch angesichts der dadurch entstehenden Schmerzen. »Irgendjemand hat mich niedergeschlagen«, sagte er stattdessen.

»Konnten Sie den Angreifer erkennen?«

»Nein, er kam von hinten.«

»Die Sache hätte böse für Sie ausgehen können. Zu Ihrem Glück hat Ihre Nachbarin eingegriffen. Der Täter ist daraufhin geflohen. Können Sie sich vorstellen, warum Sie angegriffen wurden?«

Karlsen gelang es nicht, sich auf diese Frage zu konzentrieren. Sein Kopf fühlte sich wie in Watte gepackt an und seine Schulter schmerzte stark. »Nein«, murmelte er matt.

»Na gut, ich lasse Sie erst mal in Ruhe. Ein Kollege wird sich bei Ihnen melden.« Der Polizist verließ den Rettungswagen. Karlsen wurde auf der Liege angeschnallt und ins städtische Krankenhaus gefahren. Dort wurden weitere Untersuchungen durchgeführt, darunter eine Röntgenuntersuchung der Schulter. Schließlich erhielt er die Diagnose einer Platzwunde,

die genäht werden musste, einer leichten Gehirnerschütterung und eines Schlüsselbeinbruchs, der so
verschoben war, dass er operativ stabilisiert werden
musste. Das sollte jedoch erst am nächsten Morgen
geschehen, da keine Indikation für eine Notfallopera-
tion vorlag. Seine Kopfwunde wurde genäht und seine
Schulter stabilisiert, dann wurde er auf ein Zimmer
geschoben.

∗∗∗

Warum zum Teufel musste ihm die Alte in die Quere
kommen? Zum Glück war es so dunkel gewesen, dass
er unerkannt fliehen konnte. Weit war er allerdings
nicht gelaufen. Geschützt durch einen mächtigen
Rhododendronbusch hatte er beobachtet, wie seine
Kollegen und Notfallsanitäter sich um Karlsen
gekümmert hatte. Dieser war zu seinem Leidwesen
allem Anschein nach nicht allzu schwer verletzt
worden, da er auf eigenen Beinen in den Rettungswagen gewankt war, der ihn mit Sicherheit in ein
Krankenhaus verfrachtet hatte. Dort würde er nicht an
ihn herankommen, um sein Werk zu vollenden. Er
baute darauf, dass sein Angriff als missglückter Raubüberfall eingestuft würde und niemand einen
Zusammenhang zu den Nachforschungen Karlsens
herstellte. So würde dieser nach seiner Entlassung
weiter arglos durch die Gegend laufen, so dass sich
eine neue Gelegenheit bieten würde, dem Kerl den

Rest zu geben. Er hatte ja immer noch den Tracker an dessen Auto, womit er beobachten konnte, wo sich Karlsen herumtrieb. Aber vielleicht würde er ihm zu Hause einen Besuch abstatten, sollte sich kein günstiger Moment ergeben. Er musste sich beeilen, ehe ihm dieser Fettsack noch näher kam. Wenn der sich schon an Leon ranmachte, war höchste Eile geboten. Er traute diesem Waschlappen durchaus zu, einzuknicken und die ganze Wahrheit zu erzählen. Vielleicht sollte er sich besser um Leon kümmern. Sein Tod, als Suizid getarnt, würde das Problem ein für alle Mal aus der Welt schaffen. Und falls Harms Verdacht schöpfte, wäre er dennoch machtlos, da er selbst tief in die ganze Geschichte verstrickt war.

Je länger er darüber nachdachte, umso besser gefiel ihm die Idee, Leon zu beseitigen. Er musste sich den Kerl nur schnappen, der Rest wäre leichtes Spiel für ihn. Ein Plan war das zwar noch nicht, aber dadurch dass Karlsen jetzt erstmal außer Gefecht gesetzt war, hatte er ein wenig Zeit, den Tagesablauf von Leon zu erforschen und sich eine Möglichkeit zu überlegen, wo er ihm auflauern konnte.

Einigermaßen beruhigt, verfolgte er die Abfahrt des RTWs und verließ dann sein Versteck.

# Kapitel 39

Nach einer Nacht, in der er vor Schmerzen kaum geschlafen hatte, kam schon früh ein Unfallchirurg zu ihm und verkündete ihm, dass er vor der Operation ins CT musste. Karlsen fiel sein CT-Termin ein, den er nächste Woche hatte. Er teilte dem Arzt mit, dass er wegen des Verdachts auf ein Lungenkarzinom ohnehin schon einen Termin zum CT hier in der Klinik hatte und fragte, ob das nicht zusammen erledigt werden konnte. Der Arzt versprach, das nachzufragen, und kam kurz darauf mit einer Zusage zurück. Eine Schwester nahm ihm erneut Blut ab, da für das CT der Lunge weitere Blutwerte bestimmt werden mussten.

Zurück aus der Radiologie führte ein Narkosearzt ein kurzes Aufklärungsgespräch mit ihm. Karlsen unterschrieb eine Einwilligungserklärung und wurde in einen Vorbereitungsraum geschoben. Eine Schwester half ihm, sich auszuziehen, was sich als äußerst schmerzhaft erwies. Dann rasierte sie seine Schulter, die wie weite Teile seines Körpers ziemlich behaart war. Sie legte ihm einen Zugang in eine Vene seines rechten Unterarmes und dann wurde er auch schon in den OP geschoben.

Es piepte. Regelmäßig und nervend. Er schlug die Augen auf und stellte fest, dass er immer noch im Krankenhaus lag. Er hob den Kopf, was heftige Schmerzen in seinem Schädel und seiner Schulter auslöste. Das Piepen beschleunigte sich. Ein Pfleger erschien an seinem Bett. »Hallo Herr Karlsen«, sagte er. »Sie haben die OP gut überstanden. Gleich kommt ein Arzt und wenn der sein Okay gibt, werden Sie auf die Station verlegt.«

Dann war er wieder allein. Kurz darauf erschien eine junge Ärztin. »Wie geht es Ihnen?«, fragte sie. »Ganz gut«, antwortete Karlsen.

»Haben Sie Schmerzen?«

Karlsen fühlte in sich hinein. »Solange ich mich nicht bewege, nicht.«

»Scheuen Sie sich nicht, sich zu melden, wenn Sie welche bekommen. Hier werden keine Medaillen für Tapferkeit vergeben.« Sie sah sich seine Vitalwerte an.

»Gut, wir können Sie dann auf die Station verlegen. Die Operation ist gut verlaufen und wenn nichts dazwischen kommt, können Sie in zwei Tagen entlassen werden.«

Wenig später wurde er in ein Krankenzimmer verlegt. Sein Zimmernachbar, ein alter Mann, schlief mit offenem Mund. Eine Schwester kam herein und brachte Karlsen seine Sachen, unter anderem auch sein Handy. Da er es als entwürdigend empfand, ein nach hinten offenes Krankenhaushemd zu tragen, rief er Dörte an. Jemand anderes fiel ihm nicht ein. Frauke wohnte zu weit entfernt und seine alte Nachbarin wollte er nicht behelligen, auch wenn sie einen Schlüssel seiner Wohnung verwahrte. Er erreichte Dörte auf ihrem Handy und berichtete ihr in kurzen Worten, was geschehen war. Sie war entsetzt, versprach aber, ihm nach Dienstschluss aus seiner Wohnung die nötigsten Dinge für seinen zweitägigen Krankenhausaufenthalt zu bringen. Karlsen erklärte ihr, dass sie den Schlüssel bei seiner Nachbarin erhalten würde.

Als Nächstes rief er Frauke an und hinterließ auf ihrer Mailbox seine Bitte um einen Rückruf. Kaum hatte er aufgelegt, klopfte es an der Tür. Ein uniformierter Kollege betrat das Krankenzimmer. Er war beauftragt worden, seine Aussage aufzunehmen. Auch er wollte wissen, ob Karlsen sich vorstellen könne, wer ihm etwas anhaben wollte. Eine Idee blitzte in Karlsens Hinterkopf auf, doch ehe er ihn fassen konnte, entzog sich der Gedanke wieder. So verneinte er die Frage und berichtete lediglich, wie er niedergeschlagen wurde, konnte den Angreifer jedoch nicht beschreiben. Er wurde gebeten, sich sofort zu melden, falls ihm noch etwas einfiele.

Nach dem Aufbruch des Beamten stellte er sich auf einen langweiligen Tag ein, der nur durch die üblichen Krankenhausroutinen unterbrochen würde. Er nutzte die Zeit, um gründlich nachzudenken. Der Gedanke, den er gegenüber dem Kollegen nicht hatte fassen können, wurde mit einem Mal klar und deutlich. Der

Überfall musste etwas mit seinen Nachforschungen zu tun haben. Das war kein versuchter Raub gewesen, dafür hatte die dunkle Gestalt zu entschlossen die Stange erhoben, um zum zweiten Mal zuzuschlagen. Das wäre bei einem Raubüberfall nicht nötig gewesen, er war ja schon außer Gefecht gesetzt. Nein, das war ein Mordversuch gewesen und er hatte auch einen Verdacht, auf wessen Konto er ging. So ungeheuerlich der Gedanke war, glaubte er dennoch, dass Harms hinter dem Anschlag steckte. Wenn er es nicht selbst getan hatte, so hatte er jemanden beauftragt. Vielleicht Daniel Schrader?

Harms musste von seiner Ehefrau erfahren haben, dass er mit Leon sprechen wollte, und befürchten, sein Sohn könne ausplaudern, was damals wirklich mit Lina geschehen war. Anscheinend lag Karlsen richtig mit seiner Theorie über die Beteiligung Leons an dem Mord an Lina. Fragte sich nur, woher der Täter wusste, wo sich Karlsen befand. Er konnte unmöglich geahnt haben, dass Karlsen auf der anderen Seite des Schrevenparks geparkt hatte und diesen durchqueren musste, um zu seiner Wohnung zu gelangen. Ob er verfolgt wurde? Ihm war nichts dergleichen aufgefallen. Oder er wurde schon länger beobachtet. Möglicherweise hatte er Daniel Schrader mit seinen Nachforschungen aufgescheucht. Für diesen musste die Entdeckung Linas ein Schock gewesen sein. Als Polizist hatte er jedoch sicher in Erfahrung bringen können, dass die Ermittlungen nicht wieder aufgenommen wurden. Der einzige Risikofaktor war er selbst, Karlsen. Schrader war zweifellos bekannt, dass er lange Zeit versucht hatte, Julius' Unschuld zu beweisen und musste daher befürchten, dass er seine Nachforschungen wieder aufnahm. Da Schrader ihn nicht nahtlos observieren konnte, hatte er womöglich einen GPS-Tracker an seinem Auto angebracht, der ihm laufend anzeigen würde, wo Karlsen hinfuhr und wo er sich aufhielt. Wenn Schrader über seine Schritte informiert war, stammte die Beschwerde, die zu seiner Suspendierung geführt hatte, womöglich sogar von ihm. Karlsen war sich bewusst, dass seine Theorie lediglich auf Annahmen beruhte. Insgesamt erschien sie ihm jedoch schlüssig. Vorausgesetzt, der Überfall auf ihn war nicht doch ein misslungener Raub.

Eine junge Ärztin unterbrach seine Überlegungen. Sie erklärte ihm, dass sein Schlüsselbein mit einer Platte stabilisiert worden sei, die in ein bis zwei Jahren wieder entfernt werden sollte. Karlsen fragte nach dem Ergebnis des CTs. Dazu konnte die Ärztin leider nichts sagen, stellte ihm jedoch den Besuch eines Onkologen in Aussicht. Im Übrigen riet sie ihm, aufzustehen und sich zu bewegen, sobald ihm ein Verband zur Ruhigstellung seiner Schulter angepasst worden war, was wenig später geschah. Karlsen dachte jedoch nicht daran, mit nackten Hintern über die Gänge zulaufen. Das Krankenhaushemd, das er trug, klaffte bedingt durch seinen Bauch hinten weit auf. So döste er mit Unterbrechungen durch den Tag.

Sein Zimmernachbar war ein schwer dementer Mann, der auf nichts reagiert, sondern lediglich ab und zu laut nach einer Schwester rief, um dann nicht zu wissen, was er von ihr wollte. Vorzugsweise genau dann, wenn Karlsen ein Nickerchen hielt.

Als sein Telefon klingelte und er Fraukes Nummer auf dem Display sah, huschte ein Lächeln über sein Gesicht. »Was ist los?«, fragte sie ohne Umschweife, nachdem er das Gespräch angenommen hatte.

Karlsen hatte sich schon ein wenig an ihre oft ruppige Art gewöhnt. »Ich bin überfallen worden und liege im Krankenhaus«, antwortete er daher ebenfalls direkt.

»Was?« Frauke klang entsetzt.

»Gestern Abend hat jemand versucht, mich umzubringen.« Wenn er das so sagte, klang es wirklich sehr dramatisch. »Vielleicht war es aber auch nur ein Raubüberfall«, schob er deswegen nach.

»Wie schwer bist du verletzt?« Die Ärztin in ihr wollte natürlich Genaueres wissen.

»Ich habe eine Platzwunde am Kopf und mein Schlüsselbein ist gebrochen.«

»Wurde das operiert?«

»Ja, aber ich werde schon übermorgen entlassen.«

»Und wieso glaubst du, der Überfall sei ein Anschlag auf dein Leben gewesen?«

»Ich habe in den vergangenen Tagen neue Erkenntnisse gewonnen und bin dabei dem Täter anscheinend zu nahe gekommen.«

»Diese neuen Erkenntnisse interessieren mich wirklich sehr, aber ich habe jetzt keine Zeit mehr, die nächste Leiche ruft. Ich komme dich heute Abend besuchen, dann können wir das genau besprechen.«

# Kapitel 40

Am späten Nachmittag klopfte es und Dörte betrat das Zimmer, die ihm die gewünschten Sachen brachte. Obwohl er darauf brannte, sich menschenwürdige Kleidung anzuziehen, musste er ihr zunächst genau berichten, was ihm widerfahren war. Anschließend stand er auf und ging leicht zittrig ins Bad. Dort wusch er sich mehr schlecht als recht, zog T-Shirt und eine Jogginghose an und fühlte sich augenblicklich besser. Als er aus dem Bad trat, sah er, dass Frauke eingetroffen war und sich in einem regen Gespräch mit Dörte befand.

»Wir haben uns schon bekannt gemacht«, sagte Dörte. »Ich geh dann mal.«

Karlsen, der sich zwischen den beiden Frauen ziemlich unwohl fühlte, bedankte sich bei Dörte für ihre Hilfe.

»Deine Ex?«, fragte Frauke, als Dörte das Zimmer verlassen hatte.

»Ich wusste nicht, wen ich sonst bitten sollte, mir ein paar Sachen zu bringen.«

»Dann habt ihr noch ein gutes Verhältnis?«

»Erst seit kurzem. Ich war zweimal bei ihr, um mir Sachen von Julius und Mette anzuschauen.« Karlsen hielt sich am Bett fest, er war etwas unsicher auf den Beinen.

Frauke war dies nicht verborgen geblieben. »Am besten legst du dich wieder hin. Eine Gehirnerschütterung ist nicht zu unterschätzen.« Sie betrachtete seine Schulter. »Tut es sehr weh?«

Karlsen ließ sich vorsichtig zurück in sein Bett sinken. »Nein, ich glaube, die haben hier ganz gute Schmerzmedikamente.«

Frauke zog sich einen Stuhl heran und nahm neben dem Bett Platz. Sie warf einen fragenden Blick auf den Zimmernachbarn Karlsens.

»Der bekommt nichts mit«, sagte Karlsen.

Wie zum Beweis rief der alte Mann ein weiteres Mal laut nach einer Schwester.

Frauke verzog das Gesicht. »Ich hoffe, ich werde nie so alt, dass ich die Kontrolle über mein Leben verliere.«

Karlsen verspürte einen unangenehmen Druck in der Magengegend. Vielleicht würde er nicht mehr alt werden. Noch hatte niemand mit ihm über das Ergebnis des CTs gesprochen.

»Also, dann erzähl mal.« Frauke sah ihn gespannt an.

Karlsen berichtete, wie Felder und er auf den Namen Daniel Schrader gestoßen waren und er herausgefunden hatte, wer dieser ominöse Leon war.

»Der Sohn deines Chefs?«, fragte Frauke entgeistert.

»Genau. Und dieser Chef war auch der zuständige Kriminalbeamte nach dem Verschwinden Linas.« Er erläuterte ihr seine Theorie über die Gründe für dessen Ermittlungen, die nur in eine Richtung gegangen waren.

»Hört sich recht plausibel an. Aber wie hängt das alles mit dem Überfall auf dich zusammen?«

»Ich habe versucht, mit Leon zu sprechen. Er ist psychisch erkrankt und meines Erachtens nach das schwächste Glied in der Kette. Er könnte mir sagen, was damals wirklich geschehen ist. Aber er war nicht zu Hause. Ich vermute, die Frau von Harms, mit der ich gesprochen habe, hat diesem von meinem Besuch berichtet. Der ist daraufhin in Panik geraten und hat Schrader angerufen. Und der hat beschlossen, mich aus dem Weg zu räumen.«

»Aber woher wusste er, wo er auf dich treffen konnte?«

»Ich vermute, er hat einen GPS-Tracker an meinem Auto angebracht, um mich im Blick zu behalten. Er hatte sicher die Befürchtung, dass ich nach dem Fund der Leiche meine Nachforschungen wieder aufnehme.«

»Das lässt sich ja leicht feststellen. Sofern er den Tracker in der Zwischenzeit nicht entfernt hat. Aber was wollte er mit deinem Tod erreichen? Neben dir wissen doch noch Felder und seine Kollegin von Schrader und der Tatsache, dass er Polizist geworden ist.«

»Selbst wenn Schrader meine Besuche in der Itzehoer Polizeidirektion wegen des Trackers gesehen hat, konnte er unmöglich wissen, dass wir einen Zusammenhang zu Jule Petersen hergestellt haben und ich deswegen mit Felder gesprochen habe.«

»Hätte ihn nicht dein Besuch in der JVA misstrauisch machen müssen?«

»Anscheinend nicht, sonst hätte er wahrscheinlich schon früher versucht, mich auszuschalten.«

»Hm«, machte Frauke. »Das ist eine sehr ausgeklügelte Theorie mit vielen Mutmaßungen. An einen versuchten Raubüberfall glaubst du nicht?«

»Ich habe den Angreifer nur als Schemen wahrgenommen, aber als er die Stange, mit der er mich niedergeschlagen hat, zum zweiten Schlag erhoben hat, hat er pure Mordlust ausgestrahlt. Das spricht gegen einen Raub, dabei wird man normalerweise nicht ermordet.«

»Und du bist dir sicher, dass es ein Mann war?«

»Kannst du dir eine Frau vorstellen, die sich an einen Kerl wie mich herantraut?«

»Kann ich«, schmunzelte Frauke.

Karlsen lachte kurz auf, brach aber sofort wieder ab. »Aua«, sagte er.

Frauke nahm seine Hand. »Wo tut es dir weh?«, fragte sie besorgt.

»Kopf und Schulter.«

»Tut mir leid, ich habe nicht daran gedacht, dass du erst heute Morgen operiert worden bist. Ich lass dich besser allein, dass du dich ausruhen kannst.«

So gerne Karlsen mit der Gerichtsmedizinerin zusammen war, sehnte er sich doch nach Ruhe und versuchte nicht, sie aufzuhalten. Frauke stand auf und räumte den Stuhl fort. Zum Abschied beugte sie sich zu ihm hinunter und küsste ihn. »Ich habe übrigens Felder erzählt, was passiert ist«, sagte sie im Hinausgehen. »Er wird dich morgen besuchen kommen.« Mit diesen Worten verließ sie das Zimmer.

»Schwester!«, rief der alte Mann.

# Kapitel 41

Kurz nach dem Frühstück kam eine junge Ärztin zu ihm ans Bett. »Guten Morgen«, grüßte sie. »Mein Name ist Dr. Jansen, ich bin Onkologin.«

Karlsens Herzschlag beschleunigte sich.

»Wir haben uns Ihr CT angesehen«, fuhr die Ärztin fort. »Da ist eindeutig eine Veränderung in Ihrem rechten Lungenflügel. Nach einem Karzinom sieht das aber nicht aus, eher nach einer Vernarbung aufgrund einer Entzündung oder einer Embolie.«

»Aber woher kommt dann mein Husten?« Karlsen traute dieser positiven Diagnose nicht.

»Seit wann haben Sie den?«

»Schon Jahre, ich habe bis vor einem Jahr geraucht.«

Frau Dr. Jansen nahm ihr Stethoskop vom Hals. »Lassen Sie mich mal hören.«

Karlsen setzte sich vorsichtig auf. Die Ärztin schob sein T-Shirt hoch und horchte seine Lunge ab. »Husten Sie mal«, forderte sie ihn auf. »Und jetzt tief ein- und ausatmen.«

Karlsen tat, was sie verlangte.

Dr. Jansen beendete ihre Untersuchung und schaute auf das Tablet, das sie bei sich führte. »Ich würde auf eine alte Entzündung tippen. Ihre Entzündungswerte sind leicht erhöht, was ebenfalls dafür spricht. Hatten Sie mal eine Lungenentzündung?«

»Nicht dass ich wüsste.«

»Also, Sie nehmen jetzt erstmal Antibiotika und dann sehen wir, wie sich Ihr Husten entwickelt. Wenn Sie morgen entlassen werden, melden Sie sich bitte im Lungenfachzentrum hier im Haus.«

»Da habe ich bereits für nächste Woche einen Termin«, sagte Karlsen.

»Um so besser. Dann sehen wir, wie sich der Husten unter der Antibiotikagabe entwickelt hat, und besprechen alles Weitere. Aber machen Sie sich keine Sorgen, nach Krebs sieht der Befund nicht aus.«

Karlsen konnte gar nicht sagen, wie erleichtert er war. Sicher, noch vor gut zwei Wochen hatte er sich umbringen wollen, doch nun hatte sich vieles verändert. Er sah endlich die reelle Chance, die Unschuld von Julius zu beweisen, hatte wieder Kontakt zu seiner Tochter und hatte sich tatsächlich auf seine alten Tage noch einmal ... Er zögerte, das Wort auch nur zu denken, dafür war es noch viel zu früh, aber dass er etwas für diese sperrige Gerichtsmedizinerin verspürte, ließ sich nicht leugnen. Und so war er froh, dass er vermutlich doch nicht an Krebs sterben, sondern leben würde. Er hatte ja sogar den Mordanschlag überlebt. Morgen würde er entlassen und dann wollte er mit aller Kraft dafür sorgen, dass Schrader für seine Taten zur Rechenschaft gezogen wurde.

Dafür würde er allerdings Hilfe brauchen und die betrat soeben in Form von Felder und seiner Partnerin das Zimmer. Frau Reimann hatte ihm sogar Blümchen mitgebracht, die sie auf das Fensterbrett stellte. Karlsen war gerührt. Er bedankte sich und setzte sich im Bett auf. Sie erkundigten sich nach seinem Gesundheitszustand und wie es zu dem Überfall gekommen war. Karlsen erläuterte auch ihnen seine Theorie in Bezug auf die Ausführung durch Daniel Schrader und die Beteiligung Harms' an der Aktion.

»Das ist ja ganz schön starker Tobak, was Sie da behaupten«, sagte Felder in seinem rheinischen Singsang. »Haben Sie dafür Beweise?«

»Noch nicht, aber die werde ich erhalten.«

»Wie wollen Sie das denn anstellen?«

»Wenn ich entlassen bin, werde ich mit diesem Leon, dem Sohn von Harms sprechen. Ich behaupte, dass er seit Jahren so unter seiner Schuld leidet, dass er sogar depressiv geworden ist, und hoffe darauf, dass er froh sein wird, endlich sein Gewissen zu erleichtern.«

»Da wünsche ich Ihnen viel Glück. Wir ermitteln übrigens wieder im Fall Jule Petersen. Wir haben das Okay zu neuen Untersuchungen erhalten. Allerdings nicht offiziell, unsere Argumente genügten unserem Chef nicht, um damit bei der Staatsanwaltschaft vorstellig zu werden.«

»Haben Sie schon etwas Neues herausgefunden?«, wollte Karlsen wissen.

»Wir haben Kontakt zu einigen anderen Mitschülern an der Polizeischule aufgenommen, bisher allerdings ohne Ergebnis. Als Nächstes wollen wir mit den Eltern der jungen Frau sprechen.«

»Ich frage mich, ob es nicht noch weitere Morde oder Vergewaltigungen gibt, die auf das Konto von Schrader gehen«, sagte Karlsen. »Möglicherweise haben wir es mit einem Serientäter zu tun. Bei Lina und Jule gehen wir schon von demselbem Täter aus. Warum sollte er mit dem Vergewaltigen und Morden aufhören, wenn er zweimal so gut davon gekommen ist?«

»Das haben wir überprüft, aber keine weiteren Fälle in Schleswig-Holstein entdeckt, die in das Muster passen.«

»Ich glaube, die Taten waren persönlich motiviert«, erklärte Frau Reimann. »Sie haben uns erzählt, dass Schrader von Lina abgewiesen wurde. Genauso kann er auch von Jule abgewiesen worden sein.«

»Und deswegen überfällt er die Frauen?« Karlsen kratzte sich den Bart.

»Wir haben uns diesen Daniel Schrader einmal genauer angeschaut«, berichtete Frau Reimann. »Sein Vater ist Chefarzt an der Universitätsklinik in Kiel. Schrader hat einen jüngeren Bruder, der zwei Klassen übersprungen hat und inzwischen ebenso Arzt geworden ist. Seine eigenen schulischen Erfolge dagegen waren eher bescheiden.«

»Allem Anschein nach war Schrader der Loser der Familie«, setzte Felder die Erklärung fort. »Er hat mit Ach und Krach das Abitur bestanden und ist nur Schutzpolizist geworden. Er hat sich zwar bereits zweimal um eine Aufnahme im SEK beworben, wurde aber jeweils abgelehnt.«

»Und zum Ausgleich für seine schlechte Stellung in seiner Familie wird er schon in der Schule zum Mobber und Anführer einer Bande, die andere Schüler tyrannisiert«, nahm Karlsen den Gedanken auf.

»So ein Mensch kann nur sehr schwer mit Zurückweisung umgehen«, warf Frau Reimann ein.

»Das würde erklären, warum er sich auf zwei Morde beschränkte.«

»Was aber nicht bedeutet, dass er nicht wieder morden würde. Immerhin hat er es bei Ihnen schon ein weiteres Mal versucht«, erklärte Felder. »Wenn Ihre Theorie stimmt.«

Karlsen seufzte laut. »Für all das gibt es keine Beweise.«

»Am einfachsten wäre es, wenn wir eine DNA-Probe von Schrader erhalten könnten, um sie mit der auf Jule Petersen gefundenen Spur abzugleichen,« meinte Frau Reimann.

»Bisher gibt es nur Indizien, dass Schrader auch der Mörder in unserem Fall ist, das reicht nicht, um eine DNA-Probe von ihm zu verlangen«, entgegnete Felder.

»Ich vertraue auf das Geständnis von Leon Harms«, erklärte Karlsen. »Eine andere Möglichkeit habe ich nicht. Ich kann unmöglich so weitermachen wie bisher. Einerseits durch meine körperliche Einschränkung«, er wies auf seine Schulter, »aber auch, weil ich womöglich immer noch auf der Abschussliste von Schrader und Harms stehe.«

»Sofern Ihre Theorie zu dem Motiv für den Überfall auf Sie richtig ist, drängt auch die Zeit. Sie haben in ein Wespennest gestochen und Schrader muss handeln.«

»Seien Sie bitte vorsichtig«, ergänzte Frau Reimann.

Karlsen kam eine Idee. »Sie könnten mir helfen. Leon Harms arbeitet in einer Werkstatt für angepasste Arbeit. Ich müsste wissen, in welcher, damit ich ihn dort aufsuchen kann. In Beisein seiner Mutter wird er vermutlich nicht reden, ganz abgesehen davon, dass sie das Gespräch, das ich zu führen beabsichtige, sicher nicht zulassen wird.«

»Für John ist das ein Leichtes«, sagte Frau Reimann. »Wir geben Ihnen Bescheid.«

# Kapitel 42

Nach der Visite am nächsten Tag wurde Karlsen ausgestattet mit Schmerzmitteln, einem Verband, der seinen Arm fixierte und somit seine Schulter ruhigstellte, einem Pflaster auf seinem Kopf und einem Brief für seinen Hausarzt entlassen. Den Verband sollte er noch zwei bis drei Tage tragen, dann könnte er anfangen, seinen Arm wieder vorsichtig zu bewegen. Er rief sich ein Taxi und ließ sich die kurze Strecke nach Hause fahren. Dort angekommen, bezahlte er den muffeligen Taxifahrer, der sich zweifellos eine längere Fahrt gewünscht hätte, und stieg aus. Selbst wenn er nicht glaubte, dass Schrader am hellen Tag einen neuen Anschlag auf ihn plante, schaute er sich unauffällig um, konnte aber nichts Auffälliges entdecken. Er nahm seine Tasche und schloss die Haustür auf. So leise, wie es für ihn möglich war, stieg er die Treppe hoch. Zwar mochte er seine Nachbarin ganz gern, hatte aber heute keine Lust, sich mit ihr zu unterhalten.

Anscheinend war er nicht leise genug gewesen. Die Tür der Nachbarwohnung öffnete sich und Frau Wagner stand in der Tür. »Hallo, Herr Karlsen«, sagte sie. »Da sind Sie ja wieder. Ich habe mir schon Sorgen gemacht, dass Sie doch schwerer verletzt sein könnten.«

»Nein, nein«, beschwichtigte Karlsen. »Nur eine kleine Platzwunde und ein gebrochenes Schlüsselbein. Dank Ihnen ist dieser Überfall noch mal glimpflich für mich ausgegangen.«

»Ja, was ist da eigentlich passiert? Was wollte der Mann von Ihnen? Kannten Sie ihn?«

Karlsen fühlte sich diesem Verhör nicht gewachsen, seine Gedanken waren bei Leon Harms und seiner Diagnose. Außerdem war er körperlich nicht auf der Höhe und sehnte sich nach seiner Couch. »Entschuldigen Sie, Frau Wagner«, sagte er daher. »Ich fühle mich nicht wohl und muss mich hinlegen.«

»Oh ja, natürlich. Ich wollte Sie nicht aufhalten. Sie können mir ja alles erzählen, wenn es Ihnen besser geht.«

»Mach ich, und vielen Dank für Ihre Hilfe im Schrevenpark«, sagte Karlsen und betrat seine Wohnung. Im Flur ließ er seine Tasche fallen und wankte ins Wohnzimmer. Dort legte er sich auf sein Sofa und schloss die Augen. Eigentlich hatte er sich vorgenommen, noch heute zu dem Arbeitsplatz von Leon zu fahren, um ihn abzupassen. Felder hatte ihm die Adresse der Werkstatt geschickt, die der junge Mann besuchte. Jetzt musste er zugeben, dafür noch zu angeschlagen zu sein. Längeres Stehen, geschweige denn Laufen, bereiteten ihm Probleme, sein Kreislauf musste sich nach dem Überfall, der OP und dem langen Liegen erst wieder erholen. Überdies konnte er mit diesem dämlichen Schulterverband nicht Autofahren. Am besten, er nutzte das vor ihm liegende Wochenende, um wieder fit zu werden. Leon würde ihm nicht weglaufen und Schrader kam in seiner Wohnung nicht an ihn heran.

Der Tracker kam ihm in den Sinn. Er hatte nachschauen wollen, ob er wirklich mit solch einem Gerät überwacht worden war. Allerdings stand sein Wagen auf der anderen Seite des Schrevenparks und somit für seinen Gesundheitszustand zu weit entfernt. Das musste also warten. Mit dem Gedanken dämmerte er weg.

Ein leises Klingeln weckte ihn auf. Benommen rappelte er sich auf und suchte nach dem Ursprung des Geräuschs. Das war sein Handy, aber warum war es so leise? Er stand auf und folgte dem Ton in den Flur. Dann endete das Klingeln. In seiner Jackentasche fand er schließlich sein Smartphone. Frauke hatte versucht, ihn zu erreichen. Er legte sich wieder auf das Sofa, bevor er sie zurückrief. »Ich musste mein Telefon erst suchen«, sagte er, als sie abnahm.

»Wie geht es dir?«, fragte Frauke.

»Ich bin wieder zu Hause, aber noch etwas schlapp«, antwortete er wahrheitsgemäß. Er hatte keine Lust, den starken Mann zu markieren.

»Hast du denn genug zu essen zu Hause? Oder kannst du einkaufen gehen?«

»Heute ziehe ich den Aufenthalt auf meiner Couch vor. Aber keine Sorge, so schnell verhungere ich nicht.«

Frauke schnaubte. »Die Sorge hatte ich nicht.« Sie zögerte. »Aber ich könnte kommen und mich um dich kümmern.«

»Das musst du nicht, ich komme schon klar. Morgen geht es mir bestimmt wieder besser.«

»Na, dann will ich dich bei deiner Genesung nicht länger stören.«

Karlsen verstand erst jetzt, was sie ihm hatte sagen wollen. »Frauke«, sagte er schnell, bevor sie auflegte. »Ich meinte, dass ich keine Betreuerin brauche, ich würde mich aber sehr freuen, wenn du kommen und das Wochenende bei mir bleiben würdest.«

»Oh, sofort das ganze Wochenende?«

»Oder auch kürzer, ganz wie du willst.«

Karlsen glaubte zu spüren, wie sie sich einen Ruck gab. »Ich komme gerne, wie lange können wir dann ja noch schauen. Ich gehe schnell einkaufen und fahre anschließend los.«

»Ich freue mich«, antwortete Karlsen und tat es wirklich.


Zwei Stunden später stand Frauke beladen mit einer großen Tasche voller Lebensmittel und zwei Flaschen Wein vor seiner Tür.

»Ich nehme nicht an, das dich deine Schulter am Weintrinken hindert«, meinte sie, als sie eintrat.

»Nicht im Geringsten«, erwiderte Karlsen und beugte sich vor, um sie mit einem Kuss zu begrüßen. Er hatte die Zeit bis zu ihrem Eintreffen genutzt, um zu duschen und sich umzuziehen. »Obwohl jetzt vielleicht Schampus angesagt wäre.«

Frauke zog die Augenbrauen hoch. »Gibt es etwas zu feiern?«

»Komm erst mal rein.« Er nahm ihr die Tasche mit den Einkäufen ab und trug sie in die Küche.

Frauke folgte ihm mit dem Wein. »Du machst mich neugierig.«

»Moment noch.« Karlsen holte einen Korkenzieher aus einer Schublade, musste dann aber feststellen, dass er es mit nur einem Arm nicht bewerkstelligen konnte, die Flasche zu öffnen. Frauke nahm ihm den Wein aus der Hand und erledigte das für ihn. Karlsen schenkte zwei Gläser ein, reichte eines Frauke und hob seines. »Ich habe höchstwahrscheinlich keinen Krebs.« Er berichtete Frauke von dem CT, das im Krankenhaus gemacht worden war, und seinem Ergebnis.

»Das sind ja wirklich gute Nachrichten.« Frauke stieß mit ihm an. »Auf viele weitere gute Jahre«, sagte sie.

»Ja«, sagte Karlsen. »Wobei ich mich frage, wieso der Arzt, der das Röntgenbild gemacht hat, mir gesagt hat, dass ich ein Lungenkarzinom habe.«

»Welche Fachrichtung war der Arzt?«

»Er ist unser Betriebsarzt.«

»Also ist er kein Fachmann. Auf Röntgenbildern ist für Nichtradiologen oft nicht genau zu erkennen, um was es sich bei einer Verschattung oder Veränderung des Lungengewebes handelt. Aber vielleicht ist der Mann aufgrund deiner Rauchervergangenheit etwas vorschnell mit seiner Diagnose gewesen.«

»Die mich beinahe das Leben gekostet hat. Ich hatte ja bereits die Waffe in der Hand, da ich mir Krankheit und Siechtum ersparen wollte.«

»Du hast mir davon erzählt. Da war es ja ein großes Glück, dass du die Nachricht vom Auffinden der Leiche rechtzeitig erhalten hast.«

»Kann mal wohl sagen. Es besteht überhaupt kein Grund mehr, mich umzubringen, jetzt wo der Krebs vom Tisch ist. Und auch sonst hat sich viel geändert.« Er griff über den Tisch und drückte ihre Hand. »Jetzt muss ich nur noch das Problem lösen, wie ich nachweise, dass Schrader unser Mann ist.«

»Hast du dafür einen Plan?«

»Ich werde Montag versuchen, Leon abzupassen, in der Hoffnung, dass er aufgrund seiner Erkrankung nicht der Lage sein wird, weiter zu leugnen.«

Frauke zog die Augenbrauen zusammen und schürzte die Lippen.

»Findest du das mies, dass ich seine Krankheit ausnutzen will?«, fragte Karlsen.

Sie zuckte mit den Achseln. »Ich weiß ja, warum du das tust, aber ein bisschen fragwürdig ist es schon.«

»Glaub mir, wenn ich eine andere Möglichkeit sähe, würde ich diesen Weg nicht wählen. Aber ich habe keine Idee, wie ich Schrader sonst drankriegen könnte. Es sei denn, ich stelle mich als Köder zur Verfügung und hoffe, dass er noch einmal versucht, mich umzubringen.«

»Das lass mal lieber bleiben, das ist eine ganz blöde Idee.«

»Aber vielleicht die letzte Option.«

»Und wer soll dich beschützen, wenn er dir wieder auflauert? Oder schlimmer noch, dich aus sicherer Entfernung erschießt?«

Jetzt zuckte Karlsen mit der Schulter, seiner rechten. »Darüber mache ich mir Gedanken, wenn ich bei Leon keinen Erfolg habe. Ich werde ihn nicht allzu sehr unter Druck setzen, so verzweifelt bin ich nicht.«

»Du könntest mit dem, was du herausgefunden hast, zur Staatsanwaltschaft gehen.«

»Was habe ich denn bisher an Beweisen? Nichts, was einer Überprüfung rechtssicher standhalten würde. Es sind alles nur Indizien. Und ich bezweifle, ob Kommissar Felder in dem Fall Jule Petersen nach all den Jahren mehr Erfolg hat.«

»Ach, er ermittelt in dem Fall?«

»Ja, aber offiziell ist der Fall noch nicht wieder aufgenommen. Laut ihm hat er die Erlaubnis, nebenher Nachforschungen anzustellen. Aber ich bin ja selbst bei einer Mordkommission und habe die Akte gelesen. Ich wüsste nicht, wo er da ansetzen will, außer alle Zeugen noch einmal zu befragen, was er wohl macht.«

»Unterschätz den Kollegen Felder nicht. Er und seine Partnerin sind ein tolles Team. Und wehe, du erzählst ihm, dass ich das gesagt habe.«

»Er sagte schon, dass ihr ein spezielles Verhältnis habt.«

»So? Sagt er das?«

Karlsen schmunzelte. Er war davon überzeugt, einer der wenigen Menschen zu sein, der die weiche Seite der Rechtsmedizinerin kannte. Und als ob sie das unterstreichen wollte, stand sie auf und packte ihre Einkäufe aus. »So«, sagte sie, »ich koch uns dann mal was zu essen.«

# Kapitel 43

Am Montag fühlte sich Karlsen wieder fit. Frauke und er hatten ein ruhiges und harmonisches Wochenende miteinander verbracht. Unter anderem hatten sie einen Spaziergang durch den Schrevenpark unternommen und dabei die Gelegenheit genutzt, sein Auto nach dem GPS-Tracker abzusuchen. Sie hatten tatsächlich ein kleines Gerät entdeckt, das am Unterboden befestigt worden war. Nach einer kurzen Diskussion einigten sie sich darauf, den Tracker an Ort und Stelle zu belassen, um Schrader in Sicherheit zu wiegen. Karlsen würde sich die nächste Zeit mit Bus oder Taxi fortbewegen.

Er legte seinen Schulterverband ab und wagte ein paar vorsichtige Bewegungen. Dann stürzte er sich voller Tatendrang in den Tag. Als Erstes fuhr er zu seinem Hausarzt. Da für den heutigen Tag ein kräftiger Sturm mit starken Regenfällen angesagt war, leistete er sich dafür ein Taxi. In der Praxis gab er den Arztbrief aus dem Krankenhaus ab und erhielt ein Rezept für die Antibiotika. Anschließend widmete er sich der Aufgabe, Leon zum Reden zu bringen. Er hatte sich keine besondere Strategie überlegt, wie er an Leon herankommen könnte, und fuhr mit dem Bus schlichtweg zu der Werkstatt, deren Adresse ihm Felder übermittelt hatte. Auf dem kurzen Fußmarsch zu seinem Ziel zerrte der angekündigte Sturm an seiner Kleidung und brachte seine Haare durcheinander. Er betrat das langgestreckte Gebäude, marschierte in ein am Eingang gelegenes, verglastes Empfangsbüro und bat, mit Leon Harms zu sprechen. »In welcher Angelegenheit?«, verlangte die Frau, die in dem Büro an einem Schreibtisch saß, zu wissen.

»Das ist privat.« Obwohl er der Möglichkeit beraubt war, seinen Dienstausweis vorzuzeigen, hatte Karlsen nicht vor, kleine Brötchen zu backen.

»Und wer sind Sie?« Die Frau offenbar ebenfalls nicht.

Karlsen seufzte genervt. »Mein Name ist Peer Karlsen und ich möchte mit Leon Harms sprechen. Oder ist er nicht geschäftsfähig, so dass ich erst seinen Betreuer fragen muss?«

»Nein, nein, Leon ist voll geschäftsfähig.«

»Dann lassen wir ihn doch selbst entscheiden, ob er mit mir sprechen will.«

Die Frau kniff die Lippen zusammen. »Sie können draußen Platz nehmen.« Sie wies auf eine Reihe Bänke, die im Vorraum an den Wänden angebracht waren. »Ich lasse Leon holen.«

Karlsen verließ das Zimmer und ging zu den Bänken. Er beäugte sie misstrauisch und setzte sich vorsichtig. Nach einer Weile kam ein junger Mann aus einem Gang in den Vorraum und sah sich suchend um.

Er hatte kurze strähnige Haare, ein rundes, blasses Gesicht und einige Kilo zu viel auf den Rippen.

Karlsen stand auf. »Leon Harms?«

»Ja?«, antwortete der junge Mann unsicher.

Karlsen reichte ihm die Hand. »Mein Name ist Peer Karlsen. Ich arbeite mit Ihrem Vater zusammen, ich bin auch Kriminalkommissar.«

Leon entspannte sich sichtlich. »Ach so.«

»Können wir irgendwo in Ruhe reden?«, fragte Karlsen.

»Ich weiß nicht. Eigentlich muss ich jetzt arbeiten.«

»Es ist aber wichtig.«

»Ich frag mal.«

Leon ging in das Büro, von dem aus die Frau sie durch die Glasscheibe beobachtet hatte, und kam kurz darauf mit der Nachricht zurück, sie dürften in den Pausenraum gehen. Er ging vor und hielt Karlsen die Tür auf. Drinnen setzten sie sich über Eck an einen der großen Tische. Leon schaute auf seine Hände, die er unter dem Tisch knetete.

»Soll ich Sie Herr Harms nennen?«, begann Karlsen das Gespräch.

Der junge Mann hielt den Blick weiter nach unten gerichtet. »Leon genügt. Sie brauchen mich nicht zu siezen«, sagte er leise.

»Leon, ich weiß nicht, ob du dich an meine Tochter Mette erinnerst. Du bist einige Jahre mit ihr zusammen in eine Klasse gegangen.«

»Ich weiß. Ich erinnere mich auch an Sie. Sie sind so groß.«

»Dann weißt du ja vielleicht auch, dass Mette einen Bruder hatte. Julius.«

Leon zuckte mit einer Schulter, hob aber immer noch nicht den Blick.

»Er ist tot, er hat sich vor zehn Jahren umgebracht.«

Jetzt hob Leon den Kopf und starrte Karlsen mit geweiteten Augen an. »Das wusste ich nicht«, flüsterte er.

»Er ist von der Holtenauer Hochbrücke in den Tod gesprungen, weil er nicht damit leben konnte, dass alle dachten, er sei der Mörder von Lina Mayfeldt. Du erinnerst dich doch noch an das Mädchen, das vor zehn Jahren verschwunden ist?« Karlsen beobachtete die Reaktion des jungen Mannes auf seine Worte genau. Doch er hätte gar nicht so genau hinschauen müssen, so drastisch fiel die Reaktion aus. Leon sackte in sich zusammen und bedeckte seinen Kopf mit seinen Händen. Er murmelte etwas Unverständliches.

»Was hast du gesagt?« Karlsen versuchte, seine Stimme ruhig zu halten, um Leon nicht vollends zu verschrecken, obwohl er innerlich vor Anspannung vibrierte. Er spürte, dass er ganz kurz davor war, endlich die volle Wahrheit zu erfahren.

»Das wollte ich nicht«, wisperte Leon.

»Was wolltest du nicht?« Karlsen ließ nicht locker.

Leon schniefte. »Dass Julius beschuldigt wird.« Er hielt nach wie vor den Blick nach unten gerichtet.

»Leon«, sagte Karlsen eindringlich. »Was ist damals mit Lina passiert? Warst du dabei?«

Der junge Mann schluchzte auf. Karlsen legte ihm eine Hand auf die Schulter. »Erzähl es mir«, sagte er. »Ich bin sicher, du willst das schon lange.«

Leon schüttelte heftig mit dem Kopf. »Ich darf nicht.«

»Wer sagt das?«

Leon richtete sich mit einem Ruck auf. »Niemand. Es gibt nichts zu erzählen. Ich weiß nichts.« Dabei vermied er den Blick zu Karlsen.

Der befürchtete, dass ihm das Gespräch entglitt. »Leon«, startete er einen letzten Versuch. »Weißt du, was ich glaube? Ich glaube, du leidest seit damals darunter, nicht die Wahrheit gesagt zu haben, und bist deshalb krank geworden. Und ich glaube, es war dein Vater, der dir verboten hat, über das zu reden, was Lina zugestoßen ist.«

Leon kniff die Lippen zusammen und schüttelte energisch den Kopf.

Karlsen lehnte sich zurück, um dem jungen Mann etwas mehr Raum zu geben. »Willst du dein ganzes Leben so verbringen?«, drängte er weiter. »Ohne die Chance, je wieder gesund zu werden? Denn das wirst du nicht, wenn du nicht endlich das loslässt, was dich belastet. Ich bin kein Psychiater, aber das sagt mir mein gesunder Menschenverstand. Erzähl mir, was damals passiert ist, und ich werde dafür sorgen, dass endlich die Richtigen bestraft werden.«

»Also auch ich«, hauchte Leon.

»Ich bin davon überzeugt, dass du nicht an der eigentlichen Tat beteiligt warst, sondern nur gezwungen wurdest, die Leiche mit deinem Auto zu transportieren. Höchstwahrscheinlich ist deine Beteiligung inzwischen verjährt. Rede mit mir, damit du endlich unbelastet weiterleben kannst.«

»Aber was ist mit meinem Vater? Ich habe ihm damals erzählt, was mit Lina geschehen ist, und er hat gesagt, ich solle den Mund halten. Er würde sich darum kümmern.«

Eine Welle der Wut überspülte Karlsen. »Dein Vater hat in Kauf genommen, dass es dir schlecht geht, nur um seine Karriere zu schützen«, knurrte er. »Er hatte Angst, dass es seiner beruflichen Laufbahn schadet, wenn herauskommt, dass du an einer schlimmen Straftat beteiligt warst. Du schuldest ihm gar nichts.«

»Er wollte mich schützen und nicht seine Karriere«, widersprach Leon.

»Glaubst du das wirklich? Er hat doch gesehen, wie schlecht es dir mit deinem Schweigen ging.«

Endlich hob Leon den Blick. »Wir können hier nicht weiterreden. Gleich ist Mittagspause, dann kommen alle zum Essen.«

Karlsen versuchte, sich seine Enttäuschung nicht anmerken zu lassen. »Okay, Leon, was hältst du davon, wenn ich dich später nach deiner Arbeit abhole«, schlug er vor. »Dann können wir uns in Ruhe unterhalten.«

Leon zögerte. »Na gut«, sagte er schließlich. »Ich habe um vier Uhr Feierabend.«

»Ich werde da sein.«

# Kapitel 44

Punkt sechzehn Uhr erreichte Karlsen die Werkstatt. Er hatte sich entschlossen, seinen eigenen Wagen zu benutzen, um mit Leon unabhängig von Bus oder Taxi zu sein. Zuvor hatte er den Tracker von seinem Auto entfernt und in eine Mülltonne geschmissen.

Leider hatte er unterschätzt, wie viele Autos an der Werkstatt parken würden, die ebenfalls auf deren Mitarbeiter warteten. So musste er ein Stück entfernt parken und lief, so schnell er konnte, zurück. Auf keinen Fall wollte er riskieren, dass Leon seine Meinung änderte. Schon von weitem sah er den jungen Mann, der sich suchend umschaute. Da trat ein anderer Mann auf Leon zu und sprach ihn an. Nach einem kurzen Wortwechsel packte der Mann Leon am Ellbogen und führte ihn fort. Hilflos und außer Atem musste Karlsen mitansehen, wie sie in ein Auto stiegen und davon fuhren. Wer mochte das gewesen sein und warum war Leon zu ihm in den Wagen gestiegen? Ihm kam ein furchtbarer Verdacht. Er machte auf dem Absatz kehrt und lief zu seinem Auto zurück. Noch auf dem Weg dorthin rief er Felder an. »Ich kann jetzt keine Erklärung abgeben«, keuchte er ins Telefon.

»Aber ich brauche sofort ein Foto von Daniel Schrader.«

Felder verlor keine Zeit. »Ich schicke es Ihnen«, versprach er und legte auf.

Karlsen erreichte seinen Wagen und stieg ein, als ihn ein einzelner Ton über den Eingang einer Nachricht informierte. Mit zitternden Händen, die nicht nur der Sorge um Leon geschuldet waren, sondern mindestens ebenso der Anstrengung, öffnete er das Foto, das Felder geschickt hatte. Seine schlimmste Befürchtung bewahrheitete sich, der Mann, der Leon abgepasst hatte, war Daniel Schrader. Karlsen ließ den Wagen an und fuhr mit durchdrehenden Reifen in die Richtung, die Schrader genommen hatte. Es konnte nur einen Grund geben, warum dieser Leon abgeholt hatte. Nachdem der Anschlag auf ihn selbst gescheitert war, sah sich Schrader gezwungen, denjenigen auszuschalten, von dem die größte Gefahr ausging. Ohne diesen schwachen Augenzeugen des damaligen Mordes gäbe es kaum noch eine Aussicht, ihm die Tat nachzuweisen.

Karlsen schlug auf das Lenkrad. Warum hatte er nicht an diese Möglichkeit gedacht? Sollte Leon etwas passieren, ginge das auf sein Konto. Er hätte ahnen müssen, dass der junge Mann in Gefahr war. Doch Selbstvorwürfe halfen ihm jetzt nicht weiter, stattdessen konzentrierte er sich auf die Straße, der er mit viel zu hoher Geschwindigkeit folgte. Noch konnte er das Auto von Schrader nicht ausmachen. Er hatte keine Ahnung, wohin dieser wollte, sein Ziel könnte überall sein. Erneut rief er Felder an. »Schrader hat meinen Zeugen entführt«, rief er, als sich der Kommissar meldete. »Ich fürchte, er wird ihm etwas antun. Ich verfolge ihn, habe ihn aber aus den Augen verloren. Haben Sie irgendwelche Informationen über Schrader, die mir helfen könnten, ihn zu finden?«

»Ich rufe sofort zurück.« Felder legte auf.

Karlsen kam an eine Kreuzung und musste sich entscheiden, in welche Richtung er seine Verfolgung fortsetzte. Die Ampel war rot, nervös trommelte er mit den Fingern auf dem Lenkrad. Als die Ampel auf Grün sprang, folgte er seinem Bauchgefühl, das ihn auf die Bundesstraße Richtung Norden wies. Sein Telefon klingelte. »Schrader besitzt ein Boot«, teilte ihm Felder mit. »Es liegt im Sportboothafen Wik.«

Wenn Schrader zu seinem Boot fuhr, hatte sich Karlsen richtig entschieden. Inzwischen regnete es wolkenbruchartig, was ihn aber nicht davon abhielt, weiter mit überhöhter Geschwindigkeit über die vierspurige Bundesstraße zu rasen. Dann nahm er die Ausfahrt Richtung Kiel-Zentrum und fuhr im Anschluss auf den Westring. Von dort bog er rechts ab in Richtung Förde. Er überquerte die Feldstraße und jagte die mit Kopfstein gepflasterte Koestersallee hinunter zur Förde. Doch er entdeckte keine Spur von Schraders Auto. Angekommen an der Kiellinie starrte er durch den strömenden Regen auf den jetzt im Herbst nahezu leeren Sportboothafen. Da war Schrader – er hielt Leon eine Waffe an den Rücken und zwang ihn zu einem Steg, an dem ein einsames Kajütboot in den immer stärker werdenden Wellen schaukelte. Hastig wendete Karlsen und ließ sein Auto im Halteverbot stehen. Er sparte sich das Abschließen, rannte zu dem Hafen. Und konnte er nur noch hilflos zusehen, wie das Kajütboot mit Schrader am Steuer den Hafen verließ und mit hoher Geschwindigkeit Richtung Ostsee fuhr. »So eine Scheiße«, schrie er gegen den Wind. Er war davon überzeugt, dass Leon von dieser Reise nicht zurückkehren würde. Verzweiflung überkam ihn, was konnte er jetzt noch tun außer die Kollegen von der Wasserschutzpolizei zu alarmieren. Doch bis die hier waren, wäre Schrader mit Leon längst über alle Berge. Er konnte nur mutmaßen, was Schrader vorhatte. Wahrscheinlich wollte er Leon weit draußen über Bord werfen, in der Hoffnung, dass er nie gefunden würde. Karlsen raufte sich die Haare, als er aus dem Augenwinkel eine Bewegung wahrnahm. Ein in Ölzeug gekleideter Mann lud einige Kisten aus einem großen Schlauchboot. Karlsen rannte zu dem Mann. »Lassen Sie den Motor an!«, brüllte er schon von weitem.

Der Mann unterbrach seine Tätigkeit und sah ihm misstrauisch entgegen.

»Ich bin Polizist«, rief Karlsen. »Wir müssen dem Boot folgen.« Er zeigte auf das sich immer weiter entfernende Kajütboot Schraders.

Der Mann schüttelte den Kopf. »Kommt überhaupt nicht in Frage.«

»Es geht um Leben und Tod, ich muss zu dem Boot«, schrie Karlsen.

»Sie sind ja vollkommen verrückt. Bei dem Sturm fahr ich nicht mehr raus. Ich bin froh, dass ich es noch heil hierhin geschafft habe.« Der Mann stieg auf den Steg.

Karlsen baute sich vor ihm auf. »Geben Sie mir den Schlüssel!«, verlangte er.

»Was? Verschwinden Sie!«

»Ich habe keine Zeit für Diskussionen«, donnerte er den Mann an und riss ihm den Schlüssel aus der Hand. »Rufen Sie die Wasserschutzpolizei, die sollen mir folgen.« Damit sprang er in das Schlauchboot, das heftig unter seinem Gewicht schwankte und startete den Motor. »Lösen Sie die Leine«, befahl er dem Mann, der bereits sein Handy gezückt hatte, und ließ den Motor aufheulen. Der Mann tippte sich mit dem Zeigefinger gegen die Stirn, löste aber die Leine. Karlsen fuhr rückwärts von dem Steg fort und steuerte Richtung Hafenausfahrt.

# Kapitel 45

Kaum hatte Karlsen den Hafen verlassen, traf ihn die volle Wucht des Sturms mit hohen Wellen und einem kalten Wind, der ihn in den Hafen zurückzudrücken schien. Er gab Vollgas, zum Glück war das Boot mit einem starken Außenborder versehen. Es sprang über die Wellen, doch die Gischt durchnässte Karlsen binnen Sekunden. Er klammerte sich an das Steuer, um nicht über Bord zu gehen, und steuerte vorbei an der Einfahrt zum Nord-Ostsee-Kanal und dem Falkensteiner Leuchtturm hinaus aus der Innenförde in Richtung offenes Meer. Der Regen lief ihm übers Gesicht und behinderte seine Sicht. Ungeduldig wischte er sich über die Augen und bemerkte, dass er direkt auf einen Tanker zuhielt, der ihn wütend anhupte. Er riss das Steuer herum und brachte sich aus dem Gefahrenbereich. Eine Welle traf ihn seitlich und brachte das Boot gefährlich zum Schwanken. Karlsen lenkte dagegen, ohne seine Geschwindigkeit zu verringern, und brachte das Boot wieder in seine Gewalt. Das war knapp gewesen, es hätte nicht viel gefehlt und er wäre gekentert. Aber er konnte nicht aufgeben, es ging um das Leben Leons, der durch seine Schuld in Lebensgefahr geraten war. Er musste ihn retten, koste es, was es wolle. Weiter raste er mit Höchstgeschwindigkeit über die stürmische See ohne Rücksicht auf sich und das Schlauchboot.

Endlich konnte er weit voraus das Motorboot von Schrader erkennen. Die hohen Wellen versperrten ihm zwar zwischenzeitlich immer wieder die Sicht, dennoch erkannte Karlsen, dass er sich langsam aber sicher auf das Boot zubewegte. Schon näherten sie sich dem Kieler Leuchtturm, der seit der verheerenden Ostseesturmflut beschädigt und unbemannt war. Von hier war keine Hilfe zu erwarten. So konnte Karlsen nur hoffen, dass das Tosen des Sturmes seine Motorengeräusche übertönte und Schrader ihn nicht bemerkte, bis er nahe genug an ihn herangekommen war, um auf dessen Boot zu springen. Beim Näherkommen konnte er Schrader erkennen, der am Steuer stand, von Leon fehlte jede Spur. Karlsen erschrak. War er schon zu spät? Er schauderte bei dem Gedanken, dass er womöglich an Leon, der in dem kalten Wasser um sein Leben kämpfte, vorbeigefahren war.

Plötzlich stoppte das Boot vor ihm auf und Schrader verschwand unter Deck. Wenig später erschien er wieder und zerrte den sich heftig wehrenden Leon hinter sich her. Leon wand sich, um sich aus dem Griff Schraders zu befreien. Der holte aus und schlug dem jungen Mann mitten ins Gesicht. Leon sackte zusammen, Schrader packte ihn am Kragen und zog ihn zur Reling. Karlsen, der inzwischen aufgeschlossen hatte, ließ seinen Motor aufheulen. Erschrocken drehte sich Schrader um und ließ Leon fallen. Mit einem Mal hatte er eine Waffe in der Hand und zielte damit auf Karlsen. Der riss das Steuer herum, um sich aus der Schusslinie zu bringen. Ein schwerer Schlag traf ihn an der Seite, er verlor das Gleichgewicht und fiel über Bord. Seine nasse Kleidung zog ihn unter Wasser, er strampelte wie wild mit Armen und Beinen und kämpfte sich an die Oberfläche zurück. Ganz in seiner Nähe schaukelte das Boot von Schrader, der sich mit der Waffe über die Reling beugte und nach ihm Ausschau hielt. Karlsen keuchte und kämpfte mit den Wellen, die ihn immer wieder überschlugen. Er schluckte Wasser, hustete und prustete und konnte nur hilflos zusehen, wie Schrader die Umgebung nach ihm absuchte. Jetzt hatte er ihn entdeckt. Karlsen tauchte unter und schwamm ein paar Meter zur Seite. Dann ging ihm die Luft aus, er musste wieder auftauchen und sah genau in das Gesicht Schraders. Der grinste ihn böse an und hob die Waffe. In dem Moment tauchte Leon mit blutverschmiertem Gesicht hinter Schrader auf. Er hielt einen Feuerlöscher hoch über seinem Kopf und ließ ihn auf Schrader herunterkrachen. Schrader brach über der Reling zusammen und fiel über Bord. Mit letzter Kraft schwamm Karlsen zu dem Mann hin, der mit dem Gesicht nach unten vor ihm trieb. Die Kleidung Schraders sorgte noch für Auftrieb und verhinderte, dass er unterging, doch nun saugte sie sich voll und wollte ihn unter die Wasseroberfläche ziehen. Karlsen packte den Bewusstlosen am Kragen, doch nun drohten sie beide unterzugehen. Da kam ein Rettungsring angeflogen, Leon hatte ihn ihm geistesgegenwärtig zugeworfen. Karlsen hakte sich mit seinem linken Arm an ihm fest, seine Schulter protestierte, doch darauf konnte er keine Rücksicht nehmen. Im anderen Arm hielt er Schrader. So trieben sie in dem kalten Wasser, während das rettende Boot mit Leon an Bord immer weiter davon driftete. Offenbar gelang es ihm nicht, den Motor zu starten und zu ihnen zurückzukehren. Sein eigenes Schlauchboot war nach seinem Sturz ohne ihn weitergefahren. Schon konnte er Leon nicht mehr sehen. Schrader hatte das Bewusstsein nicht wieder erlangt und wurde immer schwerer in seinem Arm. Erneut schlug eine Welle über ihnen zusammen, das kalte Wasser saugte alle Energie aus ihm heraus. Die Schulter quälte ihn mehr und mehr und seine Schusswunde pochte. Langsam verließen ihn seine Kräfte. Zu allem Überfluss wurde es allmählich dunkel, wodurch sich seine Chance, gefunden zu werden, immer weiter verschlechterte. Seine Gedanken wurden träger, er ließ seinen Kopf nach hinten sinken, Gischt und Wellen überspülten sein Gesicht. Das war's, dachte er. Wenigstens war Leon mit dem Leben davongekommen. Ein Bild von Julius tauchte vor seinem inneren Auge auf. Wieso bemühte er sich eigentlich, den Mörder Linas und indirekt auch den Mörder seines Sohnes am Untergehen zu hindern? Schon wollte er den Griff um den

Mann lockern, als ihn der Strahl eines Suchscheinwerfers erfasste.

Karlsen mobilisierte seine letzten Kräfte. »Hier!«, wollte er rufen, doch es kam nur ein heiseres Krächzen aus seiner Kehle. Er ließ den Rettungsring los und winkte, um auf sich aufmerksam zu machen. Das war keine gute Idee, augenblicklich wurde er unter Wasser gezogen. Mit den Fingerspitzen gelang es ihm, nach dem Rettungsring zu greifen und sich wieder an die Wasseroberfläche zu ziehen. Erneut erfasste ihn ein Lichtstrahl und er hörte einen Motor, in dieser Situation das schönste Geräusch der Welt. Dann war ein Boot neben ihm und helfende Hände nahmen ihm zuerst Daniel ab und zogen ihn anschließend an Bord, wo Karlsen nach Luft ringend auf dem Boden liegen blieb. Jemand half ihm in eine sitzende Position und legte ihm eine Rettungsdecke um. Ein Kollege der Wasserschutzpolizei beugte sich über ihn. »Wer sind Sie?«, fragte er. »Und um was in aller Welt machen Sie hier draußen?«

»Er hat mir das Leben gerettet«, hörte Karlsen eine bekannte Stimme. Er drehte sich zu ihr um und entdeckte Leon, der ihn mit nach oben gerecktem Daumen angrinste.

»Und du hast mir das Leben gerettet«, krächzte Karlsen. »Danke.«

»Dafür nicht.« Leon hatte das Abenteuer offensichtlich gut überstanden. Er wirkte trotz allem gelöst, beinahe schon fröhlich.

»Es gibt einiges zu klären«, mischte sich der Kollege ein. »Aber erst einmal bringen wir Sie an Land und lassen Sie versorgen.«

»Ich brauche nichts«, wehrte sich Karlsen und bemühte sich aufzustehen.

»Sie bluten«, sagte der Mann und zeigte auf Karlsens Bauch.

Der schaute an sich herunter. Tatsächlich breitete sich unter seiner offenen Jacke an seiner rechten Seite ein Blutfleck aus und ihm wurde übel. In letzter Sekunde beugte er sich über die Reling und erbrach das geschluckte Wasser.

# Kapitel 46

An Land warteten zwei Rettungswagen. In einen wurde Daniel geschoben, der stark unterkühlt war und das Bewusstsein immer noch nicht wiedererlangt hatte. Im zweiten saß Karlsen und ließ sich untersuchen.

»Sie haben Glück gehabt«, erklärte ein Rettungssanitäter. »Die Kugel scheint in Ihrem Bauchfett steckengeblieben zu sein. Nichtsdestotrotz muss sie entfernt werden. Wir fahren Sie ins Krankenhaus.«

Karlsen, der nur in eine Wolldecke gewickelt auf der Bahre saß, war wieder einigermaßen aufgewärmt. Mit der Wärme waren seine Kraft und sein Widerspruchsgeist zurückgekehrt. »Nichts da«, protestierte er. »Ich gehe nicht ins Krankenhaus. Ich muss hierbleiben, um alles aufzuklären.«

»Das ist viel zu gefährlich. Sie könnten eine Sepsis entwickeln.«

»Aber wohl kaum innerhalb weniger Stunden. Wenn das hier erledigt ist, lasse ich die Kugel entfernen«, ranzte Karlsen den Sanitäter an.

»Nun gut, ganz wie Sie wollen. Es ist Ihr Leben.« Der Mann war ein wenig angepisst, was Karlsen ihm nicht verdenken konnte. Aber Hauptsache, er musste nicht wieder ins Krankenhaus. Wie sollte er von dort aus alles erklären? Und Erklärungsbedarf gab es reichlich.

Nachdem seine Wunde desinfiziert, was ordentlich brannte, und mit einem riesigen Pflaster abgedeckt worden war, verließ Karlsen den Rettungswagen. Draußen wurde er von zwei Kollegen der Wapo in Empfang genommen. »So, Sie kommen jetzt mal schön mit in die Wache«, erklärten sie und schoben ihn zum Eingang des Backsteingebäudes.

Drinnen saß bereits Leon. Auch er war in eine Decke gehüllt, doch im Gegensatz zu Karlsen war er nicht nackt unter der Decke.

»Wo sind meine Sachen?«, verlangte Karlsen zu wissen.

»Die sind total durchnässt.«

»Das ist mir klar, ich brauche aber mein Telefon. Jemand muss mir etwas zum Anziehen bringen.«

Ein Beamter brachte ihm eine zweite Decke und sein Handy, das zum Glück wasserdicht war. Und zum zweiten Mal innerhalb weniger Tage rief er Dörte an und bat sie, ihm trockene Kleidung auf die Wache zu bringen.

»Ich frag besser nicht«, war ihr einziger Kommentar.

Eine knappe Stunde später brachte sie ihm eine Tasche mit seinen Sachen. Karlsen bedankte sich und versprach, sich später zu melden und ihr alles zu erklären.

Da aufgrund der Schussverletzung Karlsens der Verdacht auf eine schwere Straftat bestand, hatten die Kollegen der Wasserschutzpolizei in der Zwischenzeit den Kriminaldauerdienst benachrichtigt. Den zwei Beamten erklärte Karlsen in kurzen Worten, wer er war und warum er das Schlauchboot des Anglers entwendet hatte. Leon, der bei dem Gespräch ebenfalls anwesend war, sagte immer wieder: »Der wollte mich umbringen. Herr Karlsen hat mir das Leben gerettet.«

»Wir wissen inzwischen, dass der Mann, der Leon entführt hat und dem Sie gefolgt sind, ein Kollege ist. Können Sie mir vielleicht erklären, was für einen Grund ein Polizist für solch eine Aktion hatte?«

»Kann ich, aber das ist eine lange Geschichte, die nicht mit der Sicherung Daniel Schraders zu Ende ist. Ich möchte meine Aussage gerne direkt vor dem Staatsanwalt machen, da auch noch andere beteiligt sind, unter anderem mein Vorgesetzter.«

»Mein Vater«, sagte Leon leise. »Und ich habe auch einiges zu sagen.«

Die Kollegen vom KDD beratschlagten sich und riefen schließlich den diensthabenden Staatsanwalt an. Der erklärte sich bereit, noch am heutigen Abend zur Wache an der Blumenstraße zu kommen.


Wenig später saßen Karlsen, die zwei Kommissare vom KDD sowie Staatsanwalt Bender in einem Besprechungsraum der Kriminalpolizei. Leon wartete in einem anderen Zimmer auf seine Befragung. Das

Angebot, seine Eltern anzurufen, hatte er vehement abgelehnt.

»So, Herr Karlsen«, begann Bender die Befragung. »Jetzt erklären Sie mir bitte diesen ungeheuerlichen Schlamassel. Wie kam es, dass Sie ein Schlauchboot entwendet haben und den Kollegen Schrader damit verfolgt haben?« Er lehnte sich auf seinem Stuhl zurück, verschränkte die Arme und sah Karlsen auffordernd an.

»Alles begann mit einem Leichenfund am Nord-Ostsee-Kanal vor etwas über drei Wochen«, erklärte Karlsen. »Schnell stellte sich heraus, dass es sich um die Überreste der seit zehn Jahren vermissten Lina Mayfeldt handelte.« Ausführlich berichtete er, welche Rolle er in der Angelegenheit spielte, warum keine Ermittlungen aufgenommen wurden und er sich daher gezwungen sah, auf eigene Faust zu ermitteln. Wie er sich schließlich mit Hilfe des Itzehoer Kommissars Felder ein Bild von dem damaligen Geschehen gemacht hatte und auf Daniel Schrader gestoßen war, den sie verdächtigten, auch an einem anderen Fall beteiligt gewesen zu sein. Er vergaß auch nicht zu erwähnen, dass dieser ihn überfallen hatte, um weitere Nachforschungen zu verhindern. »Leon Harms war bei dem Angriff auf Lina ebenfalls anwesend, doch sein Vater hatte ihm verboten, sich an die Polizei zu wenden. Es gelang mir, mit ihm zu reden, und er versprach, endlich reinen Tisch zu machen. Ich verabredete mich für heute Nachmittag nach seiner Arbeit mit ihm. Doch als ich ihn abholen wollte, sah ich, dass er von Schrader entführt wurde, der sicher verhindern wollte, dass Leon redete. Als Schrader Leon auf sein Boot zwang und mit ihm auf die Förde hinausfuhr, sah ich keine andere Möglichkeit, als das Schlauchboot des Anglers zu beschlagnahmen.« Karlsen nahm einen Schluck Wasser aus dem vor ihm stehenden Glas.

»Also, wenn ich Sie richtig verstehe, haben Sie bisher keine Beweise für die Schuld Schraders am Tod von Lina Mayfeldt«, wandte der Staatsanwalt ein.

»Nein, noch nicht, aber Leon Harms war Zeuge der Tat. Dass Schrader ihn beseitigen wollte, ist quasi ein Schuldeingeständnis.«

»Trotzdem haben Sie eigenmächtig und ohne Befugnis gehandelt. Darüber hinaus sind Sie obendrein suspendiert. Sie haben sich da mächtig Ärger eingehandelt.«

»Und dennoch würde ich genauso wieder handeln, dieser Fall muss endlich geklärt und die Unschuld meines Sohnes bewiesen werden.«

Der Staatsanwalt erhob sich. »Ich werde jetzt Leon Harms befragen und danach entscheiden, wie es weitergeht. Sie warten hier solange.« Er verließ mit den beiden Beamten des KDDs den Raum. Karlsen lehnte sich auf seinem Stuhl zurück und schloss die Augen. Er war erschöpft, seine Schultern und seine Wunde am Bauch schmerzten. Behutsam zog er seinen Pullover ein Stück nach oben und musterte den Verband. Trotz der dicken Polsterung war er bereits durchgeblutet. Er wünschte sich Frauke an seine Seite. Sie war Ärztin und wüsste, was zu tun sei. Aber sie war zu weit weg und er saß hier fest. Anrufen könnte er sie dennoch. Er holte sein Handy hervor und wählte ihre Nummer. Schon nach dem zweiten Klingeln nahm sie ab. Er berichtete ihr von seinen Erlebnissen am heutigen Tag. »Meine Güte«, sagte Frauke. »Du brauchst Hilfe. Ich komme.«

»Das ist doch nicht nötig«, widersprach Karlsen, aber sie hatte schon aufgelegt.

Die Tür zum Besprechungszimmer flog auf und ein sichtlich genervter Staatsanwalt trat ein. »Er will nur mit Ihnen reden«, knurrte er. »Kommen Sie.«

Gemeinsam gingen sie in ein anderes Zimmer, wo Leon an einem Tisch saß, ihm gegenüber die beiden Kommissare.

# Kapitel 47

Leon schaute Karlsen erleichtert an. Die beiden Kommissare rückten zur Seite, so dass Karlsen gegenüber Leon Platz nehmen konnte. »Du willst nur mit mir reden?«

Leon warf einen Blick auf das Aufnahmegerät. »Das habe ich Ihnen versprochen«, sagte er. »Aber ich weiß nicht, wo ich anfangen soll.«

»Was hältst du davon, wenn ich dir sage, was ich vermute, und du sagst mir, ob ich richtig liege.«

Leon nickte.

»Damals vor zehn Jahren gab es bei euch an der Schule eine Clique, deren Anführer Daniel Schrader war. Du hast auch dazu gehört.« Er sah Leon an und wartete auf eine Bestätigung. Der nickte. »Du musst das laut sagen, wegen der Aufnahme«, ermahnte ihn Karlsen.

»Das ist richtig«, sagte Leon.

»Wer gehörte noch zu euch?«

»Mike und Hannes.«

»Weißt du noch ihre Nachnamen?«

»Mike Stelljes und Hannes Andersen.«

»Gut. Also ihr vier habt euch an jenem Nachmittag an dem Pfeiler unter der Hochbrücke getroffen.«

»Da waren wir öfter. Die anderen hatten Bier dabei und haben geraucht.«

»Du nicht?«

»Ich rauche nicht und musste noch Autofahren.«

»Ihr ward also unter der Brücke. Dann kam Lina vorbei.«

»Als sie uns gesehen hat, wollte sie schnell vorbeigehen. Aber Daniel hat sie am Arm gepackt und festgehalten.« Bei Leon schienen alle Dämme gebrochen, endlich konnte er über diesen furchtbaren Tag reden.

*„Lauf doch nicht weg", sagte Daniel. „Willst du nicht ein Bier mit uns trinken?"*

*„Nein, danke", sagte Lina und versuchte, sich aus dem Griff von Daniel zu befreien.*

*Der zog sie jedoch näher zu sich heran. Sein alkoholgetränkter Atem schlug ihr ins Gesicht. „Stell dich doch nicht so an", sagte er und versuchte, sie zu küssen.*

*„Hör auf mit dem Scheiß!" Lina wehrte sich aus Leibeskräften, was Daniel nur noch mehr anstachelte. Er drängte sie an einen der gigantischen Brückenpfeiler, presste sich an sie und leckte ihr über den Hals. Lina konnte sich befreien, zog das Knie hoch und versuchte, es ihm zwischen die Beine zu rammen. Daniel wehrte sie ab. „Du Schlampe!" Er schlug ihr ins Gesicht.*

*Lina ließ ihren Rucksack fallen, taumelte zurück und schlug mit dem Kopf gegen den Betonpfeiler. Benommen sackte sie zusammen. Daniel fing sie auf*

313

und presste sie mit seinem Körper erneut gegen den Pfeiler. Er begann sie zu küssen, der Widerstand Linas ließ ihn immer brutaler werden. Er riss ihre Bluse auf und begrapschte ihre Brüste. Hannes und Mike, beide angetrunken, verfolgten das Schauspiel und johlten. Leon, der als Autofahrer nüchtern geblieben war, rief entsetzt: „Hör auf. Lass Lina in Ruhe." Doch Daniel war viel zu erregt, um darauf zu reagieren. Angefeuert von seinen anderen Kumpels, stieß er Lina zu Boden und warf sich auf sie. Lina wehrte sich aus Leibeskräften, Daniel würgte sie, bis ihr Widerstand erlahmte. Dann riss er ihr die Jeans samt Unterhose runter und vergewaltigte sie brutal. Hannes und Mike standen Schmiere, während Leon verzweifelt „Aufhören!" rief, doch Daniel achtete nicht auf ihn. Als er fertig war, stand er auf und forderte seine Kumpane auf, es ihm gleichzutun. Hannes ließ sich nicht lange bitten. Er schob sich die Jeans auf die Knie und holte seinen voll erigierten Penis heraus. Auch er vergewaltigte Lina, die sich nicht mehr rührte. Als Mike an der Reihe war, wunderte er sich über die Reglosigkeit Linas. Er fühlte ihren Puls und schreckte zurück. „Scheiße!", rief er. „Die ist tot!"

Augenblicklich waren alle wieder nüchtern. Ratlos standen sie um Lina herum, während Leon, der sich im Hintergrund gehalten hatte, laut zu heulen begann. Das brachte Daniel zur Vernunft. „Hör auf zu heulen", schrie er ihn an.

„Was sollen wir mit ihr machen?", fragte Hannes.

*„Sie muss sofort weg."* Daniel vergewisserte sich, dass sie nicht beobachtet wurden. Aber durch die Brückenpfeiler waren sie vor Blicken geschützt. Sie trugen die Leiche hastig ins Gebüsch und beratschlagten, wie sie vorgehen wollten. Mike kannte eine Stelle am Kanal, die einsam und geschützt war und sich anbot, eine Leiche zu vergraben. *„Was ist mit ihrem Rucksack?"* Hannes hielt Linas Rucksack hoch. Daniel riss ihn ihm aus der Hand. *„Lass mal sehen."* Außer Klaviernoten fand er Linas Handy. *„Ich habe eine Idee."* Er nahm das Handy und schrieb eine SMS an Julius. *„Was soll das denn?"*, fragten Daniels Kumpels, bis auf Leon, der immer noch völlig geschockt vor sich hin schluchzte.
*„Ich versuche, den Verdacht auf diesen Nerd zu schieben.".* Er nahm den Rucksack und wischte sorgfältig alle Fingerabdrücke ab. Dann deponierte er ihn an dem Pfeiler, gegen den Lina geprallt war. Das Handy warf er in hohem Bogen in den Kanal. Anschließend trugen sie Lina zu Leons Auto und fuhren sie mit einem Umweg über das Elternhaus von Hannes, der aus der Garage eine Schaufel holte, zu dem angegebenen Platz und verscharrten Lina. Sie schworen sich, nie wieder ein Wort über die Sache zu verlieren.

»Ich bin dann nach Hause gefahren. Mir ging es so schlecht. Ich habe tagelang nichts gegessen und konnte auch nicht mehr sprechen. Meine Mutter wollte mit mir zum Arzt fahren, aber mein Vater hat mich beiseitegenommen und mich gefragt, was los sei. Da ist es aus mir herausgebrochen und ich habe ihm alles erzählt. Und da hat er gesagt, ich dürfe das niemandem erzählen und er würde sich um alles kümmern.« Leon schien seine gesamte Energie aufgebraucht zu haben. Er ließ den Kopf auf den Tisch sinken und atmete schwer.

»Sie werden das alles auch vor Gericht wiederholen müssen«, schaltete sich der Staatsanwalt ein.

Leon hob den Kopf und schaute Bender in die Augen. »Das werde ich, ich habe viel zu lange geschwiegen. Aber jetzt möchte ich nach Hause.«

»Und ich muss ins Krankenhaus«, erklärte Karlsen, dem inzwischen ein wenig schummerig wurde.

# Kapitel 48

**Drei Wochen später**

Das Novemberwetter hatte ein Einsehen gehabt und seinen Dauerregen für ein paar Stunden eingestellt. Eine kleine Gruppe dunkel gekleideter Menschen suchte sich ihren Weg unter den tropfenden Bäumen hindurch zur Grabstelle von Julius. Sie bestand aus Karlsen, Dörte, Mette mit ihrem Freund Tom und Frauke Janicek. Am Grab angekommen, sahen sie, dass es mit Blumen, Bildern und Kuscheltieren bedeckt war.

„Zehn Jahre zu spät", brummte Karlsen.

Mette schniefte. „Sie bitten um Verzeihung dafür, dass sie Julius solch ein Unrecht angetan haben."

Dörte trat vor und stellte eine winterlich bepflanzte Schale behutsam auf das Grab. „Alles Gute zum Geburtstag, mein Schatz", sagte sie.

Karlsen legte den Arm um sie und drückte sie. Auch Tom hatte den Arm um Mette gelegt. Frauke stellte sich neben Karlsen und nahm seine Hand. So standen sie schweigend am Grab.

Irgendwann trat Karlsen einen Schritt zurück. Er nickte Dörte zu, dann Mette. Niemand sagte etwas, als sie den Friedhof verließen.

Eine knappe halbe Stunde später saßen sie in einem kleinen Restaurant in der Nähe des Friedhofs. Karlsen spürte die Wärme des Kaffees in seinen Händen, während draußen der Regen wieder einsetzte. Er hob den Blick. Mette starrte in ihre Tasse, Tom tippte nervös an seinem Löffel. Dörte schwieg. Frauke neben ihm hatte sich zurückgelehnt.

»Drei Wochen«, sagte Karlsen leise. »Drei Wochen, seit endlich der wahre Täter entlarvt wurde.«

»Du hast ihn entlarvt mit deiner enervierenden Beharrlichkeit«, meinte Dörte. »Aber Danke dafür. Jetzt können wir endlich abschließen.«

»Ich hatte Hilfe«, widersprach Karlsen und schaute Frauke an.

»Ich bin bei dem Versuch, Schrader dingfest zu machen, nicht angeschossen worden und beinahe ertrunken«, sagte sie.

»Wie geht es deiner Verletzung eigentlich?«, wollte Mette wissen.

»Alles gut. Manchmal ist es auch von Vorteil, einen ordentlichen Bauch zu haben. So ist die Kugel im Fett stecken geblieben und konnte keine lebenswichtigen Organe verletzen.«

Alle lachten.

»Aber es gab noch etwas, das mich beunruhigt hat.« Er berichtete ihnen von seiner Krebsdiagnose und dem Ergebnis des CTs. »Inzwischen ist es erwiesen, dass es sich tatsächlich lediglich um eine verschleppte Lungenentzündung gehandelt hat.«

»So bist du dem Tod zweimal von der Schippe gesprungen?«, fragte Mette entgeistert.

»Dreimal«, flüsterte Frauke unhörbar für die anderen.

»Gab es nicht noch einen weiteren Mord, für den Daniel Schrader verantwortlich ist?«, mischte sich Tom ein.

»In der Tat.« In knappen Worten schilderte Karlsen den Fall von Jule Petersen. »Mithilfe von noch vorhandener DNA-Proben konnte zweifelsfrei nachgewiesen werden, dass Schrader auch hier der Täter ist. Aber wie Julius wurde auch bei diesem Mord ein anderer junger Mann beschuldigt. Er hat acht Jahre unschuldig im Gefängnis verbracht.«

»Das ist ja furchtbar«, rief Dörte entsetzt. »Ist er inzwischen entlassen worden?«

»Ja, aber die acht Jahre kann ihm niemand zurückgeben.«

Frauke beugte sich nach vorne. »Ich habe gehört, dass Schrader nach seiner Nahtoderfahrung in der Kieler Förde, das Bewusstsein wiedererlangt hat.«

»Wie schade«, murmelte Tom.

»Findest du?«, fragte Mette. »Mir gefällt der Gedanke, dass er sich nun vor Gericht verantworten muss und mit Sicherheit für sehr lange Zeit hinter Gittern verschwindet.«

»Und was ist mit dir?«, wandte sich Dörte an Karlsen. »Bist du noch suspendiert?«

»Nein, die Suspendierung wurde aufgehoben. Ich habe ja mit allem recht gehabt. Und da das Schlauchboot, das ich für die Verfolgung Schraders entwendet habe, von einem Lotsenschiff gefunden und zurückgeschleppt wurde, verzichtet der Eigentümer auf eine Anzeige. Er hat eingesehen, dass ich keine andere Wahl hatte. So gehe ich ab Montag wieder arbeiten.«

»Und Harms? Wurde er verhaftet?«

»Bisher nicht. Er wurde natürlich suspendiert, aber es wird noch geprüft, ob er wegen Strafvereitelung im Amt angeklagt wird. Möglicherweise ist das schon verjährt.«

»Das wäre jammerschade. Er hat so vielen Menschen geschadet, neben Julius auch seinem eigenen Sohn.«

»Seinen Job ist er auf jeden Fall los. Und wie ich von Leon gehört habe, mit dem ich gestern telefoniert habe, hat ihn seine Frau rausgeschmissen.«

»Das ist ja wohl das Mindeste«, knurrte Frauke. »Hätte er damals nicht verhindert, dass sein Sohn zur Polizei geht, würde Jule Petersen noch leben. Ich hoffe, dass das in seinem Fall miteinbezogen wird.«

»Das ist jetzt Sache der Staatsanwaltschaft«, meinte Karlsen. »Ich hoffe nur, dass sie im Fall von Leon Harms gnädig ist. Er war zwar Zeuge des Mordes, konnte ihn aber nicht verhindern. Und dass er anschließend geschwiegen hat, ist nur auf Druck seines Vaters geschehen.«

»Und zuletzt hat er ja doch noch alles aufgeklärt«, sagte Frauke.

»Wofür ich ihm zutiefst dankbar bin. Ohne seine Aussage wäre es wahrscheinlich unmöglich gewesen, die Schuld Schraders nachzuweisen.«

»Und Christian und Heike können endlich abschließen.« Dörte blickte Karlsen und ihre Tochter an. »Und wir auch.«